黒猫ルーイ、名探偵になる

キャロル・ネルソン・ダグラス
甲斐理恵子 訳

ランダムハウス講談社

CAT NAP

by

Carole Nelson Douglas

挿画／岸　潤一

ミッドナイト・ルーイの体験記に登場する二匹の猫、ベイカーとテイラーの冒険は、フィクションである。

モデルになったミッドナイト・ルーイ本人へ
九つの命では足りなかったね

黒猫ルーイ、名探偵になる

登場人物

ミッドナイト・ルーイ…………黒猫。私立探偵
テンプル・バー……………………フリーランスの広報
C・R・モリーナ ………………ラスベガス市警察殺人課の女性警部補
マット・ディヴァイン…………テンプルのアパートに引っ越してきた男性。電話身の上相談室のカウンセラー
エレクトラ・ラーク……………テンプルのアパートの大家
マックス・キンセラ……………テンプルの元ボーイフレンド。失踪中
クロフォード・ブキャナン……フリーランスの広報
ローナ・フェニック……………〈レノルズ／チャプター／デュース〉の広報責任者
クローディア・
　エスターブルック……………ブックフェアの広報
レイモンド・アヴヌール………〈レノルズ／チャプター／デュース〉の発行人兼最高経営責任者《CEO》
チェスター・ロイヤル…………ペニロイヤル出版の社長
メイヴィス・デイヴィス………ベストセラー作家。代表作は「悪魔の看護師」シリーズ
ラニヤード・ハンター…………ベストセラー作家。代表作は「医療詐欺師」シリーズ
オーウェン・サープ……………ベストセラー作家。多数のペンネームを持つ
アーネスト・ジャスパー………弁護士。チェスターの旧友

プロローグ　私立探偵ミッドナイト・ルーイ

僕は勘がいいからどんなニュースもかぎつけるし、どんなことでも躊躇しない。そういうわけで、よく死体に出くわす。

今回みつけた死体は男。五万平方メートルもあるラスベガス・コンベンションセンターの東展示ホールで、ぎっしりひしめき合う三千ヵ所のブースのひとつに、隠すように押しこまれていた。

例によって、犯罪現場にいると――しかも死体のすぐそばときた――僕の立場は微妙になる。おまけに、このおもしろくもない発見は、朝のものすごく早い時間だった。だがプロ中のプロであるはずの警備員は、おめでたいことに、展示ブースの通路に僕がいることに気づいてもいない。僕にとっては好都合だ。

ところで、ラスベガスが二十四時間眠らない街なら、僕は二十四時間眠らない男だ。

だからミッドナイト・ルーイと呼ばれている。

ベガスは僕の庭みたいなもの。いかがわしい路地裏も、電飾がどぎついストリップ劇場の看板も、みんな知りつくしている。ベガスは他人を踏み台にして金儲けをする人の街、そしてちょっと楽しもうとやってきて、少しだけ儲けて大きく損をする人の街だ。こんな場所、かかわらないほうが賢明じゃないかと思うこともある（僕は天使じゃないのでね）。それでも僕はここに留まり、真正面からぶつかってもいるんだ。

だが、この街では知りすぎることは割に合わない。まあ、観光客は実際に起こっていることの半分にも気づいていないがね。なぜならラスベガス観光は、ブラックジャックとにぎやかなスロットマシン、中身より紙製の小さな傘のほうが目立つフリードリンク――その三つをぐるぐるとめぐる三日間のピクニックみたいなものだから。

それにラスベガスは、一九四〇年代にギャングのバグ《害虫》ジー・シーゲルが初めてフラミンゴ・ホテルのネオンサインをかかげたときのような、いかす街じゃなくなってしまったと言う人もいる。ギャンブルや女たち、それに違法な楽しみを与える薬物なんかで甘い汁を吸っていたとあるファミリーが、その毛深い手を緩めたせいだなどと言う人までいる（はっきり言うと、僕はドラッグは好まない。ときどきほんのちょっぴりたしなむ程度だ）。

それでも、僕みたいな隠居には知って知りすぎることはない。僕の毎日は静かなもので、へたに目立たないようにしているが、この街ではまああの地位がある。ごく限られた仲間うちでのことではあるが。その仲間たちに言わせれば、死体発見にかんしては、〝君子危うきにわざと近づく〟ってことでだいたい意見が一致している。

死は、はっきりそれとわかるにおいを広める。ぞっとするような血だまりが、わざわざ事件を宣伝するまでもない。ネズミの死体であろうと人間の死体であろうと、五感すべてが生命のないものには尻込みするんだ。これまで出くわした死体はどれも好きになれなかったが、その気持ちは誰だって同じだと思う。そういう哲学的な気分になる瞬間には、じっくり考えてしまう。みんなから悼まれるであろう（この街では確実なことは何もないのでね）この人は、僕みたいなのに発見されてどう思っているのだろうと。じつは僕は仲間うちで、ギャンブラーとはいかないまでも、ちょっとした散歩家《ランブラー》として知られているんだ。

そういうわけで僕は、現場に転がる犯罪証拠物件を見下ろしながら、ラスベガスのはかない生死の姿や、犯行現場をかぎつけてしまう自分の癖について考えていた。遠くでまぶしく光る防犯ライトの灯り以外、あたりは暗い。でも、遺体に目立った外傷がないとわかるくらい、僕にはよく見えていた。もちろんこの街のことだから、自然死の保証もどこにもない。ラスベガスは、体には無理でもふところ具合に死をもたらすほどのショックを与えることはできるのでね。

どうして現場にいたのか、地元警察に釈明する場面を想像してみたが、ばかばかしかった。理由は単純、僕はいつだって勾留中の露出狂のコートよりしっかり口を閉ざしているからだ。ミッドナイト・ルーイは口を開かない——絶対に。だが、僕なりの情報提供の方法がいろいろあるから、ほかの選択肢も検討してみるつもりだ。問題があるのに見て見ぬふりはできないのでね。

いちばん重要なのは、ラスベガス・コンベンションセンターが僕の普段の行動範囲から遠く離れている点だ。どうしてここへ来ることになったか、説明しようか。僕はクリスタル・フェニックスの私服警備員だ。クリスタル・フェニックスというのは最高級のホテル&カジノで、ストリップ大通りと呼ばれているメインストリートではその名を象《かたど》ったネオンサインが光っている。まあ、実際に味わうことはできないが、味わい深いネオンサインだ。鳥に似た謎めいた生き物が、赤と青にエメラルドグリーンがちょっぴり混ざった羽を爆発させて輝いているんだ。

市松模様とまではいかなくても、ピンストライプ程度に複雑な過去を持つ僕みたいな男が非公認の私服警備員という責任ある仕事をつかむなんて、珍しいと思う街の人もいるだろう。じつは、クリスタル・フェニックスの創設者、ニッキー・フォンタナのおかげだ。ニッキーはすごく感じがよくて、彼の大きなファミリーの中ではただひとり、ラスベガスのストリップ大通りみたいにまっすぐな男だ。

ニッキーは、ベニス（ヨーロッパじゃなくてカリフォルニアの）にあるおばあちゃんのパスタ工場から、八百万ドルの現ナマを合法的に相続した。それから何年もかけて、廃墟だったホテルをベガスという街にふさわしく改装することに没頭した。そして小さなマジパン人形みたいなファン・フォン・ラインを雇ってホテルの経営に当たらせた。

この小柄な美人は、まんまとニッキーとの結婚にまでこぎつけた。いま僕が夢から覚めてしまったのは、そのせいだ。というのもこの夫婦、ホテルのためになるとはいえ、子供までつくったんだから。クリスタル・フェニックスは、一か八かの勝負が繰り広げられるポーカーテーブルと食べ放題の食事が並ぶ宮殿だ。二十四時間けばけばしく輝いているそんな場所で、いまは小さな足がぱたぱた動き回っている。

コーラスガールの楽屋でもホテルのオーナーのペントハウスでも、僕の小さな足だけが歓迎された時代もあった。それなのにその新参者ときたら、盛りがついているハーレムの王様よろしく、夜中のとんでもない時間に泣き叫ぶといういかがわしい才能以外に人を惹きつける力はないくせに、猫なで声の人間たちに取り囲まれるようになった。これには僕もしらけたね。

そこで、すっかり居心地が悪くなってしまった本拠地から遠く離れて、ラスベガス・コンベンションセンターまでぶらぶら足を延ばすことで不快感を表明することにした、というわけだ。あたりのお祭り騒ぎでわかったんだが、コンベンションセンターではちようど米国書店協会《アメリカン・ブックセラー・アソシエーション》のブックフェア、略してＡＢＡが開催されようとしていた。

僕はブースを一、二ヵ所、ざっと見てみようと思った。本は昔から大好きで、あの有名なディケンズならぬ猫のディキンズ全集とか、数多くの超大作の上でずいぶんうたた寝もしてきた。優れた作品の上で丸くなって眠ることが何より好きなのだ。個人的に知っている作家もいる。なかでもいちばん有名なのは――回想録が刑務所の連中にかなり売れたボス・バナナを除けば――硬い殻をかぶった友人、ゴキブリのアーチー（アメリカの作家ドン・マーキスの詩『アーチーとメヒタベル』に登場する詩人のゴキブリ）だ。彼が毎晩タイプライターのキーの上で踊るタップダンスは（彼は古風なタイプなんだ）、とても楽しいし、ためになった。

そういうわけで、僕は知らない世界をのぞいて視野を広めることにした。ベガスは知らない世界を絵に描いたような街だから、これはひと仕事になる。僕は大急ぎでコンベンションセンターへ向かった。

手始めに、裏手の関係者専用エリアを偵察しようと計画した。そのへんはたいてい僕の名前と同じ真夜中《ミッドナイト》にはひと気がなく、地元の猫が数匹、おいしいものはないかとゴミをあさっているだけだ。最近はベガスでも、家のない連中が増えている。シャツがないのは当たり前だがね。

鍵のかかったビルに入りこむ方法は山ほどある。人目を忍んでいて、しかもしなやかな体の持ち主なら、なおさら手段はいくらでもある。それにミッドナイト・ルーイに知らないことなど何ひとつない。僕はやすやすと中へ入って、ブースでできた迷路のあいだを歩き回り、山積みになった本やポスター、ありとあらゆる種類の写真が刷られたビニール袋をじっくりながめた。

それから、なんということもなく〈ベイカー&テイラー〉社のブースを捜した。そこではベーカーとテイラーという名の二匹の有名な猫族が展示されるらしい。どうやらブックフェアでは生きている動物を使った出し物にニュース価値があるようだ。このペアは新聞という新聞に取りあげられ、西部の小さな町では〝図書館猫〟にも認定されている。

二匹の顔写真を見る限りでは、ベイカーは白やグレーなんかが混ざっていて特別高貴な血筋ではないようだし、テイラーも似たりよったりだった。どちらも耳については話す価値すらない。そのおかしな耳のせいで、すごく機嫌が悪そうに見える。しっぽにかんしては、僕は紳士だ、何も言うまい。それでも有名な猫だから――まして二匹だ――一見の価値はある。ずっと昔、映画に登場したルバーブというオレンジ色のオス猫以来、猫がこんなに有名になったこともほとんどなかった。もちろん夜のあいだは誰かがベイカーとテイラーをどこかに連れていっているから、ブースにはからっぽのディレクターチェアとすべすべのカタログしか残っていない。僕はあたりをくんくん嗅いで、立ち去りかけた。無料の本をもらわずに帰るとは、ABAの歴史上たぶん僕だけだろう。でもそのとき、ニュースに敏感な僕の鼻が恐ろしい事実に感づいた。ここの空気は死んでいるみたいによどんでいるが、それ以外にも死んでいるものがあるということに。

僕はカーテンのすきまに顔をつっこんで、だらしなく積まれたエベレストみたいな紙箱をよじ登り、からっぽのトールサイズの紙コップや、きれいになめ回されたビッグマックの包み紙をいくつもかわしながら歩いていった——すると、六十代くらいの白人男性と鼻を突きあわせていた。パロマー山にある天体望遠鏡並みにぶ厚い眼鏡をかけていたが、もうこの世で使うことはないだろう。

彼は悪臭の中であおむけに横たわり、ダウンタウンの〈レースと欲望《レースン・ラスト》〉に月曜の午後ストリップショーを見に来る客よりぐったりしていた。僕はさっと正面へ回って、ブースナンバーを確認した。そのブースは、一度見たら絶対に間違えないだろう。なにしろ目の前の死体と同じような、いや、もっとおどろおどろしい状態の、永遠に動かない死体のイラストで派手に飾られているのだから。血の滴る注射器や、エンボス加工された銀色の外科用メスといった不吉な道具の絵もあった。父と継母を斧で殺した（と思われている）リジー・ボーデンがいまも元気に生きていたら、この道具で医師免許もないのに外科手術をして、誰かの命を奪うかもしれない。

僕はブースに大きくかかげられている名前を記憶した——ペニロイヤル出版。そしてもっと居心地のいい場所へ退散して朝を待ち、僕の発見をその道の専門家に知らせるチャンスをうかがうことにした。市民としての義務を果たし、容疑者リストに僕の名前が載らないように。

1　チェスターの最終章

「展示フロアを猫がうろうろしている」オフィスのコーヒーポットへ向かって歩きながら、警備員がぶつぶつこぼした。「俺たちは国際テロリストを警戒するはずだったのに」

「猫ですって！」テンプル・バーの頭がぴょこんとあがり、コンピュータ画面から離れた。「どこにいるの？」

警備員は、しおれた花輪みたいにぺちゃんこの髪で覆われた頭を振って、キャップをかぶった。カフェインがポットの栓からじょろじょろと出て、発泡スチロールのカップの縁を泡で覆う。

「キングコングならぬ、猫《キティ》コングか。たいしたテロリストだな」

「ねえ、ロイド、とても大切な猫が今朝展示ブースからいなくなったの。二匹もよ。コンベンション参加者にフロアを開放する前に、その子たちを見つけ出さなくちゃ。猫はどこにいたの？」

ロイドはキャップが落ちそうな勢いで頭をがりがりかいた。

「あんたみたいなオフィスガールは、みんな猫が大好きなんだな」

テンプルは一五五センチの体でせいいっぱい背伸びし、頭頂部に押しあげていた特大の眼鏡を乱暴に鼻の上に戻した。

「私はオフィスガールじゃありませんからね。このコンベンションの各社の広報をフリーランスでとりまとめてるの。それに仕事場の猫にばかみたいに夢中になったりもしないわ。ただし、広報と関係があるなら話は別。当然だけど、ベイカーとテイラーみたいな企業マスコットは、書店協会のブックフェアにとってはものすごく重要な存在なの。なんと言っても〈ベイカー&テイラー〉社は、この国屈指の大手取次店《ホールセラー》なんだから」

テンプルは息継ぎするように言葉を切ると、デスクの下にもぐりこんで、威圧感を放つキャンバスバッグを引っ張り出した。「テンポルス・ヴィタエ・リブリ《短命の本》」と派手な文字が並んでいる。〈タイム・ライフ・ブックス〉社のノベルティだ。

テンプルはしかめつらをしながらデスクの前へ回りこんだ。

「それで、そのわんぱく猫はどこにいるの？　あなたが無関心なら、私が自分で捕まえるわ」

ロイドはテンプルの八センチもあるヒールや象の膀胱並みに大きいバッグ、それにものすごく意志が強そうな顔をじっくりながめた。二十一歳くらいにしか見えないが、じつは目の前に三十代という危機が迫っていた。七月が誕生月で、いまは五月から六月への変わり目だ。それなのに幼く見えることを、本人は苦々しく思っている。

ロイドは頭をぐいっと突き出した。

「木にくくりつけられたスパンコールつきのゼブラの近くだ」

「木にくくりつけられたゼブラ？　ああ、〈ゼブラ・ブックス〉の回転木馬のことね。まったくもう」テンプルは手首がすっぽり隠れるほどの一ドル銀貨サイズの腕時計を見て言った。「会場は九時に開くわ。本好きの人たちが夜更かしでよかった。きっとひと晩中読書してるのね」

テンプルはバッグをひるがえし、カツコツと靴音高くオフィスから出て行った。ロイドは、やけどしそうなほど熱いコーヒーに向かって「近ごろの女性」について下品なことをつぶやいた。

ライトが巨大な展示エリアを照らしている。各ブースのつやつやしたポスターや引き伸ばされたブックカバーの写真が光を反射し、直立するプールのように輝いている。テンプルは通路の迷路を通り抜けた。すでに作業を始めている早起きの出品者もいて、段ボールから本を出したりブースを飾りつけたり、ブックフェア初日の準備をしている。

テンプルは、色っぽい女性がセックスと暴力を期待させるきわどい表紙の来年のカレンダーや、色鮮やかな表紙の写真が目を引くぶ厚いアートブック、そして行儀よく並んだ読書灯や房状にまとめられたしおりの束の横をどんどん進んだ。

「ミス・バー」

遠くからロイドの声が弱々しく聞こえたので、テンプルは歩調を緩めた。信じる人はあまりいないが高級で値の張る靴をはいていてもテンプルはとても素早く移動できる。お気に入りの高級ブランド、スチュアート・ワイツマンをはいていれば、自由気ままな猫にも負けないくらいだ。

「子猫ちゃん、子猫ちゃん、どこにいるの」

テンプルは〈ゼブラ・ブックス〉のブースに近づきながらささやいた。〈タイム・ライフ・ブックス〉のバッグを腕からするりとはずし、優しく捕まえる準備をする。だが動いているものと言えば、ディスプレー用の箱にブックカタログを扇形に広げている熱心な出品者だけだ。

「どこなの猫ちゃん、子猫ちゃん」

〈ゼブラ・ブックス〉の実物大の張り子のゼブラがきらりと輝き、不気味なほどの静けさの中で優雅に動いたように見える。

「ほらほら猫ちゃん、いい加減にしないと――!」

怒りの鳴き声がテンプルの罵りをかき消した。太い電気ケーブルのような物体につまずいたのだ。つんのめりながらも足下に目をやると、感嘆符形に鋭くとがったワイツマンのピンヒールから、たったいま踏んだ猫のしっぽがさっとすり抜けていくのが見えた。

ロイドがのんびりやってきて、言わずもがなのことを言った。

「また逃げたよ」

テンプルは猫のあとを追って通路を突進し、角を曲がるたびに勢いよく体を傾け、ぼんやり歩いている人にぶつかっては跳ね返された。

「その猫、つかまえて！」テンプルは叫んだ。

出展準備に追われている人たちは何事かと手を止めて、テンプルが全速力で駆け抜けるのをただみつめるばかりだった。鼻に小さないぼのあるはげ頭の男が、黙って前方を指さした。テンプルは猛スピードで走った。

山積みになったペーパーバックの聖書の向こうで、黒いしっぽがゆらゆら動いている。テンプルは追った。バベルの塔がまた崩れ落ちる。

「ベイカー！　テイラー！　キャンドルスティック・メイカー」テンプルはでまかせに歌いながら懇願した。「お願い戻って、シバの女王——」

猫のしっぽが思わせぶりにひょこひょこ動き、展示物から展示物へと見え隠れしている。平らな靴底がテンプルの後ろでどたどたと音をたてている——ロイドや野次馬と化した出品者の行列がようやく追いついたらしい。テンプルは、猫のしっぽがブース裏のカーテンの下にもぐりこむのを見逃さず、自分もカーテンの向こうへ飛びこんだ。

「逃げられないわよ！」

テンプルは声高らかに宣告した。だが勇ましい言葉とは裏腹にうつぶせに倒れていて身動きできない。足の甲は山積みの段ボール箱を押しつぶし、一方のひじは妙な傘と闘い――ほんとうに妙だ。誰がラスベガスに傘なんか持ってくるだろう？――もう一方は折り紙でできた骨格標本みたいに転がっている何本ものポスター相手にじたばたしている。

それでもようやく立ちあがり、獲物に手の届くところまで来た。テンプルは太った黒い影に向かって飛びついた。いつものようにせいいっぱい体を伸ばし、いつものように障害物をものともせずに。

猫はほの暗い隅に追い詰められ、うつぶせになったテンプルの体を見ながらじっと座っている。誰かがカーテンを引いたらしく、ひと筋の光が差しこんだ。

「逃がさないで」

テンプルはつぶやき、猫に飛びつこうとしたときにどこかへ飛んでいった眼鏡を手探りした。

「なんてことだ」誰かが言った。

テンプルは、自分が体を横たえている雑多なものの寄せ集めをあちこちたたいて、眼鏡をみつけた。眼鏡をかけたら、大いばりで猫をにらみつけてやろう。

「どうなってるんだ」ロイドがテンプルの後ろでつぶやいた。

「立ちあがるから、誰か手を貸して」テンプルは頼んだ。「それから、その猫が逃げないようにして」

だがそのときにはもうテンプルは気づいていた。この逃亡猫が真っ黒だということに。広報用の写真では、ベイカーとテイラーにはぶちの模様があったはずだ。それにこの猫の耳は大きく、ぴんと立っている。行方不明の「スコティッシュフォールド」の特徴であるちんまりとした耳とは似ても似つかない。

テンプルは体を支えようとして両手首のあたりに力を入れた。すると男性のスーツのジャケットに手を押しつけていることに気がついた。いや、それだけではなく、テンプルはアイスココア色のウール地の上に長々と横たわって、ひどいしわまでつけてしまったようだ。

「ごめんなさい。私、ちょっと――」テンプルは体を起こそうとした拍子に、硬くてでこぼこな男の体をぐいっと押してしまった。

「あっ」テンプルは男の目をのぞきこんだ。男はテンプルの存在にも、スーツのしわがさらに増えることにも、文句を言える状態ではなかった。

誰かがテンプルのひじをつかんでぐっと引っ張った。テンプルは背筋を伸ばし、野次馬ばかりか明らかに猫までも催眠状態に陥れたものをしげしげとみつめた。男がひとり、散らかったブース裏にあおむけに横たわっている。「STET」という手書きの文字が、男の微動だにしない胸の上でゆがんでいる。

「ええと」テンプルは、背後でざわめきが起こり始めるのと同時に振り向いた。「ロイド、警察が到着するまで現場を確保して。それからあの猫を」と、どの猫かはっきりわかるように指さして「このバッグに入れて。お願いですから、みなさん、この場から離れてください。事故があったようです。しかるべき専門家に対処してもらわなければなりません」

反抗的な人も、これには抵抗しなかった。テンプルの口調が警察と同じようにきびきびしていて、しかも死者への敬意もこめられていたためだろう。野次馬は少しずつ後退していった。しばらくすると、ロイドが〈タイム・ライフ・ブックス〉のキャンバスバッグを腕に掛けてくれた。ずっしりと重い。退屈そうな緑の目が、バッグの濃紺の深みからまばたきしている。

テンプルは、バッグの中で丸くなっている猫を腕からぶら下げたまま——なんて重たいんだろう——ブースの正面へ回った。銅色と黒のペニロイヤル出版のサインボードが会場のライトを浴びてきらめいている。処方箋の略記号「Rx」の上に覆い被さる髑髏《どくろ》と骨のグラフィック画も。

テンプルはそのブースの気味の悪いイラストをじっくり観察してから、バッグに入っている猫を神経質にちらりと見た。猫があくびをしたので、ピンクの畝模様のある上口蓋が見えた。赤ん坊のセーターのようにやわらかそうだ。だがその口には、白く鋭い歯が並んでいた。

2　消された編集者

ご立腹の出版関係者たち――編集者、セールスマン、出版界のお歴々――が、会場をうろうろしている。だがどうすることもできない。

通路が二本、非常線を張られて無期限にふさがれた。警察の許可を得た会場係が付近のブースの展示物を運び出し、ただでさえぎゅう詰めの展示エリアに無理にすきまをつくってどうにか割りこませた。立入禁止区域を挟みこむように置かれた数本のイーゼルの上には「立入禁止、撮影現場」と告げる掲示板が載っている。テンプルのアイデアだ。ほんとうに撮影が行なわれているんだからちょうどいいじゃない、とカシャカシャ音をたてる鑑識のカメラをみつめながらテンプルは思った。

C・R・モリーナ警部補は、テンプルを難しい顔で見下ろした。

「猫を追いかけていたら、死体をみつけたですって？」

「展示エリアで猫を野放しにするわけにはいかなかったから。でも、てっきり猫を目玉にしているブースから逃げたものだと思って」

「生きている猫を？」

「ええ……死んだ猫はあまり気分のいいものではないから」

「これはどういうたぐいの展示会だと言ったかしら？」モリーナ警部補は疑い深そうに青い目を細めて、騒々しい不協和音のようなイラストや活字の洪水を見た。

「ABA——ああ、でも同じABAでもアメリカ法律家協会《アメリカン・バー・アソシエーション》じゃなくて、書店協会のほう。アメリカン・ブックセラー・アソシエーション」

「それであなたが偶然遺体を発見したのね？」

「ええ」

「そして遺体を動かした、と」

「ちょっと待って、遺体はもう硬直していたわ。コルクボードみたいに。いいえ、アイアンスーツの男みたいに。たぶん……ゆうべ遅くに殺されたんでしょうね。でも検死官が正確な死亡時刻を特定してくれると——」

「いま猫はどこ？」

「猫？　広報のオフィスよ。ペットキャリーに入れて。でもあの猫はこの件とは全然関係ないから——」

「それで、当時あなたが現場にいた理由はそれだけ？　猫を追っていたから？」

「私は広報の人間よ。すべての予定をとどこおりなく進めること、それが私の仕事なの。だから必要とあらば野良猫だって捕まえるのよ」

「野良猫？　展示ブースから行方不明になった猫と言わなかった？」

「あ、ええと、ずっと迷子だったという意味よ」

「わかったわ、ミス・バー、あなたはまた何か隠している。それも広報の仕事の一部というわけね？」モリーナ警部補はいらいらさせる論理で核心を突いてきた。「隠すと言えば、行方不明のあなたのボーイフレンドから連絡は？」

「何も。なぜ彼が『神秘の魔術師マックス』と呼ばれているかわかる？」

「人間を消すマジックがうまいからではないでしょう。賭けてもいい」

テンプルは何も言わずに、背の高い警部補が事件現場を検証し終わるのを待った。実際テンプルはある情報を――いまだにベイカーとテイラーがみつかっていないことを、やましく思いながらも口にしていなかった。でもそれとこれとは無関係だ……どうやら殺人らしいこの事件とは。

「どうやって殺されたの？」テンプルはたずねずにはいられなかった。

モリーナのブルーマルガリータ色の瞳が氷で覆われた。

「殺されたとは言い切れないわ。自然死の可能性もある」

テンプルは目をむいた。

「胸にネクタイピンみたいに目立つ文字が書かれていたのに？」

「ここで筆記具を手に入れられるのは誰？」

「全員よ。ＡＢＡは文字を中心に回っているんだもの。ここにいる人は全員、メッセージを残したり、本にサインしたり、本の注文を書きとったりしようとする。今日ここへ来る予定なのは一万三千人の出品者だけだから、運がよかったわ。明日はさらに来場者が一万千人増える。そうでなくても、もうこのフロアにはゆうに二万本のマジックペンがあるでしょうね」

職業柄厳しいモリーナ警部補の顔がさらに厳しくなった。この殺人課の刑事がいらいらしているのは、死者の胸《デッドマンズチェスト》に文字を書くのに何が使われたか自分が言い当てたからだろうか、とテンプルは思った。ヤッホッホー、マジックペンで乾杯だ。

「あの『ＳＴＥＴ』という文字、どういう意味かわかる？」

「ええ。ジャーナリストや編集者が原稿に印をつけるために使う省略記号で、『イキ(let it stand)』という意味よ」

モリーナ警部補は何も言わず、微動だにせず待った。怒りの静まらない島の神のようだ。

「つまり『ＳＴＥＴ』は、一度消されたり変更されたりした原稿箇所を元の状態に戻すという意味なの」テンプルは詳しく説明し直した。ふたりは同時に振り向いて遺体をながめた。「この場合」とテンプルは言った。「灰は灰に帰すべし、ということでしょうね」

「そう決まったわけではないわ」と警部補は指摘した。「この件にかんする報道はどうするつもり?」

「慎重に対処します」

「がんばって」警部補は意味ありげににやっと笑い、去っていった。

ロイドがテンプルのほうへ屈みこんだ。

「あの女、権力を振りかざすのがよっぽどお好きなんだな」

「じつは私、フラットシューズをはいているのに身長が一八〇センチ近くある女性が怖くて仕方がないの」テンプルは大袈裟に身震いした。「でも考えてみれば、モリーナ警部補がいるなら会場のエアコンが故障する心配はないわね。彼女ひとりでサハラ砂漠だって涼しくできそうだもの」

「テンプル、君は世間話までいかにも広報の女性といった感じだな。歯切れのいいプレスリリースのお手本だ」聞き慣れた声が割って入った。それはほめ言葉ではなかった。

クロフォード・ブキャナンがテンプルの背中をみつめながら近づいてきた。

「それに話し方がDJみたいだ。『みんな私に注目して』と言いたいんだな。浮世離れしたデイリー・スニッチ誌からどうやってここへたどりついた?」

ブキャナンは、ラスベガスに氾濫している一枚刷りのニュースシートで芸能ライターを務めている。ニュースシートの特徴は大量の広告とわずかばかりの客観性だ。ブキャナンはテンプルと同じくフリーランスで雇われて、ＡＢＡの正規の広報部と、数え切れないほどある地元出版物の組合との調整役をしていた。小柄で、イタチ程度には品がい い。パーマで巻き毛にした白髪交じりの髪、澄んだ茶色の瞳とクモの糸のように繊細なまつげをかろうじて支える目の下の消えないたるみ、そしてガラガラヘビみたいな道徳心の持ち主。ナポレオンのようにうぬぼれの強いやせ男の例に漏れず、テンプルを自分にぴったりと思っていた。

ブキャナンは反撃しようとするテンプルを無視して騒ぎに目をやった。

「ビジネスに影響がありそうだ。〝ＬＶＣＶＡ〟が避けたかったのは、まさにこういう事態なんだよ、Ｔ・Ｂ」

なんでもかんでも頭文字で呼ぶことが大好きなブキャナンは、テンプル・バーのイニシャルＴ・Ｂが不運にも結核菌を意味することに、とっくに気づいていた。ありがたいことに、ミドル・ネームがウルスラ（イギリスの聖女ウルスラ）だということはまだ知られていない。

「ええ、でも避けられないことだってあるわ」とテンプルは素早く応戦した。「ラス《L》ベ《V》ガ《C》ス《V》観《A》光局だけじゃない。どんな人でも絶対に避けられないものが何か、聞いたことがあるでしょう。死と税金よ」

「あれを外へ追い出さないとな」ブキャナンは死体のほうへ、いや、そのまわりに群がる人だかりのほうへ頭をひょいと動かした。

「警察の調べが終わるまでは無理だわ」

「本部の誰かに助けを求めたほうがいいかもしれないぞ、T・B」ブキャナンはなれなれしく笑った。「君は個性が強いからな」

「そうね。だけどあなただって臭いチーズ並みに個性的じゃないの。自分で現場まで行って野次馬を追い払ったらどう？」

ブキャナンの指がヘビの舌のようにテンプルのうなじをすっとなでた。

「怒りんぼうのテンプルちゃん」

「やめて！」

だがブキャナンの姿はもうなかった。人を不快にしてさっさと逃げることにかけてはプロ級だ。そしていつも疑うことを知らない女性たちに取り入っている。テンプルは、会場裏手にあるＡＢＡの広報オフィスへ引っこんだ。どの程度の悪影響があるか見積もりたかった。

「おや、名探偵ジェシカおばさんジュニアじゃないか」フリーランスの広報を束ねるバド・ダブスがテンプルを迎えた。

テンプルはたじろいだ。

「行方不明の猫を捕まえたつもりだったのよ。みつけたのが迷子の猫だけなら気分爽快だったのに」

ダブスは半円形の読書眼鏡越しに、ペットキャリーの小さな金網の扉から中をのぞきこんだ。テンプルが猫を捕まえた直後にアシスタントに買ってきてもらったキャリーだ。「これが例の？」

「まあね」

「それで、警察は？」

「二、三時間で退散するんじゃないかしら。そうすればまたあの通路のブースを使えるわ」

「変な噂がたったらどうする？」

「地元の三流紙はどこも気づかないでしょう」

「ずっと気づかないと思うかい？」

「いいえ……でも、なんとか隠しておけるはずよ」

「どうやって？」

「まだわからない」

「殺人なのかい？」

「警察はわからないと言ってるわ。話すつもりがないだけかもしれないけれど」

「君は死体の上に転んだんだってね」

「死者は死因を教えてくれない……だけどあの文字は、あの人が死んだことを誰かが喜んでいるという証拠ね」

「被害者は誰だい？」

それがまた厄介なのだ。テンプルはキャリーをオフィスの真ん中から自分のデスクの横に移動した。キャリーが動かされていることに気づいたのか、中から低いうなり声が聞こえた。テンプルは椅子に腰掛けた。座っているほうがいつも堂々とした気分になれる。

「発行人よ。ペニロイヤル出版社長のチェスター・ロイヤル」

「発行人だって？」ダブスは、テンプルの責任と言わんばかりににらみつけた。「大物かい？」

「それほどでも。ペニロイヤル出版はただのインプリントで、大手出版社の小規模な社内事業なの」

「大手出版社って？」

「〈レノルズ／チャプター／デュース〉」

「……聞いたことがあるな」

「八〇年代に合併するまでは、三つの独立した出版社だったわ」

「つまり、とてつもない大企業が重役をひとり失ったということか。この、我々のコンベンションセンターで」

「いいえ、そうは言えないわ、バド。セキュリティチェックを通過する二万四千人の中に殺人犯がひとりいたとしても、そして被害者がひとり出たとしても、それは私たちの責任ではないもの。どこで起こっても不思議ではなかったのよ——サンフランシスコでも、アトランタでも、ワシントンでも」

「でも現にここで起こったんだ。心証は悪い。それに明日はブックフェアの初日だ。書店関係者やニュースに飢えたメディアがどっと押し寄せるぞ。外部に漏れないようにしないと」

「事件を秘密にすることはできないわ、バド。市民には知る権利があるのよ」

「広報が君の仕事だろう？　市民が知る権利を振りかざしたときに情報を滅菌消毒するのでなければ、なんのための広報だい？」バドはキャットキャリーをちらっと見た。

「死体が運び出されたら、この猫も追いはらったほうがいい」

「それはどうかしら」テンプルは屈みこんでほの暗いキャリーの中をのぞきこんだ。ブドウのように丸い緑の目が、とがめるようにテンプルを見た。「この子には仕事を手伝ってもらえるかもしれないわ」

3　広報そろい踏み

テンプルは通路を滑るように移動しながら俳優チャールトン・ヘストンの横を通り過ぎ、反射的に会釈した。

映画スターの顔を見慣れると、本人と知り合いになったような気がしてくるが、残念ながら完全に一方的な思いこみだ。テンプルは立ち止まると、身長が一九〇センチもあるヘストンの肩を間近からみつめたが、すぐに肩をすくめて二〇八号室をめざした。殺人事件でバランス感覚がこれほど変わってしまうなんて、驚きだ。ヘストンはロビーの奥のインタビュールームへ向かう途中だった。ラスベガスはハリウッドに近いので、インタビュールームには有名人がロサンゼルスのヒバリのように大勢群れている。

メモリアルデー直後の長い週末に向けてＡＢＡの会場準備が始まったばかりのころ、つまりテンプルの忍耐力にも弾力があり足にタコもできていなかったころ――ほんの昨日の木曜日――花形スターが姿を見せても、テンプルはどぎまぎして「盗み見」しかできないほどだった。それがいまではチャールトン・ヘストンやポール・ニューマン、ショーン・ペンにつぎつぎと出会っても、少しも気にならない――彼らが死んでいない限り。

会議室になっている二〇八号室のそっけないドアの外で、テンプルはひと呼吸置いて来るべき試練についてじっくり考えた。相容れない目的を持つ広報担当の三人が顔を突きあわせるなんて、これ以上ぞっとする状況はない。面倒な殺人事件が大切なイメージを危機にさらしているのだから。コンベンションセンターの、ABAの、とりわけペニロイヤル出版を支援している大手出版社のイメージを。テンプルは眼鏡を鼻先に下げ、首をせいいっぱい伸ばして少しでも背が高く見えることを期待しつつ、勢いよくドアを開けた。

ふたりしかいない部屋を見渡したテンプルは、訂正しなくちゃ、と思った。広報担当の女性が三人顔を突きあわせることほどぞっとする状況はない。この仕事では女性のほうが明らかに凶暴なのだ。広報は、女性がトップに上り詰めることができる珍しい分野で、その大半は妥協したりしない。とくに肩パッド入りのスーツで完全武装したクローディア・エスターブルックは、ABAという広報の巨大競技場で、ローマ皇帝クラウディウスの妻メッサリナの全盛期から走り続けている。傍目にはそれほど老けて見えないのは、形成外科医の忍耐強い仕事のたまものだろう。

「あまり時間がないの」クローディアが宣告した。クローディアのスプレーで固められた髪は、タピオカ色だ。その髪も、誰かに刺さりそうなほどとがった爪も、カミソリで手入れしているらしい。『エルム街の悪夢』のフレディみたいな爪がテーブルをたたいた。

「洗剤を流しこんでも黙らないようなロックスターが、二十五分後に記者会見を開くのよ。だから被害対策のために立ち会わなければならないわけ」

「長くはかかりません」テンプルは会議テーブルへ靴音高く近づき、ベージュのフォーマイカの上にブリーフケースをどすんとおろした。「今後の方針をまとめたほうがいいと思うんです。ロイヤルの死について相反するプレスリリースをあわてて出したりしたら、この苦境がほんとうに長引いてしまうから」

クローディア・エスターブルックの向かいに座っている面長でがっしりした顔の、ネズミの耳のようにふたつに髪を結った女性がうなずいた。

「〈レノルズ／チャプター／デュース〉の広報責任者、ローナ・フェニックよ。あなたの言うとおりね。私たち全員が調子を合わせてタップダンスを踊らなければ、舞台はめちゃめちゃだわ」ローナはエナメル革のブリーフケースを開けて、書類の束を引っ張り出し、すべすべしたテーブルの上を滑らせた。「チェスター・ロイヤルの経歴、ペニロイヤル出版のインプリントの歴史、代表作家三人の新刊と、ミスター・ロイヤルの死に対する哀悼の意やなんかを表明した我が社のコメント」

「すばらしいわ」テンプルは椅子に腰掛けながらにっこり笑った。思っていたより簡単に事が運びそうだ。ローナ・フェニックはターキーみたいに強面《こわもて》だが、広報担当者としてこれ以上は望むべくもない素早すぎるほどの対応を見せてくれた。「それから、コンベンションセンターの地元紙のリスト。これを見れば誰を払いのけなければならないかがわかるでしょう」

「そうね」クローディア・エスターブルックは、人を殺せそうなほどとがった爪で首をそっとかいた。「殺人のようなおぞましい事件が起こった以上、新聞社は遠ざけなければいけないわ。そうなると、いつもの仕事をいつものとおりこなしても――つまり本とか作家とか、明るいニュースを宣伝しても、ＡＢＡのインタビュールームの四分の一も埋めることはできないでしょうね」

「なぜかわかるでしょう」とローナが割って入る。「書評家たちにまったく影響力がないのは、新聞の書籍部門が実質的には広告支援をまったく受けていないからよ。出版社や書店から新聞社がもっと広告費を得ることができれば、ＡＢＡの広報活動ももっと広げられるわ。なんと言ってもお金は力なんだから」

「ええ、このコンベンションが典型的な地方紙の記者をこれほど惹きつけるのはそのせいよ。彼らがＡＢＡを担当したがるのは、コーヒーのしみのついた自分の原稿を宣伝するためでしかないの。大部分は作文教室の吸い取り紙に使われるのがおちなのに」

「そのとおりだわ、クローディア」とローナ・フェニックが発泡スチロールのカップをすする。「動機はどうであれ、ＡＢＡは新聞記者には魅力的なのよ。そして記者はみんな殺人事件のような生々しい話には喜んで飛びつく。ＡＢＡみたいな場違いな場所で起こった場合はとくにそう」

「『場違い』かどうかはわからないじゃないの」とクローディアが言い返した。「ＡＢＡでエゴとエゴがぶつかり合ったら、どんなことが起ころうと不思議じゃないでしょう。そういえばチェスター・ロイヤルがあなたに『鼻持ちならない広報のやり手女』って面と向かって言ってから、まだ二日もたっていないわよね」

ローナの顔が赤くなった。

「チェスター・ロイヤルは誰に対しても態度が悪かったの。それが彼の神秘性の一部でもあったのよ」とローナはテンプルに言い訳した。「そういう態度が権力を誇示する唯一の方法だと考えている人もいるでしょう」

「つまり被害者はあまり好かれていなかったということ？」テンプルの脳裏に恐ろしい考えが浮かんだ。「ということは、捜査が長引いて十年後の来週までずれこむかもしれないのね！」

クローディアは鼻を鳴らした。

「よく聞いて、夢見るお嬢さん。ロイヤルはあなたともけんかしていたわよ。覚えていない？　あなたがプレスルームでベガスの新聞は文化を記事にする気がないと言っていたときのことよ」

「夢見るお嬢さん」という皮肉を聞いて、テンプルの眉がぴっとあがり、そのまま留まった。「くどくどと熱弁をふるっている男がいたことは覚えてるわ。出版ビジネスは『わくわくぞくぞくさせて儲ければいいんだ、文学性なんてどうでもいい』なんて言って。彼も私のことを『お嬢ちゃん』って呼んだのよ」

　ローナがうめいた。

「それ、チェスターだわ。いいえ、チェスターだったんだわ。彼はプロ級の気むずかし屋だったから」

「『ろくでなし』には厳しかったわね」ローナのプレスリリースの束にざっと目を通しながら、クローディアがつけ加えた。「率直に言わせていただくけれど、〈レノルズ／チャプター／デュース〉は運がいいわね。あんな不愉快な男とおさらばできたんだから。最近ずいぶんもうろくしてきて、インプリントを処分しようとしていたそうじゃないの。経営者殿の哀悼の意はただの見せかけね」

「とんでもない」ローナ・フェニックの声は、やすりをかけた画鋲のように鋭くなっていた。「よく売れるサブジャンルとして医療サスペンスを生み出したのは、ペニロイヤル出版だと言ってもいいのよ。このインプリントはものすごい利益を生むんだから」

「ロイヤルがいなくても？」

チェスター・ロイヤルの経歴の晩年あたりに目を通していたテンプルは、顔をあげていぶかしんだ。

ローナが答える前に、クローディア・エスターブルックが答えた。

「ロイヤルがいないほうが、むしろ儲かるのよ。彼は〈レノルズ／チャプター／デュース〉のお偉方の言うことなんか聞かなかったそうじゃないの。編集についても財務についても、誰もチェスターとペニロイヤル出版をコントロールできなかったんでしょう。それにペニロイヤル出版はそうとう儲かっている――少なくとも最近までは儲かっていたらしいわね」

「いまでもそうよ」ローナ・フェニックがしらじらしく答えた。並外れて歯が白く歯並びもいいのは、かなりお金をかけているからだろう。「根も葉もない噂を流す人と話していても、ミス・バーの助けにはならないわね」

「それはあなたのことでしょう」エスターブルックがかみついた。「私はもう行きますからね。何を言い出すかわからない男が演台に唾をはきかけて磨こうとしているんだから、こんなところでぐずぐずしていられないの。あなたはここでミス・バーに妖精物語を聞かせておあげなさいな、ローナ。きっと新聞社も記事にしてくれるでしょうよ」

「ひゅう」クローディアの背後でドアがばたんと閉まると、テンプルはため息をついた。

「厳しい仕事よ」と、ローナ。

「私のも――いまは」テンプルが言った。

「あなたも大変なことにまきこまれたわね。地元警察は捜査のために、出版について一夜漬けで詰めこもうとするでしょうね。彼らはいつ・どこで・誰が・何をしたか、そしてなぜかを知りたがるわ。あなたもスタッフも、いちばんかかわりたくないことよね」

ローナはワイン色のヘビ革のたばこケースとライターを取り出すと、テンプルにもの問いたげな顔を向けた。テンプルがうなずくとたばこに火をつけ、頬がくぼむほど深々と吸った。

「クローディアの言ったとおりなの」ローナはドラゴンみたいに煙を吐き出しながら言った。「チェスターは大きなお荷物だった。これは私たちだけの秘密よ」と目を細める。

「出版社の広報をしたことがある？　企業の表と裏の顔について多少は理解してるわよね」

「レパートリー・シアター（専属の劇団が劇・オペラなどを定期的につぎつぎに上演する劇場）の仕事ならしたことがあるわ。それと同じようなものよね。芸術やエンターテインメントを宣伝する、そしてスキャンダルやぼろぼろの経営状態をかぎつける」

「どこのレパートリー・シアター？」

「ミネアポリス」

「ガスリー・シアターね」ローナの陰気な目が尊敬で光った。「いったいどういう経緯でラスベガスに来ることになったの？」

テンプルはため息をついた。「長い秘密の物語。映画の脚本のために取ってあるの」

「ふうん。いずれにしても、そういううぬぼれの強い芸術家気取りがどんなにいやなやつかはわかるわね」

テンプルはうなずいた。「でも最高の芸術家は、たいていすてきな人よ」

「たいていは、ね」

「ところで、チェスター・ロイヤルは気むずかしい作家のひとりではなかったのね。経歴によると、彼は編集長だった――最近は編集者よりもむしろ経営者としての比率が大きかった。彼が重視していたのはビジネスで、小説という芸術ではなかったのね？」

「芸術よりもお金のために殺される人のほうが多いのよ」

「それでも、例の『ＳＴＥＴ』は作家の遺言のような気がするわ。お気に入りの文章をへたにいじりまわされた作家の。ペニロイヤル出版のリストに載っている作家が過去に侮辱されて恨んでいた可能性はないかしら？」

「ベストセラー作家たちの経歴を見てちょうだい。ほかの作家には得るものはないわ――失うものも」

テンプルはごく標準的なプレスリリースに顔をしかめた。ホチキスで留められた二ページの用紙、ダブルスペースでタイプされた文章、そのあいだに組みこまれた作家と秋の新刊の表紙の小さなハーフトーンの写真。作家の名前は、メイヴィス・デイヴィス、ラニヤード・ハンター、オーウェン・サープだ。

「聞いたことがない名前ばかり」テンプルは困惑した。

ローナは目をむいて、やけ気味に煙を吸いこんだ。

「それこそアメリカ国民の多数派よ。大半の人は年に三冊か四冊しか本を買わない。しかもその中にはお料理本や旅行ガイド、星占いの本が含まれている。習慣的に本を読んでいるのは、人口のほんのわずかな割合でしかないのよ。それが読者の好みによってさらに分類される——純文学に、ミステリやロマンス、ＳＦといったジャンル別フィクション、そこにノンフィクションが加わる。数十万の固定層の愛読者が平凡な小説家のキャリアを勢いづけるのよ」

「ベガスのＢ級のショーでも、受難節の六週間は大勢の観客が来るわ」

ローナは肩をすくめた。「出版関係者の知られざる真実。それを考えると、わずかな見返りのために殺人に走るなんて、大半の作家はそんなことしないわ」

「ああ、でもあなたは芸術家の性《さが》を考えていない」テンプルは憂鬱そうに言った。「ほんの端役のためでも人を殺しそうな俳優は大勢いたわ。でもこの人たちは」とプレスリリースを振って「いたって普通に見える」

ローナはくすくす笑った。「普通の作家とやらに会わせてくれたら、それとは正反対の作家を紹介するわよ。演劇界と同じように、出版界も不採用や却下の上に築かれているんだから。成功した作家は、信じられないほどの幸運と三センチの厚さの面の皮の持ち主か、ものすごく長い敵のリストとそれに匹敵する評判の持ち主か、どちらかよ」

「でもこのメイヴィス・デイヴィスという作家は、イリノイ州あたりの田舎町にいる親切なご婦人みたいに見えるわ。たとえて言うなら、チキンスープを持ってやってきた、四十がらみの料理研究家」

「そのスープ、飲む前に成分検査したほうがいいわよ。メイヴィス・デイヴィスは『悪魔の看護師』シリーズを書いてるんだから」テンプルのきょとんとした顔を見て、ローナ・フェニックの説明に熱がこもった。「とってもためになる殺人看護師の物語よ。最新作の『死の出産』は連続赤ん坊殺しの話。誘拐犯の助産師の話も書いてるわ。ナースキャップ犯罪の女王と呼ばれてる」

「いいキャッチフレーズね。それは――」

「ええ、そう、出版社のアイデアよ。『メイヴィス・デイヴィス』という名前も出版社が考え出したんだと思ってる？　あいにくペンネームを強く薦めたけれど、彼女は聞き入れなかったわ」

「ラニヤード・ハンターは?」

「名前のこと、それとも作品のこと?」

「作品のこと。どんな小説を書いてるの?」

ローナはバージニア・スリムをもう一本取り出して——四本目だ——火をつけ、プレスリリースをじっくり見た。

「おもしろいわよ。医療詐欺師の話」

「白衣と聴診器を身につけたにせ医者が、本物の病院で本物になりすます話?」

ローナはうなずいた。

「プレスリリースでは強調していないけれど、ハンターは『医療マニア』と呼ばれてるの。驚くほど多くの有名病院をだまして、医者として雇われていたからよ。その専門分野もまた驚くほど多岐にわたっていた。でもとうとう詐欺罪で逮捕された。チェスター・ロイヤルとハンターは自伝を出すという契約をしたけれど、できあがってみたらフィクションだったというわけ。しかもこの男は医療現場のことを知りつくしている。ほんとうよ。彼の本を読むと、いつか医者じゃなくて配水管修理の作業員に病気を診てもらう日が来るだろうと思ってしまうわ」

テンプルはラニヤード・ハンターの写真をしげしげとながめた。四十代前半、若白髪だがハンサムで魅力的、大仰なほほえみを浮かべている。

「とてももてそうな人間味あふれる顔をしているのね」

「彼に医者だと自己紹介された人が正反対の方向へ逃げるべきだったのは、まさにそこね。本物の医者にしてはできすぎなのよ」

「にせ医者みたいな詐欺は、頭がよくて自信たっぷりの人がするんでしょうね。ハンターは自分は誰よりも優秀だと感じていたはずだわ。ある線を越えてしまうと、人を簡単に殺せるのかもしれない」

ローナが重々しくうなずく。

「ラニヤード・ハンターにはうっとりするわよ。そのプレスリリースのためにインタビューしたけれど、彼のことをよく知らなかったら私も胆嚢を摘出してもらっていたでしょうね。でもハンターの医療の知識を利用して富を築くきっかけをつくったのも、彼に売れっ子作家という地位を与えたのも、ペニロイヤル出版だった。そんな金の卵を産ませてくれる巨人を、なぜ殺すかしら？」

「ではこの最後のひとり――オーウェン・サープは？」

「まるっきりの三文文士。何十ものジャンルの小説をその倍の数のペンネームで書いている。オーウェン・サープというのもペンネームよ。彼の小説は決して売れ筋ではないけれど、筆は速いし信頼はできる。彼の作品は身の毛もよだつような内容だから、紛れもない恐怖がその特徴ね」

「『かぐわしい死体』はどんな話?」

「死体置き場の人食い係員の話」

「『医療アシスタント――匿名のメス』は?」

「サディスティックな形成外科医が患者の見た目をめちゃめちゃにして自殺に追いこむ話」

「不思議でしようがないんだけど、こういう本を書く作家自身はほんとうに普通の人なの?」サープはたしかに普通の人に見えることは見える――中年、中流、中西部の人。ローナは観客の反応がよかったコメディアンのように顔を輝かせた。

「ごく普通の作家なんていると思う? もちろんいないわ。彼らは脳の中に浮かんでくる夢物語をかたっぱしから文章にして、それで報酬を得ているんだから。運がよければだけどね」

「もっと穏やかで心安らぐことだって書けそうなものなのに」

「たとえば?」

「たとえば……ロマンスとか家族の物語とか、株式市場についてとか」

「穏やかで心安らぐものは売れないの。売れるのはセックスと暴力。それに株式市場にも、家族にも、愛し合っているように見えるカップルのあいだにも、セックスと暴力は存在するわ」

「そんなふうに言うなら、出版界の人がもっと大勢殺されても不思議じゃないわね」

「殺人だと確信しているの？　警察はまだ断定していないのに」

「殺人を楽しんだ何者かが、死体を置き去りにしたみたいに見えたから。ロイヤルがどんなふうに発見されたか、警察は話していた？」

「亡くなってたって」ローナは言い、目を細めた。「ほかにも何かあるの？」

「いまのところはないけど、これから出てくるかもしれないわね」テンプルは〈レノルズ／チャプター／デュース〉のプレスリリースを会議テーブルにきちんと積まれた書類の山の中へ押しこんだ。「いつでも話が聞けるように、あなたのスタッフに言っておいてくれないかしら？　私はこの街のメディアや警察のことならよく知っているから、情報が多ければ多いほど先回りできることも増えると思うの」

「この騒ぎは小さくなるどころかもっと大きくなると本気で思っているのね？」

「もちろん。あなたのリリー・オブ・フランスの高級ランジェリーを賭けてもいいくらい。ラスベガスは本よりも犯罪が大好きな街なのよ。でもあなたが教えてくれた悲しい統計だと、それも仕方がないことね」

「勝手に動いたりしないで喜んで協力するわ。この事件にかんしては、私たち運命共同体よ」ローナ・フェニックは眉をアーチ形にして共犯者のように言った。

この言葉を聞いてテンプルは不思議に思った。なぜインプリントの編集長が自分の君主とも言える広報責任者を「鼻持ちならない広報のやり手女」などと呼んだのだろう、と。

「まだいたの?」

クロフォード・ブキャナンが彼女のデスクに座っているのに気づいて、テンプルは不機嫌になった。囚われの身の猫を格子越しに鉛筆でつついている。もう午後六時過ぎで、オフィスにはほかに誰もいない。

「僕たちは運命共同体じゃないか」彼は一本調子で返した。「プレスは団結しているぞ。そういえば、ダブスが気にしていたな——迷子の猫について新しい情報はないかって」

「ああ……ベイカーとテイラー。すっかり忘れてたわ。あの死体のせいで悪い評判が立たないように一日中走り回っていたんだもの」

「悪い評判ってこういうことかい?」ブキャナンがひじをあげると、その下に隠れていたレビュー・ジャーナルの夕刊が現われた。「編集者死す。コンベンションセンターにて」大見出しがテンプルの目にぱっと飛びこんできた。

「だけど、記事は小さいわ」テンプルは前屈みになってざっと目を通した。

「そうは言っても一面だ。あまり詳しくはないがね。プレスに漏れるのが早すぎた。おまけにモリーナ警部補は口が堅い。そんなこんなでダブスは今日の午後イブプロフェンを二錠ものんでいたよ」

「アスピリンにすればいいじゃないの」テンプルが鋭く言い返した。「彼の年齢なら、心臓のためにもそのほうがいいでしょう」

ブキャナンはテンプルの椅子に座って右に左に回転した。

「こんなふうに状況がよくわからないほうが、彼の心臓のためにはずっといいさ、T・B。おい――痛っ！　こいつめ、俺の手から鉛筆をひったくりやがった」

「いじめるなら自分より大物じゃない人にしたら、C・B」

これを聞いたブキャナンは椅子から立ちあがったが、怒りは長続きしなかった。媚びるようにほほえみ、キャットキャリーを指でこつこつとたたく。

「猫が行方不明だと公表して殺人事件の熱を冷ましたほうがいい、とだけは言っておこう。さもなければＡＢＡは言うに及ばず、ラスベガス観光局も君に不満を抱くだろうからな。じゃあな」

テンプルは、オフィスをぶらぶら出て行ったブキャナンの灰色のモップみたいな巻き毛頭をみつめた。四角く仕切られたブースの上にまだちらちら見えている。

「いやな男！」ブキャナンがいなくなるとテンプルは小声で毒づいた。「大丈夫？　子猫ちゃん。あのいやらしい小男に意地悪されなかった？　さあ、帰りましょう。もうここにはいたくないわ」

4　新しい隣人

テンプルは重い足取りでおよそアパートメントらしからぬ名前の〈サークル・リッツ〉の駐車場を歩いていた。キャットキャリーが足首に四分の四拍子のリズムでぶつかる。午後遅い太陽の光が照りつけ、アスファルトが生焼けのチョコレートチップ・クッキーのようにやわらかい。

ハイヒールが一歩ごとにアスファルトに沈みこみ、テンプルはホットファッジの砂漠をとぼとぼ歩いている探検家のような気分になった。キャリーをおろし、鉄柵の入り口の掛け金をはずし、キャリーを中に移動し、また掛け金をかけた。

そこでひと息ついて、アーチ形に覆い被さるインディゴ色のヤシの木陰にすっぽり入りこみ、黄色いカラーに囲まれたさえざえと青いアパートメントのプールを見やった。水辺に置かれたお気に入りのラウンジチェアに人の姿はなく、生い茂るセイヨウキョウチクトウの影の中でテンプルのくたくたの体とぼろぼろの心を慰めようと待っている……ただいま、優しい我が家。

あと少しでお気に入りのラウンジチェアというところまで来たとき、テンプルはその六脚向こうに見知らぬ人物がいることに気づいた。

「あら」

見知らぬ男がラスベガスのガイドブックから顔をあげた。生まれながらのブロンド、キャラメルブラウンの瞳、軽く日焼けした肌に明るいグリーンの半袖シャツ。顔の筋肉が興味深そうにも不思議そうにも見える表情をつくった――おおかたキャットキャリーが原因だろう。

「それ、持ちましょうか？」

「いいえ」小柄な体つきに同情されて優しい声をかけられると腹が立つ。テンプルはキャリーを敷石の上におろし、いつものように全身で倒れこむのはやめて、しかつめらしくラウンジチェアの端に座った。「このかわいそうな子を出してあげてもいいかしら」

「そのかわいそうな子はどんな種類？」

「よくわからないわ。真っ黒。ネコ科。重たい。恐ろしい鳴き声の持ち主」

「野良猫？」

「不法侵入者と言ったほうがいいわ。ああ、なんて一日だったのかしら！」

見知らぬハンサムな男の前だったが、テンプルはとうとうこらえ切れずラウンジチェアに身を投げ出した。だが目測を誤って下に落ち、うめきながら身をくねらせてチェアに戻って足をあげた。

男が近づいてきて、一瞬テンプルに涼しい影を落とし、それからキャリーの横に屈みこんだ。

「見てもいい？」

「ええ、でも逃がさないでね。中身は殺人事件の証拠品だから」

「冗談だろう！」

テンプルはかぶりを振った。サングラスを取って新しい隣人を鮮やかな色彩でじっくり見ようか。いや、我慢、我慢。

「冗談じゃなさそうだね」男は狭苦しいキャリーから黒くて長い毛皮の襟巻きのようなものを引っ張り出した。「彼は十キロ近くありそうだ」

「彼ってことはオス？」

「間違いない」

「あなた、獣医なの？」

「農場育ちなんだ」男は慎重に猫をおろすと、日焼けした手をテンプルへ差し出した。モグラの目をもくらませるようなまばゆいばかりのほほえみを添えて。「マット・ディヴァインだ。ここの住人になったんだ――と思う。ミセス・ラークは親切だけど、少しあやふやなところがあるから」

「少しどころじゃないわよ。でもあなたの印象は彼女にしっかり焼きつけられたに違いないわね。私はテンプル・バー。〈サークル・リッツ〉に住んでほぼ一年。きっとここが気に入るでしょうけれど、『少しあやふや』なこともたくさん経験するわよ。ねえ、この猫ったらなんて大きいのかしら」

テンプルは背筋を伸ばして座り、猫をじっくり観察した。猫はテンプルの靴のヒール、ラウンジチェアのアルミの管材、そしてマット・ディヴァインの手を熱心に嗅いでまわった。

「さっきこの猫が」とマットがたずねた。「殺人事件の証拠品だと言ったけど、ほんとうなの？」

テンプルはため息をついた。「ちょっと大袈裟だったわ。広報の専門家の大罪ね」

この言葉にマットはびくっとした。広報関係者に反感を抱いているのかもしれない。ごく普通の善良な人たちはたいていそうだ。広報にたずさわる人間は、常識知らずで浅はかでいんちきだと、十把《じっぱ》一絡《ひとから》げに扱われることが多いのだ。

「ほんとうはね」とテンプルは告白した。「この名探偵にメダルをあげてもいいくらいなの。彼がコンベンションセンターに不法侵入していなかったら、私が彼を追いかけることもなかったし、そうしたら遺体だってみつけていなかったんだから」

「ひどい体験だね、死体をみつけるなんて」マットは立ちあがって、植えこみのあたりを探検する猫に付き添っている。

「もちろん死体発見なんて、私の仕事項目には入ってないわ。しかもコンベンション全体が台無しにならないように、殺人事件を軽く受け流すことを期待されているのよ。まったくもう！　コンベンションセンターでの初仕事だっていうのに。本屋さんの展示会なんて退屈そうだと思っていたら、まさかこんなことになるなんてね。ああ、一杯飲みたい気分」

「ごめん」マットがからっぽの両手を見せ、黒いしっぽが消えたカラーのあたりへ歩いていった。「ミセス・ラークに頼んでみたら？」

「エレクトラって呼んでって、言ってなかった？」

「言ってたよ。でも……」と、マットは胸まである茂みの中に屈みこんだ。「なんて呼ばれようと、彼女はこの子がスイレン池で泳ぐのはいやがるだろうね、絶対に」

「あら、だめよ！　猫用の刑務所に戻してちょうだい。部屋に戻ってツナ缶がないか探してみて、それから私の部屋で思う存分走ってもらうわ」

茂みから紳士らしからぬ哀れな声が聞こえ、猫が捕まったことがわかった。

「ミセス・ラークは——エレクトラは——ここでペットを飼うことをどう思っているんだろう？」マット・ディヴァインは心配そうだ。

「今夜だけよ。誰かが彼を捕まえなければならなかった。そして不運なことに私が捕まえてしまったんだから。それに、性犯罪と殺人事件専門のモリーナ警部補は、ぞっとするくらい意地悪な目つきで私を見るの。そんな人がいる場所は猫だって居心地が悪いに決まってるわ。一度でもモリーナ警部補に会ったことがあればわかるでしょうけれど」

マットは何がおもしろかったのかにっこりほほえむと、猫のつやつやの黒い頭をなでてキャリーの入り口から押しこんだ。四本の黒い脚としっぽがタコの足のようにじたばたした抵抗してもお構いなしだった。

「けがさせないでね！」テンプルが注意した。

「僕がこの子にけがをさせるって？　この子猫ちゃんの爪の大きさを見たかい？」

「ヤーッホー！」

アパートメントの裏口からヨーデルのような叫び声が聞こえた。その直後にエレクトラ・ラークが——と言うよりけばけばしいムームーが現われた。ムームーを着て「ヤーッホー」とわめく女性なんて、どちらか一方にせよ両方同時にせよ、アメリカではエレクトラが最後の生き残りだろう。

「あなた方、どちらか、オルガンを弾ける？」

家主は息を切らしながらふたりの前に立った。髪はライムゼリーのような鮮やかな緑と、老婦人に人気のラベンダー色、そして消防自動車を思わせる赤がパッチワークになっている。絵に描いたようなポストパンク・スタイルだ。

テンプルは黙ってかぶりを振った。マットはひどくまごついて、頭すら振れないみたいに見えた。テンプルにしてみれば、とてもがっかりさせられる反応だ。

エレクトラ・ラークはぽっちゃりした手首につけたカリフォルニアレーズンのキャラクター時計を確かめていた。

「七時三十分に待ちきれないカップルの結婚式をしなければいけないの。それなのにオルガン奏者のユーフォーニアが家に帰りたがっちゃって。ウェディングマーチがないと、合法的な結婚式じゃないみたいでしょう」

「僕、弾けますよ。少しなら」マットが言った。カーキパンツのポケットに両手を入れて立っているその姿は、ほれぼれするほどさっきとは違って見えた。

「ほんとうに？　マット、あなたオルガンが弾けるの？」エレクトラはほっとしたのか体を震わせた。「どうしてそう言わなかったの？　ユーフォーニアのかわりができるなら、家賃も優遇するわ。彼女、子供が四人もいるのよ」エレクトラは目をむいた。「つまりいつでも非常事態ってわけ」

「聞き覚えで演奏するだけだし、ワグナーの歌劇は無理ですよ」とマットが言い足した。

「心配ご無用」エレクトラはアメジストのイヤーカフをきらめかせながら、金色の産毛がはえたマットの日焼けした腕を、そばかすだらけでふっくらとした自分の腕で引き寄せた。「教会らしくおごそかに聞こえればいいんだから」

テンプルは円筒形の建物のまわりをゆったり歩いていくふたりをみつめた。ある程度歳を重ねた――たとえば六十代の――女性がうらやましい。明らかに魅力的な男性が相手でも、自由気ままに振る舞えるから。しかも誰にもそう気づかれずに。

そのときテンプルは自分で自分を蹴飛ばした――あくまでも心の中でだが（スチュアート・ワイツマンの華奢なパンプスは、文字どおり警告に使うにはヒールが鋭すぎる）。いったい何をしているの――もっと正確に言うなら、いったい何を考えているの？

ほんの三ヵ月前、ひとりの男が部屋を去り、テンプルはベガスで友人ひとりいない孤独の身になった。でも隣に〝プリンス・チャーミング〟が引っ越して来たのだ、なぜそんなことを気にする必要がある？　いや、たしかにマットは落ち着いていて親しみやすい。けれどマックス・キンセラのことはかけがえのない大きな存在だと思っていたし、マックスのほうも真剣だからなんの前触れもなくいなくなってしまうことはないだろうとも思っていた。

テンプルはマックスに魔法をかけられ、これまで手がけた中で最高の仕事――そして地位――であるガスリー・シアターの広報の座をあっさり手放した。たった三日で常識をかなぐり捨てて、マックスを追ってベガスへ来たのだ。集団移住で太平洋をめざしていたはずのネズミの仲間レミングが砂漠に進路を変えるみたいに。マックスは〈サークル・リッツ〉というアパートメントをみつけると、家主のエレクトラをうっとりさせていちばんいい部屋を手に入れた。同じくマックスに心を奪われたテンプルは、いつかここにある〝恋結び〟という意味のラバーズノット・ウェディングチャペルで結婚式を、と夢見ていた……。それがマックスだった。初めから終わりまで、不吉な魅力を放った男。

ふたりの激しいロマンスとマックスの冷淡な旅立ちの思い出がよみがえると、テンプルの感情はミキサーにかけられたようになる。マックスと出会うまで、テンプルは良識がある人とみなされていた。ガスリー・シアターの仲間がいまのテンプルに会ったら、どう思うだろう。広報として忙しく飛び回っているテンプル。自分が捨てた街へこそこそ戻るなんて恥ずかしくてできず、あまりに頑固でベガスのことも自分自身のこともあきらめきれないテンプル。それもこれも、あの男にベガスに置き去りにされたせいなのだ。

テンプルはひと気のないプールの静けさに意識を集中し、過去をその本来の場所に戻そうとした。ラバーズノット・ウェディングチャペルは、二十四時間喧噪が続くストリップ大通りに面している。だが〈サークル・リッツ〉の庭は熱を帯びた歓楽街からは奥まっているので、そこだけは静かで平和だった。

テンプルはキャットキャリーを拾いあげ、〈サークル・リッツ〉の中へ入った。長く焼けつくような夏のあいだ、旧式のエアコンがロビーの温度をきっちり二十四度に保っている。テンプルはエレベーターの扉の前で好奇心に負けた。キャットキャリーをその場に置くと、渡り廊下を全力疾走してラバーズノットへ向かった。進行中の結婚式をハイヒールが奏でるスタッカートで邪魔しないように気をつけながら。

こぢんまりとした教会は、花であふれかえっていた（大半は、チャールストン通りのサム葬儀場の使い回しだ。サムはエレクトラの元恋人、もしくは自称恋人ということになっている）。幸せそうだが時間のないカップルが、準備を整えて格子造りのアーチウエイに立っている。帽子をかぶった頭が会衆席を何列も埋めている。でもその帽子は、捨てられたストッキングとポリエステルの詰め物でできた脳を隠していた。彼らはエレクトラが器用な指でひとつずつつくったぬいぐるみの会衆なのだ。

脇に置かれたオルガンにマット・ディヴァインが座っている。小さなオルガンがますます小さく見える。エメラルドグリーンのシャツにカーキパンツという出で立ちのせいか、プロゴルファーが強制的に演奏させられているようだ。エレクトラはムームーを色あせた黒い卒業式用のローブで隠していたので、どこから見ても聖職者だった。エレクトラ牧師はすまし顔で、オルガン席のマットに向かってこくりとうなずいた。オルガンが息を吹き返す。テンプルはほんの好奇心から耳をそばだてたが、すぐに驚いた。マーチに似たやわらかくて心を揺さぶる音楽が、ものすごく天井の高い小部屋いっぱいにふくらんでいく。カップルはぴったり測ったような歩幅で、いかにも結婚式らしいぎくしゃくした動きで前へ進んだ。会衆席の人形がかぶっている帽子のつばが、よしよしとばかりにうなずいたように見えた。

テンプルは目をしばたたいた。今日はきつい一日だった。死体をみつけ、世界一重たい猫の長距離運搬記録を樹立し、ちょうど男性不信に陥っているときだというのに隣に越してきた魅力的な男性に出会い、そしていまは初めて耳にするウェディングマーチの魔法にとろけている。このままだと式に「集まった人々」が声をそろえてハミングしている幻覚を見そうだ。

会衆席からハレルヤの歌声が聞こえてきた。

「よしよし、猫ちゃん」テンプルは長い旅の終わりに猫に話しかけた。「ここはとっても変わってるのよ。ほらね、建物全体が円形なの。ここが私の部屋で——しーっ！ 鍵がみつかるまでちょっと我慢して！——ドアは板チョコみたいな四角い格子模様の丈夫なマホガニー。五〇年代以降はこんなふうにぜいたくに木を使ったりしないけど。ここは高級な場所だったのよ。七〇年代に落ち目になったけど、エレクトラが現われてお上品に改装したの。九〇年代風の家と呼ばなくちゃいけないわ」

頑丈な真鍮の蝶番《ちょうつがい》に支えられたドアが、しゅーっと音をたてながらじわじわと開いた。それほど重たいのだ。テンプルはキャリーをひきずって敷居を越え、部屋に入った。ミネアポリスの友人たちは、マックスが姿をくらましたあともテンプルがラスベガスに残っているのはどうしてなんだろうと思ったかもしれないが、この部屋を見れば納得するだろう。

「ね、いい部屋でしょう？　出してあげるから、見て歩いていいわよ。それから食事にしましょう」

この提案に猫も賛成したようだ。キャリーから用心深く姿を現わすと、トロピカーナ・ホテルのコーラスガールのように正確に、大きな足をもう一方の足の前にぴたりと置いた。

左手には、風変わりなV字形のキッチンがある。でも猫はひげを震わせて長々とにおいを確認しただけでリビングルームへ向かい、クルミ材の寄せ木の床を静かに歩いていった。

テンプルはこの部屋が大好きだった。マックスがいても、いなくても。その装飾は、お金と時間というよりも、幸運を見つけ出す力と想像力のたまものだった。主室はどれもパイを切り分けたような楔形で、外側の窓へ向かって広がっている。アーチ状の白い漆喰の天井は、壁に向かって砂丘のようなさざ波模様を刻み、水を思わせるやわらかな光の戯れを生み出す。二十年近くここに住んでいるエレクトラが少々謎めいてきたのもうなずける。

黒猫は、ヒレのあるおいしいごちそうがいるわけではないので、さざ波模様にも光の戯れにも興味を示さなかった。フレンチドアへ近づくと足をかけ、リビングの向こうにある三角形のガーデンパティオを品定めしている。

「外はだめよ」夜なので部屋のエアコンを少し弱めながら、テンプルは猫に声をかけた。「そうだ、思い出した。深鍋みたいなものを用意しなくちゃいけないわね。あら、そこはバスルームよ。私のバスルームなんだから、使おうなんて考えないでね」

猫は漆黒の鼻をトイレの後ろにつっこんでいた。それから三センチ四方のタイルがあしらわれたバスルームの壁にはしごをかけるように体を伸ばし、遠くの小さな窓にねらいを定めた。

「あなたでも高すぎるわよ、うぬぼれ屋さん！」

猫も納得したらしく、すぐにベッドルームへ移動して、山積みになったテンプルの服を調べ始めた――。

「そうよ、私はだらしがないの。でもいいでしょう？　私たち、結婚したわけじゃないんだから」

猫はクイーンサイズのベッドに飛び乗り、真ん真ん中に横たわった――。

「おりなさい！　運がよければ、隅っこで枕を使えるから。殿方が泊まるときはいつもこう言ってるのよ」

猫が脚でじりじりとクローゼットの鎧戸を開け、靴底という掘り出し物をみつけた――。

「何をかぎ回ってるの？　いたずらしちゃだめよ！　すぐにあなたにぴったりの場所を用意するから」

猫はクローゼットのドアの内側に回りこんで立ちあがり、ドアに貼られたポスターに前足を伸ばしてじゃれつくようにたたいた。

「ああ、みつけたのね。私のみにくい秘密を。あなたの目の前にあるのは、ベガスの『神秘の魔術師マックス』の最後の名残。そうね、長いあくびが出ても仕方がない退屈な話よね。マジシャンが姿を消すなんて、誰にでもわかることだもの」

テンプルは思い出の形見をじっとみつめた。魔術師マックスは無邪気ないたずらっ子にも、死を招く危険な男にも見える表情を浮かべている。クリスマスのプレゼントにお願いしたくなるほどの美しい黒髪、そして大きく骨張った器用な手。ネイビーのタートルネックを着て、「ここにあったのに、ほら、もうありません」という顔をしている。

ふたりの関係も、そのひと言にまとめられそうだ。

テンプルは猫を抱きあげたが、それは無謀な行為だった。猫は一トンはあろうかという重さなのだから。でもその目は魔術師マックスによく似た緑色だった。

「あなたが彼と同類ではありませんように」テンプルは猫のふさふさした首周りに顔をうずめてささやいた。「私を置いて逃げ出しませんように。私にはあなたが必要なの。なぜかはわからないけれど、あなたはＡＢＡの殺人事件を私のためになんとかしてくれる気がするの。そうでしょう？」

猫はその大きな図体をテンプルの両手にすっかりゆだね、気持ちよさそうに揺られている。だが緑色の目は、デイリークイーンのソフトクリームを思わせる天井をきょときょとさまよっていた。まるで逃げ道でも探しているように。

テンプルは両腕にぎゅっと力をこめた。

「私をひとりにしないで！　お願いだから！」

5　身代わり

あれもこれも、僕自身が起こしたごたごただ。原因は、あまり経験したことのない単純な気持ち——このどうにもならない世界で人助けをしたいという衝動だった。

これは僕を追いかけてきた人をみすみす死体につまずかせてしまったことの言い訳だ。でも自分が捕まって不自由な思いをすることになるとは、予想もしていなかった。しかも僕の親しい友人たちならまだしも、僕みたいに挑戦的な体重を持つ男を中に入れて運ぶなんて、どんなに丈夫なキャンバス地のブックバッグでも無理というものだ。体重は落とすべきだと思っているがね。

でもバッグから逃げようとして事件現場で大立ち回りを演じるなんて、なんとしても避けたかった。だから僕はおとなしく、居心地のよいネイビーブルーのキャンバス地の闇におさまった。

とはいえ、あの持ち運び可能な独房は別問題だ。僕くらい頭のいい策略家なら、こういうスチールの格子には外側から鍵がかけられるということを知っている。僕専用のそ

の刑務所は、でこぼこだらけのプラスチック製で、通りすがりの同類が食べている市販のキャットフードそっくりのきたならしいベージュ色だ。僕の黒い色にはちっとも似合わない。おまけに僕はこの体格だ、そのへんの弱々しい家猫用にデザインされた檻に押しこめられるわけがない。

けれどもこういったことすべてを、僕は比較的寛大に受け止めた。マスタープランでは、犯罪証拠物件とのいかなる関係からも素早く慎重に——精神的にも肉体的にも——撤退することが求められているから、それを優先させたわけだ。

スコットランドの詩人ロバート・バーンズの言葉を借りれば、ハツカネズミと人間の立場が逆転することもあるそうだ。それならミッドナイト・ルーイが人間の優位に立てるときが来るかもしれない。

そういうわけで、僕が期待していたのは、ミス・テンプル・バーみたいなやる気満々の美人にただ囲われることではなかった。ところが、コンベンションセンターで大騒ぎに巻きこまれた日の大半の時間、ミス・バーは僕を自分のそばに置いてくれた（無理もないだろう？　テンプルはかわいいだけで判断力のないただのお人形さんとは違うのだから）。

そのおかげで、僕は並外れて鋭い耳で事の一部始終を簡単に聞くことができた。自分を容疑者の立場に追いやらないために卑劣な行為に走ってしまったわけだが、自己防衛本能が生んだ戦法が、テンプルみたいな甘酸っぱいお菓子みたいな子をいわば僕の身代わりにすることになろうとは、思いも寄らなかった。

プラスチック製の牢屋の壁の外では、なんとか事を穏便にすまそうとしてＡＢＡやコンベンションセンターの関係者たちが勝手なことをわめいていたから、ミス・テンプル・バーが僕以上のトラブルに巻きこまれているとわかった。彼女の仕事は死体につまずくことじゃなく、死体を隠すことだったわけだ。

ミス・バーは闘志たっぷりに、たとえるならば泥レスリングの巨大リングで繰り広げられる真夜中の大混乱をなんとか切り抜けようとしたが、この問題における僕の責任はあまりにも明確だ。だから紳士の名誉にかけて、僕はかわいいお嬢さんをこの騒動から引き離さなければならない。彼女の魅力が不運にも僕の気持ちを惹きつけていなければ、巻きこまれるはずのなかった騒動から。

いちばんの作戦は、手持ちのカードを胸にぴったりくっつけて、潮時を待ちつつ黙ってプレーすること。だが屈辱的な扱いを受けることにもなる。家猫のような待遇に甘んじなければならないのだから。

そういうわけで僕は牢屋に入れられたまま、あわてて逃げることもなく、魅力的な〈サークル・リッツ〉の裏手にあるものすごく興味深い庭へおとなしくひきずられてきた。この施設は円形という珍しい形ではあるが、クリスタル・フェニックス・ホテルの水準には及ばない。ミッドナイト・ルーイを知っているなら、どんなおばかさんでも、僕がいつも厄介事からどんな作戦で脱出するか知っている。ここなら、ヤシの木に登って、屋根に飛び移って、おさらばだ。

だが今回は自制した。そうしておいて正解だった。僕は、自分で言うのもなんだが、ずっと超一流のスパイだった。だからエレベーターでミス・テンプル・バーのすばらしい仮寓へ、わかりやすく言うと僕の居候先へ連れてこられたとき、彼女のほんとうの状況がすぐにわかった。

彼女には心配事があるらしい。見守る人とていないひとりぼっちのときに考えこんでいるようすから、それは明らかだ(こういう精神分析を商売にすればいいのに、と親友に言われたことがある。僕には人の悩みに耳を傾ける才能があるのでね——それにその仕事にぴったりのひげだってある)。

とにかくこのかわいそうなお嬢さんは、自分自身と僕に向かってチュンチュンさえずりながら、夜ごとの家事をあれこれやっていた。ホームセンターに行ってコンクリートの材料をひと袋とアルミの深鍋を買ってきたのもそのひとつ。

あの大きさの袋と中身らしきものを最後に見たのは、グウィド・カルツォーネが〝ヌードル〟・ヴェヌッチに永遠に脱げないブーツをはかせてミード湖の底へ素早く沈める準備をしていたときだ。深鍋については、知り合いの大きめのニワトリなら、あんな鍋にはおさまりきらないだろう。

僕の推理以上に悪いことが起こりそうだと、その夜遅く気がついた。だがその前に重要な新事実が明らかになった。ミス・テンプル・バーのクローゼットのドアを開けたら、その内側にそれはあった。クローゼットというのは意味深な場所だ。人間は着られなくなった服や夢といっしょに、秘密情報もクローゼットに隠しておきたがる。僕自身もそういう場所がお気に入りだ。おもな理由は、居心地がよくて、暗くて、静かだから。ラスベガスみたいな街では、これだけの条件がそろう場所はなかなかない。

そういうわけで、僕はクローゼットで発見した。フランク・ランジェラとトム・クルーズを足して二で割ったような堂々たる男のポスターを。こんな刺すような視線に出会ったのは、猫嫌いのピットブルと目を合わせて以来だ。ポスターの男は黒髪だった。女性というのは黒髪の男が大好きらしいね。黒い毛並みなら僕もしっかり身につけている。だから僕の打ち消しがたい魅力がミス・テンプル・バーを惹きつけて道を誤らせたことは明らかだが、どうやら僕が初めてではなかったらしい。

テンプルがベッドルームでうたた寝しているあいだに、僕は新しい作戦基地を探検した。なかなか悪くない部屋だ。僕好みの人目につかない角もいくつかある。角と言っても部屋の形が特殊で九十度にとがってはいないから、正確にはただの隅っこだが。これで身を隠すこともできるし、あれこれ策略を練ることもできる。リビングの窓の外にはパティオもある。三階だから鳥にエサをやるのにちょうどいい。

どうやらミッドナイト・ルーイはこの部屋でうまくやっていけそうだ。何よりぶうぶうむずかる人間のにおいが全然しない。そいつは耳の後ろや口にするのもはばかられる場所がしめっていて、人前ではおとなしくするとか、舌で毛繕いして体をきれいにするとか、そういう生まれつきのマナーやセンスさえ持ちあわせていないのだ。

ここで白状するが、僕は自然の欲求のために例の深鍋を調べずにはいられなくなった。ミス・テンプルが賢明にもバスルームのドアの裏側に押しこんでいた深鍋だ。これは安っぽいアルミ製で——たたくとやかましい音がしそうだ——いまだかつて見たことがない砂とは名ばかりの代物がいっぱいつまっていた。ほこりっぽくて、この世での価値などまったくないいきめの粗い塊。ちょっと調べてやろうと足をかけたら、もうもうと砂ぼこりがたって鼻や耳や口をふさぎ、毛繕いしたての体を厚く覆った。

この哀れを誘う深鍋の砂の使用目的を理解したとき、僕はすごく悔しくなった。だが僕は善良な市民だ。強要されない限りところ構わずごみを捨てたりしない。だからこのチャンスを逃さず深鍋にマーキングしておいた。

そのあとベッドルームへしのびこんだ(この手の作戦もすごく得意で、「神様」みたいな腕前だ)。そして僕の温かい体の横で丸くなって眠る名誉をかわいいお嬢さんに与えてあげた。僕にとっても不快な寝方ではない。お嬢さんが目覚めて僕が身もだえするほど大好きな耳のあたりをちょっと掻いてくれたりすると、なおいいが。ほんとうのことを言うと、僕は淑女のみなさんから距離を置くことなどできないし、この事態の変化に文句を言ったりするほど不作法でもない。

だがそのとき突然、ミス・テンプル・バーがすっくと上体を起こして座った。ついさっきまで悪夢の街をさまよっていたみたいに。

「ああ、子猫ちゃん！」と彼女は言った。

僕は尻ごみしたが、暗闇ではわかりにくかったかもしれない。この僕を「子猫ちゃん」と呼ぶなんて、観光客ぐらいだ。だから毎年二千万人の旅行者がベガスをうろうろするが、できるだけ顔を合わせないようにしている。とはいえミス・テンプル・バーにはそのへんの躾をまだきちんとしていないから、エチケットに反する言葉も許してやろう。

「ああ、子猫ちゃん」またしてもテンプルが甘えた声を出した。「なんてすばらしいの！　あなたったら、この殺人事件が表沙汰にならないように私を助けてくれるのね！」

みんな、聞いたかい！

もちろん僕は、忌まわしい犯罪を解決するためにあらゆる努力をするつもりだ。そうすれば僕のかわいいお嬢さんの仕事もこれ以上危険にさらされることはないだろう。ミス・テンプル・バーが他人にはまねできない僕の価値にこんなに早く気づいてくれて、ほっとした。夢の中で気づいたらしいが、おかげで僕は美容のために大急ぎで眠りに戻ることができた。

休息が必要なことはわかっていた。明日はふたりとも大変な一日を送ることになりそうな予感がしていたのでね（多少霊感もあるということは、もう言ってあったかな?）。

6　作家のお披露目

ラスベガス・レビュー・ジャーナルの土曜日の夕刊が、テンプルのデスクに乱雑に置かれていた。二ページ目――一面の裏側――が上を向いている。

同じく上を向いていたのは、黒い野良猫の写真だった。チェックの鳥打ち帽が一方の耳のほうへ傾き、漆黒の両手に虫眼鏡をはさみこんでいる。

囲み記事の見出しはこうだ。

コンベンションセンターで犯罪をかぎつけた猫
自らの謎の過去は黙して語らず

その上にはさらに目立つキーワード。「大の本好き」十八ポイントのイタリック体だ。

現場の広報オフィスのスタッフたちが早刷りの新聞に群がっているなか、昼過ぎには全員が――バド・ダブス、テンプル、秘書たち、つまりクロフォード・ブキャナン以外全員がやってきた。猫までいっしょだ。と言っても見出し記事のとおり、キャットキャリーの中で黙して語らず、おとなしかった。

「仕事が早いな」ダブスはワイシャツ姿で両ひじをつかんでいる。特集記事を当惑気味にながめているが、どうやら気に入ったらしい。「よくこんなにうまくやれたものだな、テンプル。読み手の人間的興味に訴えかける切り口は、まあこいつは人間じゃないにせよ、殺人事件のショックをほぼ消し去っている」

「そうでしょう」テンプルは満足そうに言った。彼女の声はその時々の気持ちを素直に反映して自在に変わる。いまは「うぬぼれている」と言っても、過言ではないだろう。

「ベッツィー・コーエンが特集担当記者のトップなの」とテンプルはつけ加えた。「だから彼女が猫に注目してくれればいいなと思ったのよ。でも我らがスター猫のことも忘れないでね。天使みたいにお利口さんで、鳥打ち帽を食べようなんてお行儀の悪いことはしなかったのよ。ね、うまくいったでしょう？　これで殺人事件は猫の物語の脚注でしかなくなったわ。それにベッツィーが撮ったこの写真も大好き。ＡＢＡの雰囲気そのままに、スパイ小説みたいで」

「これ以上の表現は望めなかっただろうな」とダブスが同意する。「ああいう不幸な、まあ、事故の報道なんだから。それはそうと、この大物猫を利用して行方不明のスコッチの緊急配備を敷けるんじゃないか？　二匹とも行方不明だとばれないようにという意味だが」

「私は広報なのよ、バド、奇跡は起こせないわ。〈ベイカー＆テイラー〉社も行方不明だと公表したがらないかもしれない。問題を解決するどころか大きくしてしまうかもしれないから。それと、いなくなった猫はスコッチじゃなくてスコティッシュフォールドよ。折れ耳の猫なの」

「いずれにしても」ダブスはいつものように漠然と何かを要求する気配を醸し出した。「その猫をとっつかまえてくれれば、君がＡＢＡの開幕直前に死体をつぎつぎと発見したことは忘れるよ」

「つぎつぎとじゃないわ。一体だけよ」

「そういうことにしておこう」ダブスがつっけんどんに言った。

　ほかのスタッフはこのやりとりのあいだに姿を消し、テンプルと猫だけがまっすぐダブスのほうを向いていた。ダブスも立ち去りかけたがふと立ち止まり、「その猫、どこかに隠しておいたほうがいいぞ」と言った。「モリーナ警部補がすぐに君を捕まえに来るから」

「私を捕まえに？　逮捕されそうね――そうじゃなかったらデートかしら。でもなんのために？」

　ダブスはかぶりを振った。これも彼独特の威圧的な身振りだ。

「君を捜していたんだよ。コンベンション会場で、あれは誰、これは何と説明してほしいらしい」

「そんな！　私だってまだわからないのに」

「手伝ってやればいい。礼儀正しくやるんだな」

テンプルはデスクに向かい、キャリーの格子越しにじっとこちらをみつめている澄んだ緑色の瞳を熱っぽくのぞきこんだ。

「警部補が私を連れていくんですって」とテンプルは声に出して言った。「ごめんね、猫ちゃん。また倉庫にいてもらわなくちゃいけなくなったわ。猫用トイレを置けるくらい広いのはあそこだけなのよ。今晩はサーモンをあげるから。約束するわ」

テンプルがルーイを倉庫へ押しこんでいると、警部補の重々しい足音が聞こえてきた。あわてて戻ると、警部補がデスク越しにぬっと姿を現わした。

「最高じゃない」モリーナの意図的に感情を殺した口調には、感じのいいあいさつといった雰囲気は微塵もなかった。新聞の二ページ目の特集記事を見ている。「おかげで警察は自分の左足を捜すのにもネコ科に頼っていると思われそうよ。捜し物が死体なら、なおさらだとね。これがあなたの独創的な広告というわけ」

「『コンベンションセンターで編集者死す』よりましでしょう」

「フィクションは事実よりましに見えるものよ。だから多くの人が犯罪に手を染めるの」

「ねえ、そんなふうに私を見ないでよ、警部補。容疑者じゃなくてＡＢＡの会場の案内係が必要なんでしょう」

「あなたが被害者と口論していたのは知っている」

「クローディア・エスターブルックに聞いたのね。私も彼女に言われて口論のことを思い出したわ。でもそれまで会ったこともなければ名前すら知らない人を殺すなんて、ばかげてるんじゃないかしら」

モリーナ警部補の目が——この世のものとは思えないほど澄んだアクアマリン色で、感情を押し殺していなければ魅力的と言えなくもない——テンプルの全身をざっと見た。唇がぴくりと動く。

「落ち着きなさい。あなたが鉄製の五号の編み針で人間の胃に穴を開けて心臓まで引き裂くなんて、想像もできない」

「じゃあ、それが凶器なのね！　でもね、警部補にできることなら私にだってできるわ、絶対に」

モリーナ警部補はうっすらとほほえんで、プロの強面をやわらげた。

「私と張り合わないで、バー。これは殺人容疑の話なのよ。あなたにはこの混乱状態の中で仕事をするこつを教えてほしいの」

「ごく普通のコンベンションよ」

青いビー玉が転がるみたいに、モリーナ警部補の目がぐるりと回った。

「二万四千人もの人間が集まるのに！　あなたはいつもこんなサーカスのリングマスターをしているの？」

「それが仕事だから」テンプルは少し意固地になって答えた。

モリーナの漆黒の眉毛がつりあがった。もう少し抜いて形を整えればいいのに、というのがテンプルの見立てだ。

「誰かがやらなければならない、そういうことね」

「そのとおり。ところでどんなことを知りたいの？」

「スケジュールがどう組まれているか。毎日どんなイベントがあるか。被害者と関係があるのは誰か」

「会場へ行きましょう。まずは警察バッジをお忘れなく」これを聞いてモリーナはにやりと笑ったが、とくに何も言わなかった。

受付のある円形ドームへ向かう長い道のりの途中、警部補のローヒールがたてるごんごんという音を、自分のハイヒールの軽快な音の後ろで聞きながら、テンプルは扁平足《フラットフット》のおまわりさん《フラットフット》という意地悪な連想を思いついた。けれどももちろん口には出さず、心の中にしまっておいた。

ロビーでは人の列が三重にとぐろを巻いていた。大半は女性で、ハンドバッグとからっぽのキャンバスバッグを持ち、うっすらと上品に汗をにじませてあたりをうろうろしている。

「いつもこんなにてんやわんやなの?」モリーナは驚いたようすだ。

「いつもそうよ。でもとくにABAは巨大な怪獣みたいなコンベンションなの――本を愛する人と本を売る人が二万四千人も集まるんだもの。警部補のバッジがあれば列を無視して入れるわ。組織の特権ね。ありがとう、キャリー。ほらね。会場を見る前に、プレスルームへ行きましょう」

モリーナは、まかせるわと身振りで示した。

ふたりが最初に行ったのは、折りたたみ式の椅子が教会のように並んでいる静かな部屋だった。椅子の列が少々ゆがんでいて、礼拝に来ていた人がいっせいに立ちあがって出た直後のようにも見える。テンプルは壁沿いにL字形に並ぶ印刷物だらけのテーブルを歩き回った。ところどころで立ち止まってつややかなフォルダーを二部ずつさっとつかむと、ひと組を警部補に差し出し、もうひと組は手元に残した。

「こんな書類はいらない」モリーナは抗議した。「自分の書類だけでも持て余しているのに」

「いいの?」テンプルは鮮やかな青い色の眼鏡フレーム越しにモリーナを見上げた。

「いらないの？　ペニロイヤル出版で書いている稼ぎ頭三人のプロフィールなのに」

モリーナは勢いよくフォルダーを開き、メイヴィス・デイヴィスの縦二十五センチ横二十センチのつやつやの写真と、添付されているプレスリリースをじっくりみつめた。

「この情報はほんとうに事実なの？」

「警部補への情報提供にも充分使えるわ。それにひとつ質問に答えてくれれば、もっと重要な情報を提供するわ」

「質問？」

「なぜ私なの？」

「なぜって——何が？」

「どうしてこの不思議の国の探検ツアーを私に案内させるのかってこと」

モリーナはにやっと笑った。「候補者はあなたか——クロフォード・ブキャナンだった」

「バド・ダブスは？」

「彼には背負っているものが多すぎる。その点あなたはフリーでしょう？　広報の契約をした企業との関係も数週間で切れるから、気楽かと思ったのよ」

答えるかわりにテンプル・バーは名刺をさっと取り出した。煙を漂わせるフェルトペンのイラストと「テンプル・バー、ＰＲ」という文字が書かれている。

「最高じゃない」モリーナが言った。

「いつも嫌みばっかり。私のことが嫌いなのね」とテンプルは言った。このせりふはたいていの人が口にする強烈ないやがらせだ。テンプルはこういう呪文をいくつもプロの武器として装備している。

「私が嫌いなのは、あなたのボーイフレンドなんだと思うわ」

「前のボーイフレンドよ。それにあなたは彼に会ったこともないじゃない。そうでしょう？」

「それならここであなたに聞きこみをさせてもらうとするわ。彼の行動はじつに怪しいから」

「そうね、彼の行動は訴訟に持ちこめるかもしれないわね」テンプルがやり返した。

「でも街から逃げ出した男を罰する法律はないの。姿をくらましてまる三ヵ月よ。もう忘れたわ。あなたもそうするべきよ」

モリーナの氷のようなブルーの瞳に何かが光り、そして消えた。

「彼がどうして街から消えたか、自分自身に問いかけるべきね。あなたが原因のひとつでないと言うのなら」

テンプルは顔をゆがめた。

「私がアンチョビのピザを食べすぎたせいよ。聞いて、警部補。彼はただ出て行ったの。男はそういうことをするものなの。私が原因じゃないわ、だって何もかも——」

「何もかも、何？」

「うまくいっていたから」テンプルは嘘をついた。「いいえ、彼はベガスの景色も、ネヴァダの熱風で髪がカールしてしまうことも気に入らなかったのよ。それより、性犯罪と殺人事件担当の刑事が突然姿を消したマジシャンにどうしてそんなにご執心なのか、理解できないわ。私のセックスライフがあなたのものより興味深いからとしか思えない」

冷ややかな青い瞳には、今回は何も光らなかった。

「彼がなぜ姿を消したか、その理由によるわね。私が殺人課としての職務をまっとうしているとは思ったことはないの？」

「マックスが？　誰かを殺したとでも？　ちっちゃなウサギやオウムをコートの袖から出して生活している人が？　いい加減にして」

「それは別問題」

テンプルは顔をしかめた。他人にとっては悲しくもなんともないマックス・キンセラの失踪についてまた厳しく問い詰められるとは、予想もしていなかった。ラスベガス市《LVMP》警察《D》の鉄の女は、今度は何を言おうとしているの？　その答えにテンプルは腹の中に氷の塊を入れられたような衝撃を受けた。いまのいままで、一瞬たりともそんなふうに考えたことはなかった。まだ真っ暗な朝方三時の気が滅入るような会議のときでさえ。

「マックスが……死んだ？　まさか！　マジシャンがどれほど強くて健康か、どんなに機敏で賢いか、あなたは知らないのよ。マジシャンはそう簡単に殺人事件の被害者にはならないわ、ほんとうよ。マックスが姿を見せないのは殺されたからだと、まさか本気で考えてるの？」

「元気を出しなさい、バー。これはあなたが三ヵ月間温め続けてきた理由よりも、ずっとあなたの励みになる理由だから」

「私が何を温め続けてきたか、あなたに何がわかるっていうのよ？」テンプルは怒りをぶちまけたが、すぐにそれを後悔した。

「それが問題ね。何もわからない。三ヵ月前、キンセラが失踪した直後にあなたに聞きこみをしたとき、あなたはギャングの殺し屋並みに非協力的だった。そしてこのＡＢＡの殺人事件でもまた非協力的な態度を取っている。私は警察官なの。質問する権利がある」

「こんな個人的な質問をする権利はないわ。単純な行方不明事件で聞くことじゃないでしょう」モリーナは黙っている。「あなたが知りたかったことで、私が隠していたことがある？」

「すべてよ。あなたはキンセラのことは何も知らないと言い張った。生い立ちも、家族

「実際知らなかったのよ。だって、マックスと私はほんの数ヵ月間いっしょにいただけなんだもの。彼は巡業マジシャンだし、私だって自分の家族とはあまり連絡を取っていない。私はほんとうに知らなかった――いいえ、知らないの」

「それが彼の失踪と関係しているとは思わなかったと言うのね？」

「私たちの関係が警察沙汰になるとは思わなかったわね。マックスは何ものにも束縛されなかった――されない人なの。それはわかっていたから、私は――いずれにしても、彼は身の回りのものすべてを持って行ったわけではないし、旅の荷物はいつも少なかった。ゴライアス・ホテルでのショーの契約は、あの日の夜が最後だった。つまりマックスは私を置いてただ街を出たかった、しかもひと言残すだけの繊細さもなかったということは明らかじゃない？」

「何ものにも束縛されない人。またの名を臆病者。そしてあなたは信念の人。なぜあなたみたいな頭の切れる女がそんな人と恋に落ちたのかしら？」

「当時もいまもその質問は気に入らないわね」

「キンセラが重大な問題にかかわっていたことは、当時はわかっていなかった」

「どういう意味？」

「話せる立場にないわ」

「それなのに私は知っていることを洗いざらい話さなければならないのね、わかったわよ！」テンプルは深いため息をついた。「これだけは言わせて。マックスが何をするか、予想なんてできなかった。人を驚かせることが好きで、それが心からの喜びだった。だからマジシャンになったのよ。彼はそういう無邪気な気持ちを決して失わなかった。そのせいで、パートナーといえども何をするのか予測もできない人だったけれど、人生をおもしろくしてくれたことは間違いないわ。彼は私の人生に白魔術の竜巻のようにやってきたんだもの。煙とともにぱっと姿を消したとしても、仕方がないわ」

「彼を許したの？」

「いいえ……でも彼の性格を考えれば失踪も不自然ではなかったし、臆病と言えるほど単純なことでもないわ。ステージマジシャンは危険を冒すものなの。それがパフォーマンスの一部だから」

「手先の器用さと心理的策略」モリーナが鼻先で笑う。「ごまかしよ」

「でもそれをパフォーマンスで見せるには強靭な肉体が必要なのよ」テンプルはかぶりを振った。「あなたにはマックスみたいな人は決して理解できないでしょうね。彼は美しく印刷されたルールブックに従ってプレーするような人じゃない。ルールブックや私たちみたいに安定した仕事に就いている人間をあざ笑っている。だから彼は死んでなんかいない。それが私の正直な意見よ、警部補。死はまだマックス・キンセラに追いついていない」

「あなた、まだ何か隠しているようね。彼を失って寂しいという事実かしら」

「好きなように考えるといいわ」警部補がさほど楽しんでいるようすもないので、テンプルの怒りが――そして不安も――氷水の入ったピッチャーよりもひんやりと冷めた。

「ところでメイヴィス・デイヴィスがあと五分で会見を開くわ。会いたくない？」

「あなたは明らかに会いたそうね」

テンプルとモリーナは最前列の真ん中の席に陣取った。

「彼女は殺人狂の看護師が登場するベストセラーを書いているの。亡霊を追っているのではなく犯人を捜しているのなら、チェスター・ロイヤルの身近には、お抱え作家という紛れもない殺人の専門家がいたということを覚えておいたほうがいいわ」

プレスルームのランチタイムは唐突に終わった。真っ先に飛びこんで来たのはクローディア・エスターブルックだった。乱雑な印刷物を不快そうに見やり、部下に整理するよう命令している。

クローディアはテンプルと警部補に嫌悪感もあらわにそっけなく会釈した。あなたたちに小説のことがわかるの、とでも思っているのだろう。プレスルームで出番を待つローナ・フェニックと午後のメディアの宴でメイン料理となるメイヴィス・デイヴィスに気づくと、クローディアの顔はいつものもどかしそうな表情に固定されて動かなくなった。

　クローディアはせわしなくロビーへ戻った。しばらくするとやる気のない記者たちを呼び寄せる彼女の声が聞こえてきた。

「ラリー、あなた、午後いちばんのインタビューは聞き逃さないって誓ったじゃないの！　当てにしてるんだから、すぐに中に入って。イリース――グラフィティ・マガジンの方ね。ミス・デイヴィスのインタビューを聞き逃す手はないわよ。さあ、急いで、そろそろ始めましょう」

　みんなぞろぞろとプレスルームへ入った。寝不足の記者たちや、こざっぱりしてはいるがもう飽き飽きといった体《てい》のテレビレポーター連中だ。彼らはたるんだ尻を優しく支えるべく考え抜かれてつくられた折りたたみ椅子に、背もたれの塗料が薄くなるほど幾度も座っていたし、同業者からの同じ質問と、二十分ごとにショーのポニーのように現われる作家たちの同じ答えをひと言残らず、いやというほど聞いてきたのだ。

　その日の午前中、彼らの興味を引いたのは、女流作家エリカ・ジョングのドレスから胸の谷間がのぞいた瞬間と――その場には記者団の半分しかいなかったのだが――ジャーナリストのウォルター・クロンカイトが帆船と斜視の老水夫にまつわる自身の大作を宣伝しつつ、いまだ不安定な世界情勢に対する辛辣な言葉を放ったときだけだった。

　メディア関係者はお約束の色眼鏡でメイヴィス・デイヴィスに注目した。彼らの半数は、自分自身の本を出すことや、編集者や本のセールスマンになること、あるいは編集者やセールスマンの「友人」になることを夢見ていて、どのみちコンベンション会場でもうさんざん長話をしたあとだった。クローディアはむちを構え続けている――いや、不快で意地悪にさえ聞こえる元気な声を出し続けている。記者を呼び寄せ、会場へ導き、どんどん押しこみ……またこれから四時間、こうして記者たちをむち打ち続けるのだろう。

メイヴィス・デイヴィスは、記者団に面した趣味のいいツイード張りの椅子にとっくに腰をおろしていた。背後に立つツイードの間仕切りには、ローナ・フェニックが大急ぎで貼ったデイヴィスの最新作『テントウムシ、テントウムシ』のポスターが見える。プレスリリースによると、放火犯の小児科看護師の勤務中と非番のときの顔に迫る物語らしい。カバーにあしらわれたテントウムシの写真には、エンボス加工の効果か官能的な深みがある。その外殻は鮮やかな血の色で、小さな黒い髑髏マークがいくつも散り、炎のように赤い薄羽ものぞいている。

「みんなこんなものを読むの?」モリーナ警部補がテンプルの耳元で、六メートル先でも聞こえそうな大声で非難がましく言った。「病んでるわ! 頭のおかしい人の考えが伝染しそうよ」

近くにいた人たちがくるりと振り向いた。クローディア・エスタークブルックは警部補をにらみつけた。とがったかぎ爪がぶ厚いフォルダーに食いこみ、表紙の紙を引き裂いている。

「ベストセラー・リストについて何もご存じないのね、警部補。あなたの専門分野がとてもうまく描写されているのに」テンプルが指摘した。

「つまり中傷されているのね」モリーナが言った。

クローディアの甲高い咳払いを合図に会見が始まり、訓練の行き届いたメディア関係者は静かになった。大半はＡＢＡのベテランであり書評欄の主幹でもあるので、クローディアが取り仕切っているときはおとなしい羊の群れになるよう要求されることも理解している。彼らがきっちり果たすべき責任――際限なく続くイベント、インタビュー、作家との朝食会などなどへの参加――を怠ったと見るや、クローディアはプレスの資格を剝奪するか、そこまではいかなくても多少評判を傷つけるくらいのことはできる。だから関係者はみんなおとなしく座って鉛筆を構え、手持ち式のカメラであろうと肩にかつぐビデオであろうと、いつでも操作できるようにセットした。

全員が準備を整えたが、メイヴィス・デイヴィスだけが、カバーがしわくちゃになるまで自分の小説をせわしなくいじり回していた。

「殺人狂の看護師のアイデアはどうやって思いついたんですか、ミス・デイヴィス?」

会見の口火を切ったのは、お世辞にも独創性があるとは言えないこの質問だった。

「ええと……」

メイヴィス・デイヴィスはわりと大柄な女性だった。少しも顔を引き立てていないグレーとベージュの中間色の髪は、ラスベガスのオーブンのような暑さのせいでごわごわに波打っている。柄物のポリエステルのドレスがナイロンテントの役割を果たし、熱を内側に閉じこめているのだろうか、すっかりあがって蒼白になった顔の中で、頬だけが火照ってルビーのように真っ赤だ。テンプルはこれほど公開インタビューにそぐわない人を見たことがなかった。なんだか気の毒だ。

「ええと」メイヴィス・デイヴィスは繰り返した。声まで場違いに細く震えていて、アルトで歌おうかそれともソプラノにしようか、決めかねているようだ。「それが対照的だからです。慈悲深さや心遣いや、それから……そういうものが必要とされる職業なのに、まさか裏で看護師が暴力的なことをするなんて、誰も思わないでしょう？　しかも、故意にだなんて。そこが魅力なんです」

「ミス・デイヴィス、あなたの作品の主題には、根底にフェミニストの主張が隠されているのでしょうか。つまり、男は暴力や騒動を起こすものだが女性は違うと、こういうことをほのめかしているのでしょうか。フィクションや犯罪ノンフィクションには、大勢の残酷な医者が出てきていますが」

「そうです」とメイヴィス・デイヴィスは真剣に答えた。「看護師はまさに純真無垢です。みんな白衣に身を包み、まるで花嫁のようです。そして彼女たちの犠牲者、私の犠牲者——あくまでも本の中のですけれど——彼らもまた無垢です。無力な子供なのです。だから自分の本がなぜこんなに人気があるのか、じつは私にはわからないのです。無垢と邪悪さが対比されていること以外には。読者が気に入るのは、そういう点なのでしょう」

「でもあなたが書く看護師の敵役は、病人につくす純真な人ではないですよね。むしろラチェッド看護師の弟子といった気がしますが」

「ラチェッド看護師？　聞いたことがないわ——」

「『カッコーの巣の上で』に登場する、ジャック・ニコルソンを迫害する冷酷な看護師長ですよ」

メイヴィス・デイヴィスは目をぱちぱちさせた。

「なんておかしなタイトルでしょう。本のタイトルにしては長すぎるわ」

「映画です。原作の小説もありますよ」

「あら、そうなんですか、知りませんでした。それより本の登場人物について聞いてくださらないかしら」

沈黙がその場を支配した。

すると後ろのほうからひとりの女性の軽快な声があがった。

「リアリティについてはどうですか、ミス・デイヴィス？　あなたの担当編集者でありインプリントのボスでもあるチェスター・ロイヤルが亡くなったことで、小説が描く虚構の死について考え直しましたか？」

「もちろん、私はひどく……うちのめされています。ミスター・ロイヤルとは駆け出しのころからずっと仕事をしてきました。私の本はすべてミスター・ロイヤルが編集してきたのです。彼がいなくなってしまって、私、どうしたらいいのか――」

ローナ・フェニックが穏やかに話しかけた。

「ミスター・ロイヤルと同じくらい気の合う編集者をみつけるわ、ミス・デイヴィス。あなたは〈レノルズ／チャプター／デュース〉が下にも置かない作家ですもの。どんな状況でもあなたを見捨てたりしないわ」

「だけど……」メイヴィス・デイヴィスは弱々しくほほえんだ。「私は最初は作家じゃなかったんです。看護師だったの――私が書いている看護師とは全然違うとつけ加えておくけれど。職業を途中で変更するのはとても……とても大変なことなのよ」

ローナの両手が同情するように作家の肩をつかんだ。

「全部私たちにまかせてちょうだい。あなたには、すばらしい物語を書き続けてとしか言わないわ。作家としての才能があるんだから。すみません、みなさん、少し早めに切りあげます。ミス・デイヴィスは、おわかりのように、ミスター・ロイヤルの急逝を深く悲しんでいます。ああ、そうですね、最後に写真を撮ってください。私はしばらくよけますから……はい、ありがとうございました」

「困った立場に追いやられたとき誰に会いたくなるか、わかるかい？」男の低い声が背後で聞こえた。「答えは、このコンベンションをうろつき回っている有能な殺人課の警部補さ。君の見立てはどうなんだい、モリーナ？　殺人かい？」

C・R・モリーナは振り向き、背後にいる地元新聞の記者を片目でとらえた。

「知りたければ、警察会見へ来ることね、ヘンツェル。ここにはあまりにも多くの虚構が漂っている。あなたはそれを事実と混同しがちよ。困ったことだという自覚もないようだけれど」

「友達を増やすこつが書いてある自己啓発書でも読めばいいのに」テンプルが誰にも聞こえないようにささやいた。

「なんですって？」モリーナは大急ぎでテンプルのほうに向き直った。

「警部補はぞっとするような広報になったでしょうね、と言ったの」

C・R・モリーナは一瞬うろたえたように見えた。だがそんな瞬間はすぐに過ぎた。

「私の仕事は、人が何を隠したがっているかを暴くこと。隠すのを手助けすることではないわ」

「広報とは真実を隠すことだと本気で思ってるの？」

「違うとでも？」

「警察の仕事が市民運動や個人の堕落にかかわらないのと同じよ。たしかに広報にはマイナスの側面もあるわ。でも現代社会が頼りとしている巨大なコミュニケーションの鎖に不可欠な環であることのほうが多いのよ」

「あなた、そう信じてるの？」

「いけない？」

モリーナはテンプルを刺すようにみつめた。

「キンセラの失踪について、ほんとうに何も知らないのね」

「私のことをばか正直で単純だと思ってるってこと？」

モリーナは肩をすくめた。「あなたの仕事には、希望の兆しを探すことが必要なのでしょうね。私がこの街で見てきたものの一部でも見ていたら――」

「警察官の立場で？」

「そういう場合もある。でも私はロサンゼルスで育ち、十代のときにラスベガスへ来た。どちらもカンザスじゃないわ、ドロシー」

「私も大都会でテレビレポーターをしていたことがある。そのころは楽しいオズの世界の向こう側を見ていたわ」

「そう」モリーナは手首のタイメックスを確認した。「つぎにロイヤルの作家を捕まえられるのはいつ?」

テンプルは背筋を伸ばした。「ついてきて」

モリーナはおとなしくついてきた。展示エリア入り口の無表情な警備員に名札とバッジをじろじろ見られたあと、ふたりは広大なコンベンション会場へ入ることを許された。チェスター・ロイヤルがはからずも最後の舞台に選んだ場所へ。

会場は縦横無尽に動き回る人の群れであふれかえっていた。誰もが本でぱんぱんのキャンバス地の大きな袋を持っているが、袋が勝手気ままに揺れ動くので軽くすれ違った人の向こうずねや腰にあざをつくっている。ひっきりなしの騒音に、ときおり驚いたような金切り声が混じる。

「この人たちはいったい何者?」激怒したモリーナが強い口調で問いただした。人でぎゅう詰めの通路をたった三本移動するのに、五分もかかったからだろう。

テンプルはいちばん役に立ちそうな情報をここぞとばかりに吐き出した。

「書籍商はほんの六千人くらい——独立系の書店や小さなチェーンのオーナー、ウォルデンブックスやB・ドルトン、クラウンといった大手の書店チェーンのバイヤーよ。一万三千人以上いるのが出版関係者で、編集長、映画化権責任者、副編集長、渉外係、広報関係者、そしてとくに重要なのがセールスマン。実際に書籍商の目を惹くように表紙を誇示して注文を取るのは、セールスマンだから。ここでの状況が、書店の棚でクリスマスまで目にすることになる本を決定するのよ」

「私は図書館へ行くわ」モリーナは自分のまわりで脈打つ経済活動の波に抵抗しながら怒鳴った。

「図書館員も来てるわよ。その他大勢にくくられる五千人のうちの一部。買付に来ているのは図書館員や書評家や……ああ、もうとにかく全員ね」

「作家もいるの？」

「もちろん。でも選ばれた作家だけ。ＡＢＡは商売にかかわらない人にまで門戸を開いているわけじゃないから。出版社がお抱え作家全員を入れたら、会場は人で身動きもできなくなる。おまけに作家自身は本を売って回ったりしないの。彼らが売るとすればそれは、間接的にか、あるいは想像の世界での話。つまりＡＢＡは売りこみ市場なのよ。出版界の製品発表会だと考えるとわかりやすいわ」

ゴリラの着ぐるみを身にまとった男性がふたりの横を通り過ぎた。金属製のビキニを着た女性をエスコートしている。モリーナがぴたりと動かなくなった。

「ここには上品さのかけらもない。本に熱狂していることを除けば、ほかの大規模なコンベンションと同じなのね」

「出版業界に上品さなんかないわ、私が聞いた限りでは」とテンプルは言った。「数十億ドル規模の娯楽ビジネスで、厳密な収益目標もあるのよ。いまや映画会社や石油会社が出版社の大半を所有する時代だから」

「浮き世離れした本の虫ばかりではないということ？　文学者や校正担当の女性のような」

「警察官だって典型的なイメージに当てはまる人ばかりじゃないでしょう？　全員が青い制服を着て行進する鋼の精神の持ち主？」

「もちろん違うわ。もうわかったから」モリーナは話を終わらせるだけではなく、自分の心も永遠に閉ざすかのように言った。「ということは、ＡＢＡは殺人にはもってこいの環境というわけね。出版業界全体の圧力が最高点に達する場所だから。被害者、被疑者、真犯人、すべてがこの――」と、モリーナは鋭くあたりを見渡して「製本されたゲラと無料の『くまのプーさん』のポスターがつくる海に隠れている」

地味なカーキのブレザーとスカートを身につけたＣ・Ｒ・モリーナが、本に熱狂するコンベンション参加者の真ん中で啓示を受ける姿は、一生心に刻みたい光景だった。

テンプルは警部補を駆り立てるように人混みの中を押し進んだ。

「ストリッパーや賭の胴元のコンベンションだと考えれば、納得できるかもしれないわね。ここにいるのは本が大好きで、大半は心からの尊敬に値するすばらしい人たちなんだけど――やっぱり人の子なのよ。だから殺人事件だって起こる。ＡＢＡの会場であってもね」

7　匿名作家たち

「これから会うのは、殺人を犯すことが可能だった男よ」

「それはプロとしての意見？」モリーナがたずねた。

警部補はまだ人の列にいくぶんまごついていた――人間で編まれた格子縞のように四本の行列が入り乱れているので、作家たちが著書にサインをしている長いテーブルもすっかり埋もれて見えない。

テンプルは肩をすくめて質問を無視した。

「さっき渡したプレスリリースに、ラニヤード・ハンターは『医療マニア』にして医療サスペンス作家と書いてあるでしょう。彼女は」とテンプルは不躾に長テーブルのローナ・フェニックを指さしたが、こんな大混乱のさなかで誰が気づくだろう？――「ハンターが何年も医者のふりをしていたと言っているの。だから編集者の心臓のどこに、どうやって編み針を刺せばいいかわかっているはずよ」

「ハンターから離れないあの面長の女性ね。さっきメイヴィス・デイヴィスといっしょにプレスルームにいたわね」

「ローナ・フェニック。〈レノルズ／チャプター／デュース〉の広報責任者よ」

「あなたの考えでは、つまり――」モリーナは資料に目を通し、「ラニヤード・ハンターはひと癖もふた癖もある頭のおかしい男で、医者のふりをしていたくらいだから人殺しも厭《いと》わないだろうということ？」

「だって見てよ、あのウェーブのかかった銀髪、いかにも優しそうな雰囲気、人を安心させるつやつやの色つき遠近両用眼鏡。あの男は人をだますために生まれてきたんじゃない？」

「よくわかってるみたいね」モリーナがテンプルをばかにしたように見ながらぴしゃりと言った。それとなくマックスのことをほのめかしているのだ。「あのフェニックとかいう女性はどうして私たちより先にプレスルームからここまで来られたの？」

「彼女はこつを知っているのよ。たぶんメイヴィス・デイヴィスを〈レノルズ／チャプター／デュース〉のブースに残して、ここまで走ってきたんじゃないかしら。ペニロイヤルの看板作家をなだめすかしてお手伝いするためにね。数百冊もの本にサインをするのは綿を摘むようなわけにはいかないから。まあ、そっくりな作業ではあるけれど」

モリーナがうなずいた。「ロイヤルが殺される前にハンターがサイン会を開かなかったのはまずかったわね。そうしていれば彼を疑わなかっただろうから。サイン会のあとなら毛抜きを使いこなす力さえ残っていたとは思えないわ」

「警部補、それは……ユーモアのつもり？」

「まさか」モリーナは力なく首を振り、知らず知らずため息をついた。

テンプルはうなずいた。

「さてと、あとはオーウェン・サープさえみつかればいいんだけど」

「オーウェン・サープ。彼も作家ね？」

「それがちょっと違うの。ペンネームだけど、写真はあるはず——ほら、これがサープ。どこに行けばみつかるか見当もつかないわ。会見にもサイン会にも出る予定がないのよ。でも会場には来ているとローナが言ってたわ」

モリーナの鋭い青い瞳が群衆をざっとながめ渡した。

「ああ——あそこ？」

「どこ？」テンプルはつま先立ちになり、モリーナが見ている方向に懸命に視線を向けたが何も見えない。

しばらくすると、警部補は人混みの中を大股で闊歩していた。見た目が堂々としているためか、人が自然によけて道ができる。テンプルもカツコツと靴音高くついていったが、しょぼくれたペットのペキニーズのような気分だった。

会場の一角に、ラニヤード・ハンターがハードカバーにサインする姿を見逃すまいと陣取った、中背の男がいた。年齢は五十歳くらい、茶色と灰色の髪がコショウのように混じり合っている。ずんぐりした体にはエネルギーがみなぎっていて、〝適度なランニングとオートブラン・マフィンでやせよう〟という広告のモデルにもなれそうだ。プレスリリース用の写真撮影以降、口ひげを剃り髪も切ったようだが、モリーナのプロの目は一瞬でサープと見破ったらしい。

テンプルはくすぶっていた尊敬の炎が燃え立つのを自覚したが、すぐにもみ消した。柱の根元の真っ黒な影に溶けこむ見慣れた姿に気づいたのだ。しまった！　きっと倉庫のドアノブをきちんと回さなかったんだ、だから猫がまた押し開けて出てきたんだ。警部補は人間の獲物に集中していて猫には気づいていない。よかった。猫が旅行に出るたびにぺこぺこあやまるなんて、もううんざりだ。

「ミスター・サープ？」モリーナがぶっきらぼうに言った。「ちょっとよろしいかしら？」

男は両手を広げた。「これはこれは奥様、数時間でもよろしいですとも。見たところ出版社はこの崇拝の儀式に私を出席させるのは不適切と考えたらしいのでね」

「警部補です」モリーナは淡々と訂正した。「ラスベガス市警察の。亡くなったチェスター・ロイヤルのもとで仕事をしていたそうね」

オーウェン・サープは少しでも上背をかせごうと背筋を伸ばし、長身の女戦士と顔を突きあわせようとした。目の前に警部補が現われ、しかも自分が名指しされるはめになったサープはすっかり面くらい、ミッドナイト・ルーイがおもねるように幾度もズボンに体をこすりつけたことにも気づかなかった。テンプルはくすくす笑った。モリーナ警部補に威圧されるのは自分だけではないとわかって、ずいぶん気分がよくなった。

「これは失礼」サープが言った。「いや、ほんとうに申し訳ない。作家とは、じつは編集者や出版社のもとで働くものではないんです。我々はフリーランサーなんだ、ほんとうは。あの出版社やこの発行人が我々のあの本やこの本を買う、それが契約です」

「そして出版社はそれをさまざまな著者名で出版するのね？」

「そういうこともある」

「あなたの本名は？」

サープのうぬぼれた笑みに好意と敵意の両方が宿った。

「あなたはインディゴ・アトウィルの本を買いましたか？　二十万人のヒストリカル・ロマンスのファンは買いましたよ。メイヴ・マイケルズは？　ケヴィン・ギルは？　オーウェン・ジェームズとジェシー・ウィスターはどうです？　作家の名字に後半のアルファベットを使うのは悪い戦略だ。でも私は悪い戦略に親近感を覚えるんですよ。ええ、警部補、私のペンネームはどれもぴんとこないでしょうね。おかげで自由を謳歌し続けられるのはよいことだが、作家のキャリアにとっては少しもよくない。聖人のごときラニヤード・ハンターがすぐ隣で脚光を浴びているというのに、私は忘れ去られてこのていたらくだ。彼はイリノイ州ジョーリエットで三年間、本名で暮らしていたそうですがね」

「ハンターには前科があると言いたいの?」

「私は何も言ってませんよ。作家らしくかんしゃくを起こしているだけで。ところで亡き友ミスター・ロイヤルの検死結果は、不自然な行為による死と報告されたんでしょう?」

モリーナはけげんそうに、だが不躾にならない程度に作家をじっとみつめた。サープは心に立ちこめる霧から抜け出してきたかのようにかぶりを振った。黒猫は、気づいてもらえず気を悪くしたのか、柱の裏側にそっと姿を消した。いい子だから倉庫に戻って、とテンプルは願った。

「失礼」サープは最後の仕上げとばかりにもう一度かぶりを振り、ゆがんではいるが魅力的でもある笑いを浮かべた。「アガサ・クリスティーの登場人物のような話し方じゃなかったかな? 私は生まれながらの物まね師なんでね。性格も文体も、主題に順応するんです。どうすればお力になれますかな、警部補?」

「亡くなったミスター・ロイヤルのもとで働いていたのではないと言うなら、ふたりの関係をわかるように説明してくれる?」

「私が本を書く。彼が買う。彼のプリマドンナ作家の誰かが締め切りに遅れるようなことがあれば、私がいつだってかわりに何かひねり出した。誰かの作品が一から書き直しを要求されたときも私の出番だった。つまり私はロイヤルの安全網だったわけです。彼はいつでも私の作品を持ち帰り、ほんの少し原稿整理をするだけで入稿できた。もちろん、それだけではペニロイヤル出版が私を三番手の立場から引きあげたり、ベストセラーのリストに載せたりするには足りなかったがね」

「ローナ・フェニックは、あなたもインプリントのベストセラー作家のひとりだと言ってたわよ」テンプルが言葉をはさんだ。

オーウェン、サープ、ギル、マイケルズ、その他なんちゃらは、哀れむようにテンプルをみつめた。

「大量生産のおかげさ。私の作品はどれもあまり売れなかった。でも私は作品を大量に書いた。それで帳尻が合う。高額な印税の前払いはよくあることだが、私にそんな役柄が回ってきたことはなかったがね」

「よくわからないわ」モリーナがこう言うのを聞いて、テンプルは驚いた。モリーナがそんな弱音を吐くとは、思いもよらなかったのだ。「ハンターやデイヴィスのような売れっ子作家は別格だけど、ほかの作家はあなたが陰で手直ししなければ出版できないような作品を書いているということ？　そうなの？」

サーブは楽しそうに鼻を鳴らした。「当然だろう？　やつらは最悪の能なしなんだ。だが私は違う。私は作家だ。毎日毎日、来る日も来る日も、流行を取り入れ、それを吐き出す。六〇年代後半はゴシック小説を書いていた。七〇年代にはヒストリカル・ロマンス。八〇年代にはウェスタンに冒険小説、そしてホラーだ。いまはこの血まみれの医者の鉱脈を掘り当てた。言い方は悪いが、少なくともオーウェン・サーブは印税もそれなりに稼いでいる。だが言わせてもらうが、ハンターはにせ医者で、強迫神経症だ。たしかに彼は病院の裏側を知っているが、物語のテンポや筋や構成ときたら――ふん！　それからデイヴィスだが、彼女はイリノイ州カンカキーのただの看護師のくせに、奇妙なホラーのセンスがある。それでおかしな本を書いて、それがどういうわけかペニロイヤルの持ちこみ原稿の山にまぎれこみ、ジャジャーン！　いまやスターだ。編集者は、ありのままに受け入れなければならない作家よりも、都合よく手直しできる作家のほうが好きと相場が決まっているからな。なぜなら自分たちが何をしているか、よくわかっているからさ」

「持ちこみ原稿の山？」モリーナはどうでもよさそうにたずねた。

テンプルはすっかり親切な気分になっていた。

「出版社に依頼されていない原稿のこと。エージェントを通してもいなければ、紹介もなしに出版社に直接送られてくる原稿よ。そんな持ちこみの山から拾われてベストセラーになった作品もあれば――」

「拾われずに消える数百万の作品もある」サープがしめくくった。

「ミスター・サープ、ラスベガスにはいつから？」

「警部補にはかなわんな」サープが下を向いた。そしてまた顔をあげた。その間も、ぶ厚くもつれたラニヤード・ハンターのファンの列にだけは目をやらなかった。書店のオーナーがひとり残らず彼の秋の新作を大量注文しようとしているらしい。「火曜日からだ。スロットマシンやクラップスをしたくてね。チェスターを殺すこともできたね、簡単に。あんなに遅い時間で人がいなければ、誰にでもできた。でも私は殺していない。ペニロイヤル出版がなければ、私が手に入れたささやかな成功すら望めなかっただろうからね。これからはポルノか『ミュータント・タートルズ』の中篇小説でも書こうと思っていた。ロイヤルは私の作品をたたき壊したことはなかったし、そんなことはしたがらなかった。だが私をトップに押しあげるほどの恩義も感じていなかった。私たちふたりにはそれくらいの関係がちょうどよかったんだ」

「彼はもういないのだから、あなたも新商品リストに名を連ねる作家になれるかもしれない」

「それを言うなら新刊本だ。だが、そうはいかないだろう。彼はもういないのだから、インプリント全体がうまいこと利用されて、私だけ蚊帳《かや》の外に放り出されるかもしれない。だからあの男を殺す理由などなかったんだ、ほんとうに」

モリーナは黙ったままだったが、疑っているように見えた。

「おっと、今度はサム・スペードになりきっていた。失礼。習慣なんだ。まだ何か？」

「いいえ、いまのところは」

「それじゃあスロットマシンでもやってくるとしよう。あっちのほうが勝算がある」

サープは寄りかかっていた柱から離れ、人混みにまぎれた。テンプルは何かを待ちわびるようにモリーナをみつめた。

「案内ごくろうさま」警部補は上の空で言った。「ハンターには、白く塗りつぶされた過去についてじっくり話を聞かせてもらうわ。サイン会が終わったらすぐに」

これで無罪放免だ。そう気づいたテンプルは、内心ひどくがっかりした。人に個人的な質問をするのは、とても刺激的だし気晴らしにもなる。モリーナの聞きこみをもっと聞いていたい。でもテンプルは上品に身を引いた。

「広報責任者のローナ・フェニックを紹介するわ。きっとハンターの件をうまく手配してくれるでしょう」

「あら、こんにちは、テンプル」

テンプルとモリーナが人だかりに埋もれたサインテーブルに近づくと、ローナはふたりを感じよく迎えた。

ローナはモリーナの説明を冷静に受け入れ、警部補の要望をハンターに伝えようと前屈みになった。ハンターはまったく動揺しなかった。スターリングシルバーの髪が、かえって若さを際立たせている。流れるような動きでサインをしている本の遊び紙から明るいグレーの瞳がさっとあがり、テンプルに興味を惹かれたように動きを止めた。

「あと十五分で終わります、モリーナ警部補」とローナが言った。「〈レノルズ／チャプター／デュース〉のブースに関係者以外入れないエリアがあるので、そこでお話ししましょう」

モリーナはうなずき、サイン会が終わるまでの居場所として柱のそばに陣取った。ローナはテンプルの手首をぐっとつかんで引き留めた。

「よく聞いて、テンプル！　私、メイヴィス・デイヴィスを控え室に残してきちゃったの。彼女、あまり調子がよくないのよ。チェスターが亡くなって、ほんとうにずたずたなの。それに記者会見のストレスもあるし……だからほんとうはひとりにするべきじゃなかった。でも私はラニヤードの準備もあったし、何もかも片付くまでここを離れられないし、急に事情聴取までされることになったし――だから私のかわりにメイヴィスの子守をしてちょうだい。お願い」

テンプルは納得してうなずいた。ついでに心の中では喜びのあまり激しく踊っていた。ひどく取り乱したメイヴィス・デイヴィスの隣に座って、誰にも聞き耳を立てられずに質問ができるなんて、願ったり叶ったりだ。とくになんの感慨もないらしいモリーナ警部補に明るく手を振ると、テンプルは足取りも軽やかに人だかりの中を進んでいった。非行に走った黒猫を片目で捜すことも忘れなかったが、何かが起こりそうな予感と興奮で頭のてっぺんからつま先までぞくぞくした。冷房のきいたコンベンション会場のひんやりした空気が、なんだか肌にぴりぴりする。遠くで光る稲妻のように、火花を散らす熱い鉛が思い浮かぶ。

足が痛いことも忘れかけていた。

8　愚者の愚行

「ここにいたのか、T・B!」

テンプルは行き交う人々の大渦巻きの真ん中でぴたっと立ち止まった。

「驚いた。二万人の人間がいるのに、よりによってあなたにみつかっちゃうなんて」

クロフォード・ブキャナンは、自分では笑顔として通用すると思っている表情をつくった。

「〈ベイカー&テイラー〉の人間がいますぐ君と話したいと言っている」

「それについては警備部門が調べていると言ってなかった?」

「どうやら〈ベイカー&テイラー〉社は、君のほうを信頼しているようだな、T・B。どんな理由かは知らないが」

テンプルは腕時計を見た。いますぐ会いたい魅惑のメイヴィス・デイヴィスは、これから数分のあいだ誰にも慰めてもらえなくなる。ラニヤード・ハンターは折り紙つきの医療詐欺師だから、きっと疑惑に飢えているモリーナ警部補なら、みっちり半時間は尋問しないと気がすまないだろう。それなら〈ベイカー&テイラー〉の担当者を落ち着かせてからでも、デイヴィス女史を尋問する……ではなくて慰める時間はあるはずだ。

「いやいや、礼には及ばないよ」

ピスタチオ色のリズ・クレイボーンのハイヒールに翼がはえたような速さでテンプルが通り過ぎると、ブキャナンはすねたように言った。

〈ベイカー&テイラー〉——出版取次店——は、気前よく飾り立てたブースをいくつも連ねて円形ドームの一角を占拠している。展示エリアの端から端までという途方もない距離だ。ようやくまわりの展示ブースの上に高々とそびえる模造マホガニーのパネルを貼った柱が見えてきた。エメラルドグリーン、ワインレッド、それに濃い青緑色の豊かな色彩が、贅をつくした図書館の雰囲気を育んでいる。こうした豪華で趣味のよい展示の真ん中に、メインディッシュがわびしげに鎮座していた。

ベイカーとテイラー——本物の猫——がABAにやってくるのは初めてで、まるで王族のような待遇だった。高さ二・五メートルの展示ケースには、この秋の新刊本を入れた腰の高さの書棚が、本物と見まがうばかりの精巧さで描かれている。

その上には、かの有名な二匹の猫を展示するための透明なアクリルでできたオーダーメイドの小部屋があった。中には安楽椅子にそっくりな猫用ベッド。壁四面の「窓」にかかる木綿更紗。カーペットが敷かれたはしごで二階へあがると、図書館の書棚が描かれている。『カラニャーゾフの兄弟』や『ベン・ニャー』『二尾物語』『アンドロクレスと猫』『猫曲』といった猫が登場するらしい名作に加え、忘れることのできないリリアン・J・ブラウンのミステリ、『猫は〜』シリーズも全巻そろっているようだ。中でももっとも心打たれる――そして間違いなく予言的な――タイトルは、ロバート・ニャインラインの『壁を通り抜ける猫』だろう。

カーテンをくぐって入る狭い場所は、清潔なトイレに間違いなかった。問題の猫たちはいなかったが、展示ブースでは目にすることができた――ベストセラーを積みあげた本のタワーの上に丸眼鏡をかけてしゃちほこばったポーズで座る二匹の写真が、つやつやのカレンダーやポスターに使われているのだ。ベイカーとテイラーはいわばスターだが、二匹とも分別はありそうだ。短い白い毛並みには何種類ものスパイスをふりかけたような大きなぶちがある。彼らのちょっと変わった品種のトレードマークである小さな耳は折れ曲がり、その先端はスコットランド北部ハイランド出身の利口な頭にくっつきそうだ。

ブースの連絡担当者は、テンプルと同年代の身なりのきちんとした女性で、どことなく人をほっとさせる親しみやすさがあった。しかし、ベイカーとテイラーの失踪はチェスター・ロイヤル殺害より早く、昨日の早朝にはもうわかっていたので、いまは絶えず不安にさいなまれているらしく、しかめつらをしている。

「ミス・バー！　何かわかった？」

「いいえ――」テンプルは濃い青緑色のシルクのブレザーの下襟についている名札を素早く見て、「ミス・アドコック、まだ何も。それに正直に言うと、私は別な事件にも巻きこまれたの」

「別な事件？　ああ、殺人ね」エミリー・アドコックは耳にはさんでいたボールペンを上の空ではさみ直した。「それより猫はどうなってるの！　私、ブースの設置作業をしていた人全員にたずねてみたの。でもあの夜猫を家に連れ帰った人は誰もいなかった。動物好きの人がおせっかいで連れていったのかもしれないと思っていたんだけど。ああもう……この猫の宮殿は展示場の技術者にはよく知られた快適な設備がそろってるのよ。ベイカーとテイラーは図書館猫なの。だからファンと仲良くすることにとっても慣れてる。注目されることが大好きなのよ。逃げたりするもんですか！」

「二匹はどういう経緯で会社の看板猫になったの？」テンプルがたずねた。

「うちの会社がスポンサーになっている図書館が自費でベイカーを手に入れ、うちに手紙を書いてきたの。それで会社は数ヵ月後テイラーを買うときに資金援助したのよ。この子たちはとにかく有名で、アメリカ中のどこの図書館でも、どの図書館員にも知られてるくらい。もしあの子たちに何かあったら……いったい誰が連れ去ったのかしら？」

「ミスター・ベントとは話した？」

「コンベンション会場の警備責任者？　ええ、いちばん協力的だったわ。彼も人間の手を借りずに猫が逃げることはできないだろうって考えてる。展示エリアはしっかり警備されているから、これは悪意のあるいたずらだろうって。いまも警備員を大勢使って会場内をくまなく、通気口まで捜索してくれてるわ。でもこんな騒々しい中で『ニャーオ』なんて聞き分けられるかしら？」

「ものすごくつらいけど、警察沙汰にしたくないなら――」

エミリー・アドコックは軽そうなブレザーの中で身震いした。

「そんな！　公表なんて……いまはだめよ。ただの事故やいたずらの可能性があるうちは、だめ。レビュー・ジャーナルの二面に載った猫の記事を見たでしょう？　新聞がこの件で何をしでかすか考えてみて！『ABAでまた事件。殺人に続いて猫失踪』とか『大手取次店、マスコットの猫を失う』とか。そんなのごめんだわ」

ひとりの女性広報のお手柄が、別の女性のとどめの一撃になろうとは。

「どうしたらいいかわからないわ」とテンプルは言った。

エミリー・アドコックは両方の薬指にかなり大きなダイヤモンドの指輪をしているのだが、それがぶつかり合うのも気にせずに、両手を強くもみ合わせた。

「この問題に真剣に対処するように、警備担当者に念を押して。私はあなたと同じ、ただのフリーの広報よ。〈ベイカー＆テイラー〉が自らの名を冠した猫を失ったりしたら、私の仕事はお先真っ暗、切り刻まれてフォアグラにされるガチョウだわ。それにみんなすっかりあの子たちに夢中なの。とっても気立てがいいんだもの。こんなことになるとわかっていたら、二匹を会場に連れていきましょうなんて提案しなかったのに――」

「ミスター・ベントがきっとみつけてくれるわ。この建物のどこかに隠れているなら。だけどもし事件性があるなら――」

「どういう意味?」

「猫さらい《キャットナップ》よ。あなたも考えたでしょう?」

「いいえ! 誰がそんなことすると言うの?」

テンプルは人差し指を伸ばすと、もう一方の手の指を階段を下りるように一本ずつたどりながら可能性を挙げていった。

「商売敵が、会社を困らせるために。過激な動物愛護団体が、動物を利用して商品やサービスを売ることに抗議するために。ちょっといかれた犯罪者が、身代金を要求するために。猫嫌いな人が、どこかの実験施設へ送るために」

テンプルが手を入れ替えてつぎの例を挙げようとしたとき、エミリーがその手をぐいっとつかんだ。

「やめて、ミス・バー! そんなの……あなたの想像力が豊かすぎるのよ。もうやめて、お願い。いまの話を聞いただけで、今夜はもう眠れないわ」

「いまのはただの思いつきよ、もちろん」テンプルはため息をついた。「ロイヤルの事件については、目下の問題はほぼ片付いたの。だから私のつぎの優先事項はベイカーとテイラーよ——猫のことも会社のことも。約束するわ」

つぎとは言っても、その前の優先事項を終わらせてからの話だ。

テンプルはプレスルームの楽屋へ急ぎ、腕時計を確認した。今日の会見予定はすべて終わっている。運がよければ、メイヴィス・デイヴィスを独り占めできるだろう。

「ご親切にありがとう、ミス・バー」

メイヴィス・デイヴィスはラスベガスヒルトンのカクテルラウンジをながめ渡した。ベガスの大半のホテルと同じように、ヒルトンのレストランもバーも、夜明けから日暮れまで、そして日暮れから夜明けまで、エアコンのひんやりした空気と上品なほの暗さが満ちている。人も多くて騒々しいが居心地はよく、暗くて人目を気にする必要もないので、恋人に別れを切り出したり殺人を告白したりするにはぴったりだ。

「どういたしまして、ミス・デイヴィス。どうぞテンプルと呼んでください。ローナはあなたをひとりきりにして大丈夫か心配していたんですけど、サイン会の予定があって、おまけに警部補がそのあとラニヤード・ハンターに話を聞きたいと言い出して——」

「あら、大変」

メイヴィス・デイヴィスは身震いしたが、凍えるようなエアコンのせいではなさそうだ。ヒルトンはコンベンションセンターの隣とはいえ、暑く乾燥した中を延々と歩いて来たのだから。ベガスではどこへ歩こうと短時間では到着しない。理由は簡単、建物が無秩序に散らばっているせいだ。

「あなたは、その……まだ取り調べは受けていないの?」テンプルがたずねた。

「私が! いいえ。なぜそんな必要があるの?」メイヴィス・デイヴィスは心底ぞっとしているようだ。

「殺人について何か意見や思いがけない情報を持っているかもしれないでしょう」

「ミス・バー——テンプル、私は殺人の物語を書いています。でも実生活ではそんなこと考えたりしません。看護師ですし」メイヴィス・デイヴィスはロブ・ロイをすすった。テンプルはそのカクテルをオーダーする人をいままで一度も見たことがなかった。

「私は広報の人間だけど、いまは殺人のことばかり考えてるわ。本物の事件が目の前で起こったら、作家は興味をそそられないのかしら?」

「まさか! 私が書くのはただのつくり話ですもの。病院のことはよく知っているし、多くの患者さんの死にも直面してきたわ。それはドラマティックなことなんかじゃない。何度体験しても落ちこむものよ。私たち看護師はいつだって患者さんが亡くなりませんようにと願っているのだから」

「あなたが書く殺人狂の看護師たちは例外ね」

「ええ。でも彼女たちは――そうね、実生活でもおかしな人はいたけれど、私の登場人物はみんな創作よ」

「実際の事件に基づいて書くことはないのね？　なんてすがすがしいのかしら。近ごろはフィクションより事実のほうが衝撃的なのに」

「何かひらめくかと思って、実際の事件を参考にしようとしたこともあったわ。でもミスター・ロイヤルに止められたの。理由はわからない。でも私はどんなときも彼の言うことを聞いたから――ああ、大変！　これからは誰がそんなふうに教えてくれるのかしら？　つぎの本が出るまで、もう十ヵ月しかないのに！」

「彼がいなくてもせいいっぱいがんばりとおさなければいけないわ。ところで小説を書き始めるきっかけは何だったの？」

「ああ、小説はずっと書いていたの。子供のころから小説を書いたり、赤ん坊に見立てたお人形の看病をしたり。私の里親はいまだに包帯やら三角巾やらをつけられたお人形を持っているわ――ああ、そうそう、かなりぞんざいに赤チンを塗ったから、お人形がみんな先住民みたいに見えるのよ！」　メイヴィスは子供を見守る母親のようにふっくらと笑った。「それに『落書き』の引き出しにはおかしな詩や物語がいっぱいつまっていたの」

「ではなぜ最初は看護師になったの？」

メイヴィスはロマンティックな名前のカクテルをすすった。その味を楽しむというより我慢するように、唇をすぼめる。

「手に職がつくから。私みたいな六〇年代の女の子は、結局のところ現実的だったの。教師か看護師、これが女性の仕事の選択肢。夫を捕まえられなかった場合はね。明らかに私が『捕まえた』のは看護師の資格だった——その後、書くことにとりつかれたの」

「でもあなたは里親と暮らしていたから、なぜ看護師と作家の仕事に強く惹かれるのか、自分の才能のルーツはわからないのね？」

メイヴィス・デイヴィスは哀れを誘う声を低めた。

「たぶん、だからこそ惹かれるんだわ。フォーブズ家の養父母は、私の実の親については決して話そうとしなかった。あのころは養子や里子に出された子供は自分の出自について詮索するものじゃないと考えられていたの——おそらくそれですべてがまるく収まっていたのね。でも私が十代だったころ、フォーブズ家のいとこたちは親のことであからさまにくすくす笑ったものよ。じつは母は私が三歳のときに、違法な中絶手術で亡くなったの。誰もそれをおおっぴらに話しはしなかったけれど、みんな知っていたし、結局は私の耳にも入った。そんな幼いときに里子に出されたから、父については何も知らないの。私が看護の道に入ったのもそのせいだと思うわ」

「親身になってくれる看護師もつかないような中絶手術で、女性が心に傷を負う必要はないと確かめるため？」

メイヴィス・デイヴィスはテンプルをみつめた。頭がおかしいんじゃないの、とでも言いたげに。

「とんでもない、違うわ！　フォーブズ家はローマ・カトリック教徒だったから、私もそう育てられたの。たしかに母は若くて絶望していたかもしれない。でも同時に取り返しのつかない過ちを犯したのよ！　私が看護師の職に就くのと同時期に、最高裁判所が中絶を合法とする裁決を下した。でも私は中絶に反対する病院でしか、少なくともスタッフに選択させてくれる病院でしか働かなかったわ。たいていは産科病棟で働いていたの。とても幸せな場所なのよ」その誕生を社会的に認められた何百人もの新生児を思い出したのだろう。メイヴィスの顔がきらきら輝いた。

「じゃあ、大変なんでしょうね」とテンプルは気を遣いながら言った。「たとえつくり話でも医療ホラーを書くことは」

「いいえ。しょせん架空の物語ですもの。恐ろしい物語。でも冷酷な看護師のサスペンスを書いているときは、とても……自由を感じるの。現実ではないとわかっているからよ。読者も作品を気に入ってくれている。私はひそかに空想しているの。いつかほんとうの父親か、父を知っている誰かが私の小説を読んで、私の写真に家族ならではの特徴を感じとって、出版社に手紙を書いてくれるんじゃないかって……ものすごくたくさんの人がこういう本を読んでいるんですもの。百万人はいるでしょうね」ここでメイヴィスは唐突に、自分の百万の愚かな読者を、そして自分自身の痛ましい空想を激しく笑った。「私の小説がどうして世間の人を惹きつけるのか、ほんとうにわからないの。ミスター・ロイヤルがなぜデビュー作を買ってくれたのかすらわからないわ」

「彼があなたを担当するようになってどれくらいたつの？」

「十二年よ」

「それなのにまだ『ミスター・ロイヤル』と呼んでいるの？」

「彼は年上だから」とメイヴィスは答えた。

テンプルは、決して美人とは言い難いが、しわひとつない女性作家の顔をじっとみつめた。

「あなたよりかなり年上ね――プロフィールによると六十六歳」

メイヴィスは唇をすぼめて、いろいろ混ぜられたスコッチをすすった。

「私が育った土地では、若者は目上の人を敬うように教育されたものよ。私ももう大人かもしれないけれど、でもミスター・ロイヤルはずっと年上に思えたし、それにペニロイヤル出版の社長だったから。チェスターと呼んでもいいとは、とても思えなかったわ。ミスター・ロイヤルもそうは思っていなかったでしょう」

「彼はあなたをなんて呼んでいたの？」

メイヴィスは、ひっきりなしに回していたグラスの下で湿ってしわくちゃになったナプキンに視線を落とした。

「メイヴィスよ」

「ミスター・ロイヤルのことをもう少し知っておきたかったわ。彼が結婚していたかどうかも知らないんだもの」

「あら、結婚はしていたわよ」

「そうなの。誰と？」

メイヴィス・デイヴィスは困惑したようだ。

「さあ、いまの奥さんが誰なのかは知らないわ。何人もいたそうだから」

「何人も？　あんなぱっとしないイタチみたいな人に？」

テンプルはいつのまにか、いまは亡きミスター・ロイヤルと、いまもぴんぴんしていて不愉快なクロフォード・ブキャナンのイメージをいくぶん重ね合わせていた。

メイヴィスは目をぱちぱちさせた。

「ミスター・ロイヤルがお亡くなりになったということはわかってるわ」テンプルはすぐに同情心のかけらもない言い方にブレーキをかけた。「でも私は、彼の遺体にけつまずいてしまったの。それは愛しいロミオ様ではなかったわね――生きていようと死んでいようと」

「なんて言ったらいいのかしら。ミスター・ロイヤルをそんなふうに考えたことがないから。じつを言うと、私は彼を畏怖していたの」

「なぜ？」

「私を有名にしてくれて、お金持ちにしてくれたからよ」

「でも小説を書いたのはあなた自身でしょう」

「そのおかげでデビュー作を出版してくれたのは彼だから」

「でもデビュー作を出版してくれたのは彼だから」

「そのおかげでペニロイヤル出版を築くことができたのよ。プレスリリースの行間を深読みすればわかるわ」

「まさか、違うわ。私の作品はそんな貢献はしていない。だって、彼はデビュー作に三千ドル出すほどの余裕もなかったのよ。一万ドルの印税を払ってくれるようになるまで何年もかかったわ。だから小説だけで生活できるようになるまで、七年間看護師の仕事も続けなければならなかった。聖書の物語みたいでしょう、そう思わない？」

「でも――」テンプルはプレスリリースにあった自慢たらたらの統計データの記憶をたぐり寄せた。『私を葬るのは私』は十四版を重ねてニューヨークタイムズのベストセラー・リストにも載りそうな勢いだったんでしょう。その後の本はもっとよかった」

メイヴィスは遠慮がちにほほえんだ。

「ミスター・ロイヤルは事あるごとにこう指摘していたわ。私がペニロイヤルに最初の作品を売ったのは運がよかったたって。その本のリライトにはとても手間がかかったから、よそでは相手にされなかっただろうって。原稿は四回も送り返されてきたし、何ヵ所かは彼自身が手直ししなければならなかった。だから私はずぶの素人なの……素人だったのよ、テンプル。何もかもミスター・ロイヤルのおかげなの。いいえ、おかげだったの」

メイヴィスの顔が蒼白になった。悲しみのせいではないかもしれないが、喪失感が急にこみあげてきたのは確かなようだ。

テンプルは目の前に置かれた手つかずのスプリッツァーをみつめた。カクテルをはさんでビジネスの話をするときの、プロの広報らしい懸命な選択だ。テンプルはものすごく短いスカートのウェイトレスと視線を合わせた。

「ジントニックを。それとロブ・ロイのおかわりも」

「いいえ、私はもう――」

メイヴィス・デイヴィスは断わったが、本気ではなさそうだった。その顔には、まったく張りがない。最初は暑さのために、いまは抑えられないアルコールの激流のために。まるで疲れ切った主婦のようだ。まわりにうまく説き伏せられて、小学生のサッカーチームの世話役をすることになった主婦。テンプルは罪悪感が波のように打ち寄せるのを感じ、ジントニックが運ばれてくるとすぐにひと口あおってまぎらわせた。ちなみにお酒はすぐに運ばれてくる。ここはベガスなのだ。客がアルコールを一滴も飲まないようでは、バーの売り上げはあがらない。

「きっと彼が恋しくなるわ」メイヴィスがわびしそうに言った。「何をすればいいか、彼に教えられることに慣れきっていたから。私のことをとても気にかけてくれたのよ。別の編集者に担当させましょうと言われるのはわかってる、でも——」

メイヴィスは、純粋な恐怖のためだろう、関節が白くなるほど固く手を握りしめた。その手からいまにもハンカチがひらりとのぞきそうだ。そんなことを期待してしまうほど、メイヴィス・デイヴィスは古風で純真な女性だった。でも触れるには生々しすぎるほどの弱点、つまり絶望的なまでの自信の欠如は、まったく古風とは言えなかった。

「ひとつお聞きしたいんですけど、メイヴィス——と呼んでもいいかしら？」

「もちろん」女性作家は意気込んで答えた。「私はもうすっかりひとりぼっちなの。あの……よその編集者にはわからないと思うわ。ミスター・ロイヤルがどんなに私を助けてくれたか」

「と言うより、どんなにあなたを欺いていたか」テンプルはジントニックに向かってつぶやいた。「メイヴィス、あなたのデビュー作だけど、全部自分で書いて売りこんだの？」

メイヴィスはうなずいた。

「著作権エージェントはいたの？」

メイヴィスはかぶりを振った。

「いまはいるの？」

またうなずいた。「ミスター・ロイヤルが、持つべきだと言ったの。三冊目が出版されたあとだったわ。それで数年来の知り合いを推薦してくれたの」

「でも七冊目まで印税が一万ドルを超えることはなかったのね」

「ええ……でも、なぜ？」

「つまり、エージェントはあなたから手数料を取る以外に何をしていたのかってこと」

「彼は頭が痛くなるようなビジネス関係の手続きを一手に引き受けてくれたわ」

「つまり、翻訳権や映画化権を売るようなこと？」

「いいえ。そういうことはペニロイヤル出版が扱っていたの。私は運がよかったのよ。出版社が私の本業以外の権利にも大きな関心を持ったおかげで、本も必死に売ろうとしたんだって、エージェントは言っていたわ」

今度はテンプルのこぶしがグラスの上で白くなっていた。出版業界については詳しくない。けれどもチェスター・ロイヤルが卑劣にもメイヴィス・デイヴィスをだましていたということはよくわかった。問題はメイヴィス・デイヴィスが、この病んだ看護師小説の第一人者が、ロイヤルを疑いもしないほど、いまこの瞬間までほんとうにうぶで純真だったのかということだ。

この疑問への正しい答えが、あるいは誤った答えが、殺人の動機を語るかもしれない。

9　遺失物取扱所

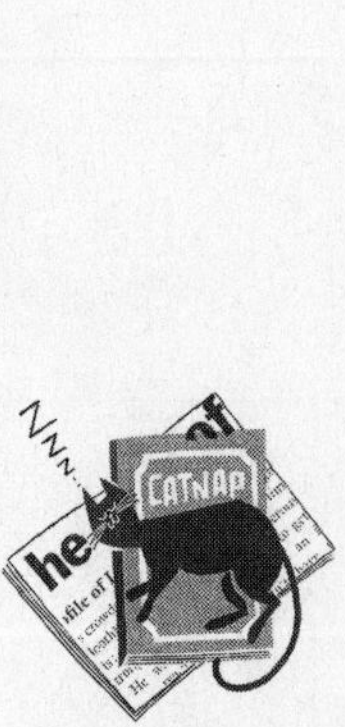

「ヒルトンのラウンジで君を見かけたよ。お楽しみを独り占めか」
「あなただってしていることでしょう、クロフォード」
テンプルは重たいトートバッグをデスクに放りあげた。こんな遅い時間に――もう午後六時だ――仕事をする利点と言えば、ＡＢＡの広報オフィスには人っ子ひとりいないので、テンプルが仕事中に飲んでいたというブキャナンの非難を誰にも聞かれずにすむことくらいだ。そもそも経費でまかなうぜいたくなランチを考案したのは、広告と広報の関係者だった。
いつものように外部からの電話と緊急の用件を知らせるメモが、まるで巨人のふけみたいにデスクに散らばっている。テンプルはまず新しいペーパーウェイトをどけなければならなかった。自力でオフィスに戻ってきていた黒猫（冒険好きのわんぱく猫）が、デスクの上で毛繕いにいそしんでいるのだ。ごめんなさいと――クロフォードではなく猫に――声をかけながら、テンプルは猫をさっと抱きあげて倉庫へ向かった。興味をなくして帰ってくれればいいのにという願いが通じたのか、オフィスに戻るとブキャナンは姿を消していた。テンプルはデスクに戻り、椅子にぐったりと沈みこんでメモをぐちゃぐちゃにかき混ぜ始めた。それから眼鏡を頭に押しあげ、顔を両手でそっと覆った。目が焦点を結んでくれない。なんてひどい一日だったんだろう。今夜はメモのことは忘れよう。猫をキャットキャリーに入れて、家へ、心安らぐ我が家へ帰ろう。

「すみません」ドアのほうからきっぱりとした女性の声が聞こえた。

テンプルは「このオフィスに入る者は、すべての希望を捨てよ」と言わんばかりの威圧的な態度はやめて、訪問者を――いや、訪問者たちを招き入れた。入り口には男性もいた。ちょっと謎めいたハンサムだ。女性は小柄でブロンド、第二次世界大戦でドイツのドレスデンを爆撃したときのイギリス軍くらい本気に見える。

こんな時間になんだろう。

女性がテンプルのデスクへ歩み寄った。「これを夕刊で見たんです」

「ああ、猫の記事ですね」

男性が女性に続いた。「あの記事は間違っている。僕らはあの猫を知ってます。あれは野良じゃないんだ」

「野良じゃないですって？　ということは……あなたの猫だとでも？」テンプル自身にも、自分の声が男性の言葉を拒絶するように響くのがわかった。

ふたり連れは無言で相談するようにお互いの顔を見交わすのに忙しく、テンプルが動転していることには気づかなかった。

「正確には『私たちの』猫ではないわ」女性が認めた。「あれは家の猫なんだ」と男性。

テンプルはふたりをみつめるばかりだ。

男性はいまだと思ったのか、百五十ワットはありそうなまばゆい笑みを放った。

「僕らの『家』というのは、ストリップ大通りにあるクリスタル・フェニックス・ホテル・アンド・カジノなんですよ。ルーイはそこを根城にしているんです。僕らがそのホテルを再建する前からそうでした。彼がどうやってここへやってきたのかはわからないけど、でも――」

「ルーイ?」テンプルが話の腰を折った。

「ミッドナイト・ルーイよ」ブロンドの女性が補足した。「あの子の名前」

「ところで、あなた方はどなたなの?」

日焼けした手が伸びてくる。「ニッキー・フォンタナです。そして妻のファン・フォン・ライン。彼女はクリスタル・フェニックスの経営者、僕は所有者」

「そしてルーイは家猫なの」と女性ががんとした調子で言った。「新聞の写真を見たとき、家へ連れて帰らなくちゃと思ったのよ」

「家へ……？」考えることがどうしてこうも大変なんだろう。きっと猫はもういませんと嘘をつくために、もっともらしい理由を探しているせいだ。保護施設へ送ったとか、ハリウッドのアニマルトレーナーがもう飼い主だと名乗り出たとか言ってしまえば――

「猫は倉庫にいます。連れてくるわ」

ふたりは倉庫の入り口までついてきた。たぶん信用されていないのだ。いや、ふたりはただただ会いたいのだ……ルーイに。猫なのに、変な名前。テンプルはいらいらしてきた。ほんとうにそんなばかみたいな名前がいいなら、いっそひげ吉とかシュワルツェネガーとかにすればいいのに。

猫はふたりを歓迎するように長々と喉を鳴らした。テンプルは猫が自分の横をゆったりと通り過ぎ、ファン・フォン・ラインの脚に体をこすりつけるようにしてからニッキー・フォンタナのひざをあいさつがわりにかむのをみつめた。

「こら、とっておきのイタリアシルクなのに！」

ファン・フォン・ラインは猫の前に屈みこんだ。

「ルーイ！　あなたすっかり有名人ね。でもいったいどうしてコンベンションセンターに迷いこんだの？　今週ずっとどこにいたの？　寂しかったのよ！」彼女は澄んだ青い瞳でテンプルを見上げた。「しばらく姿が見えなくなって、ほんとうに慌てたわ――車にひかれたんじゃないかとか、悪いことばかり考えてしまって。きっと赤ん坊を産んだせいだと思うの。母性本能ね」

「父性本能だって」と夫がつぶやいた。「平静ではいられなかったよ。悪夢がつぎつぎと浮かんでね。ルーイがみつかってほんとうにうれしいよ。家へ連れて帰ります。こいつは一トンは食べるんだ。体重もそれくらいあるけど。世話をしてくれてありがとう」

「いいえ」

テンプルは脚から脚へと重心を移動した。針みたいなハイヒールがぐらぐらする。床に突き刺さって、身長がさらに十五センチは縮みそうだ。どう見ても猫はこのふたりを知っている。だからこんなにうれしそうなのだ。倉庫から、テンプルのアパートから、彼女の人生から、注目の的から逃れられてうれしいのだ。猫が何を考えているかなんて、誰にわかる？　でも自分が何を考えているかは、テンプルにはよくわかっていた。いまいましくも三十歳を目前にしたキャリアウーマンが、まるめた靴下を喉に詰まらせた気分で見知らぬふたり連れの前に突っ立っているなんて、みじめだ。

「待って！」と喉に詰まった靴下を乗り越えてテンプルは言った。「その猫はコンベンションセンターにとって、とても重要な存在だったの。彼が注目されたおかげで、ここで起きた不幸な出来事にあまり世間の関心が集まらなかったのよ。だからしばらく手元に置かせてもらえないかしら。彼がいなくても大丈夫と確信が持てるまで」

「まだ誤解しているのね」と女性が穏やかに言った。「ルーイはペットじゃないの。正確に言うと、彼が私たちとホテルを選んだの。ベルボーイからお泊まりになるセレブの方々まで、みんなミッドナイト・ルーイに会えるのを楽しみにしているわ」

「そういう意味では野良猫なんだよ、ミス・バー」男性がデスクの上のネームプレートをちらっと見てつけ加えた。「彼は気の向くままに行ったり来たりしたいんだ。きっとホテルのスタッフにねだってエサをせしめたり、ホテルの庭の池で鯉をうまく襲ったりしているんだろうね。それでもすっかり飼い慣らされているわけではない。だから慣れていないんだよ――」ニッキー・フォンタナはからっぽのキャリーをいまいましそうにみつめて言った。「管理されることに。彼にとってそれはフェアじゃないんだ」

「私が猫を管理するなんて言いました？　ええ、もちろんそんなつもりはないわ」テンプルは無理強いされたように答えた。「わかりました」脚のあいだを縫うように、しなやかな体が動いた。テンプルは屈みこんでつやつやの真っ黒な毛並みをなでた。「ルーイ、あなたのおかげでいい一日だったわ、ありがとう。元気でね、気取り屋さん」

テンプルは背筋を伸ばし、素早く振り返ってキャリーを持ちあげた。

「いや、いりませんよ」ニッキー・フォンタナが言った。「コルベットには載らないから。ルーイはランブルシートに座るさ、な、そうだろう？」

テンプルが振り向くと、ニッキーの両腕を猫がほぼ占拠していた。大きくて真っ黒な毛むくじゃらの赤ん坊のように運ばれていく。

ファン・フォン・ラインの青空のような目が、計算ずくの同情でわざとらしく曇っていた。「心配しないで。電話でようすを伝えますから。いつでもルーイに会いにいらして」

「そうします」

ふたり連れはドアへ向かった。猫はニッキーのひじに大きな頭を預け、緑色の目で情熱的にテンプルをみつめている。これ以上は無理というほど居心地がよさそうだ。

礼儀正しく別れのあいさつを交わすと、テンプルはすぐにドアを閉めた。通路の向こうへ小さくなっていくふたりの姿を見送ることはできなかった。ミッドナイト・ルーイの大きくて黒い姿が小さく縮まって見えなくなってしまうなんて、耐えられない。

「変な名前！」

テンプルはゴミ箱を蹴飛ばした。それからひと息ついてしゃがみこみ、散らばった紙くずやクリップやキャンディバーの包み紙をひとつひとつ拾ってまたゴミ箱に戻した。

ようやくあとはバッグを持って帰るだけというところまでこぎつけた。オフィスを出ようとして、テンプルはふと躊躇した。秘書の机に例の新聞の二面が数枚重なり、切り抜いて保管しておく準備ができている。ヴァレリーがやってくれると信じよう。

「あーあ」テンプルはその山から一枚すっと引き抜き、ついさっき返還要求されたミッドナイト・ルーイのかわいらしい姿をみつめた。「我々の調査は終わったようだ、シャーロック」

〈サークル・リッツ〉に着いたテンプルは、実際は持っていないのに、キャットキャリーとその八キロの住人を運んでいるような錯覚に陥った。六月の熱気でリネンのブラウスとスカートは体にぴったり張りつき、ストッキングは湯気の立つスパンデックスのロングレギンスに変化している。空はミード湖と同じ深く暗い青、遠い山並みは赤褐色、熱気の中で青紫色の光がかすかに揺らめいている。

最後の一台分の日陰はフォード・エスコートに奪われていたので、テンプルはその隣に水色のGMジオストームを入れ、ダッシュボードに日除け用のボードを広げると、木の門を抜けて建物の裏手へとぼとぼ歩いた。

それからラウンジチェアをひきずってヤシの木陰へ運び、ばったり倒れこんだ。ラウンジチェアがやめてくださいとでも言うようにきしんだ。テンプルの体格では、椅子であれなんであれ、そんなに大きな影響を与えることはめったにないのに。

「また大変な一日だったの？」

見たことのある顔がプールの古めかしいタイルの縁からひょっこり出ていた。髪が濡れていても魅力的に見える男は信用できそうな気がするが、どうだろう。

「猫はどこ？」マット・ディヴァインがまたたずねた。

「新聞の夕刊に載ってるわ」

マットの一方の眉がぴくっと動いた。ひじをプールの縁に載せたので、水面から胸がのぞく。「よくないこと？」

「いいことよ」テンプルはため息をついた。

水から出てくるマットを、テンプルは見ないようにした。以前プールからなかなか出られず、溺れたレミングみたいにコンクリートを爪でひっかいた経験がある。

「ミセス・ラークがレモネードをつくってくれたんだ。飲む？」

「ありがとう」

背が高い薄手のグラスはチューリップ形の年代もので、飲み口は土星のようにシルバーのリングに縁取られている。テンプルのグラスもマットのグラスも、水滴で覆われていた。ジャスミンと塩素と汗が混じり合ってほのかに香っている。キョウチクトウの茂みからミツバチの羽音が聞こえてくる。マットがラウンジチェアをテンプルの横の木陰に引き入れた。

「あの猫がどうしてニュースになったの？」マットは不思議そうだ。

テンプルはオフィスにあった新聞の二面を気のないようすで取り出して見せた。マットはラウンジチェアにぶらさがっているタオルで丁寧に両手を拭いてから受け取った。

「おもしろい記事だ——これでコンベンションセンターの殺人事件は重圧から解放され

るね。君のアイデアなの？」

テンプルはやるせないようすでうなずいた。

「なぜ元気がないんだい？　作戦どおりうまくいったみたいなのに」

「うまくいきすぎたのよ」テンプルはレモネードをすすり——テンプル好みの酸味のきいた味だ——うっすらほほえんだ。「ストリップ大通り沿いにあるクリスタル・フェニックスの夫婦とやらが現われて、あの子は何年もいっしょにいる野良の『家猫』だって申し立てたの。だから……バイバイ、ミッドナイト・ルーイとなったわけ」

「ミッドナイト・ルーイか。ぶらぶらするのが大好きなわんぱく猫って感じだったな。君は彼にすっかり夢中だったんだね」

「たぶん度を越して夢中になる性格なんだわ」

マットはミッドナイト・ルーイの写真を見てほほえんだ。

「たいていの人はそうだよ。動物のほうではそんな間違いはめったにしないけど。猫はなおさらだろうね」

「あの子の大きな足が部屋中でどしんどしん音を立てることにも慣れてきたところだったのに。ひとり暮らしだと……」テンプルはそのまま言葉が消えるにまかせた。これではただの知り合いに重たい気持ちを押しつけているだけだ。

「ずっとここでひとり暮らし？」

たずねている内容とは裏腹に、テンプルの答えに社交辞令程度の興味すら持っているとは思えない口調だ。

「いいえ」テンプルは答えた。

「僕もひとり暮らしには慣れていないんだ」

詮索しすぎると痛い目にあうわよ、とテンプルは自分に言い聞かせたが、あまりに落ちこんでいたので、マットのものすごく興味をそそられる告白について根掘り葉掘り尋ねる気にもなれなかった。

「ミセス・ラ——エレクトラのアパートが好きなのは、そのせいなんだ」マットが言った。「なんだかコミュニティみたいと言うか、なんと言うか、ほら……大学の寮みたいで」

テンプルはうなずいた。

「エレクトラは住人にくつろいでもらうにはどうしたらいいか、よくわかってるの。教会の会衆席に座らせてるぬいぐるみの人形を本物そっくりに見せるのと同じことね。エレクトラは人形に名前もつけているし、アクセサリーもつけている。ガレージセールでピンキーリングまで調達してくる凝りようなのよ」

「会衆席のみんながいっしょに歌ってくれたら完璧だね」マットはゆがんだ笑みを浮かべた。「エレクトラの聖職者の資格はなんだい？」

「聞きたい？　『あまりりっぱじゃない迷信教会』の牧師よ。さまざまな超常現象を信じている、手軽に式を頼める牧師。ラスベガスにはウェディングチャペルが二十五もあって、その司宰者の半分は女性だけど、みんな特定の宗派とは関係がないの。しかも幸運なことにラスベガスでは結婚に特別な書類は必要ないのよ。州の婚姻許可証だけ」

マットはかぶりを振り、レモネードをすすった。

「教会って……おもしろいところかもしれないわね」テンプルは気が滅入って――と言うよりも、このところずっと続いている憂鬱な気持ちのせいで、物思いにふけっていることに気づいた。「宗教は危険なものにもなるけれど」

マットの表情は穏やかなまま変わらない。

「どういう意味？」

「じつは、今日ＡＢＡでメイヴィスという作家からとんでもない話を聞いたの。このちょっと浮世離れした中年の女性は、殺人看護師の小説を書いているの――医療ホラーと呼ばれる分野ね。それで、彼女の母親が違法な中絶手術が原因で五〇年代に亡くなったらしいの」

マットはたじろいだ。「ひどいな。そんなことがあったのか」

「まだほんの子供だったメイヴィスはカトリックの一家に引き取られた。それが思わぬ影響をおよぼすことになったの。中絶を禁じているカトリックの教えのために、メイヴィスは自分自身の母親が道徳的に許されないことをしたと信じるようになってしまったのよ。母親はまだ十代だった可能性もあるし、さぞ怖かったでしょうに。メイヴィスが小説で凶悪な看護師を書いているのも無理ないわ――人の世話をするべき女性が、赤ん坊まで殺してしまうのよ。私たちはラスベガスの安っぽい牧師ににっこり笑いかけているけれど、それをばかにするいわゆる『りっぱな』宗教は、人の命さえ奪いかねないんだわ、言わせてもらえば。それにそもそもメイヴィスの母親が妊娠を恥ずかしいことと考えたりしなければ、違法な中絶手術に頼ろうとはしなかったかもしれない」

マットは神妙な面持ちでうなずいた。

「君はカトリック教徒じゃないってことだね?」

「私? 私は善き無神論者ですらないわ。中絶について誰がどう考えようと、それは……政治問題よ。自分の母親を被害者ではなく怪物だと信じている大人の女性がいるなんて、こんな悲しいことはないわ。しかもいまではメイヴィス・デイヴィス自身も被害者なのに、彼女は気づいていない。自分は『悪い』女性の娘だと思いこんでいて、自尊心が低すぎるからだと思うわ」

「どうしてメイヴィスが犠牲者なんだい?」

「コンベンションセンターで殺された編集者は、ロシアの怪僧ラスプーチンのようなやつだったのよ。彼は作家たちに、小説で成功できたのは自分のおかげだと信じこませたの。私が見たところ、メイヴィスは彼の最高のカモね。さんざん食い物にされていたみたい。それなのに、彼が亡くなってしまったから自分ひとりでは小説を書けないんじゃないかって思ってるのよ！」

「道を踏みはずさせたのは宗教じゃないな」とマットは言った。「エゴだ」

「だけどメイヴィスは、母親が亡くなった経緯を恥ずかしいと感じるようになってしまったせいで、よくある世俗的な搾取の犠牲になっているのよ。私が何を言っているかわかる？　チェスター・ロイヤルは彼女を粘土人形のようにもてあそんだ。もしメイヴィスが自分がずっと――生まれてこのかたずっと利用されてきたと知ったら、そうよ、殺人ってそういうときに起こるんじゃない？　卑劣な人間に踏みにじられていた人が、自分がどんな目にあっていたか初めて気づいたときに」

「搾取の犠牲者は、手を下す側にはまわらないよ」とマットが反論した。「誰かに襲いかかるとしたら、彼らは自分自身に襲いかかるんだ」

「でも現にチェスター・ロイヤルに五号の編み針で襲いかかった人がいるのよ」

「じゃあ犯人はその人だと思ってるの？　ええと、メイヴィス――」

「デイヴィス」テンプルがむっつりとつけ加えた。

マットは混乱したようだ。

「メイヴィス・デイヴィス。それが彼女の名前」マットの言うとおりだ。テンプルは、メイヴィスがチェスター・ロイヤルを殺したのかもしれないと本気で考えていた。編み針は、メイヴィスのようなお上品だが風変わりな人がいかにも使いそうな、お上品で風変わりな武器にも思える。「大事な人を失って悲しんでいるように見えたけれど、演技かもしれないし」

「まあ落ち着いて――殺人犯役の有力候補をみつけるたびに落ちこんでいるようじゃ、刑事のまねごとはできないよ」

「たしかに、刑事のまねごとをしようとしていたみたい」テンプルは認めた。「それに深入りしすぎていた。でもこれで終わりにするわ。あなた、いい精神分析医になれるわよ。もしかして、そうなの?」

マットが激しく笑い始めたので、テンプルの暗い気分も吹き飛んだ。

「本気よ」テンプルが言いつのった。「賭けてもいいけど、カレッジでは心理学を専攻していたでしょう、違う?」

マットの笑い顔がどっちつかずの表情におさまった。テンプルは、プールの縁で足を踏みはずし、そのとき初めてプールに水がないと気づいたような気分になった。

「社会学のほうが近いかな」マットは慎重に答えた。

「もうおしまい」どうやらまた詮索しすぎてしまったようだ。「ごめんなさい。広報の人間は生まれつき好奇心が強いから」

「猫みたいだね」

「ええ」

テンプルはプールを縁取るひび割れた熱いコンクリートにハイヒールを打ちつけた。気持ちがなえているもうひとつの理由は、ルーイだ。マットのタフィーみたいな茶色の瞳がテンプルを警戒するようにみつめている。マットがいなくなった猫の話をむしかえしたのは、自分自身のことから話を逸らすためではないだろうか。カレッジで何を専攻していたか、話したくないから。そうなのだろうか？　カレッジには行っていないのかもしれないし、すごく神経質な人なのかもしれない。好奇心に手綱をつけてスピードをゆるめないと、マットが怯えてしまう。

「お仕事では何をしているの？」

どうにも抑えのきかない社交的な自分がたずねる声が聞こえた。判断力のある内気な自分は自制しようとしていたはずなのに。

マットは悲しそうにほほえんだが、テンプルはその表情がとても気に入った。

「僕は電話身の上相談室のカウンセラーなんだ」

「まあ！　精神科医じゃない！」

「いや、違う。僕は……学位を取っていないから」

「でも頼れる相談相手だわ。宗教のことを悪く言ってごめんなさい。自分とは何者か激しく悩む青春時代に、教会にすがったことがあったかもしれないのに。社会学者がよくそんなふうに言うでしょう」テンプルはふと考えた。「そういえば、あんなみすぼらしいオルガンでよく上手に演奏できたわね。エレクトラのためにすばらしいウェディングマーチを弾いていたでしょう。じつはのぞき見していたの。あの曲は何？」

マットの笑顔がすっぱいレモネードをひと口含んですぼまった。

「あれはマーチじゃないし、普通は結婚式で演奏されることもないんだ」

「でも完璧だったわ！　スローテンポで、おごそかで、ふんわりしていて。ＣＤがほしいくらい」

マットのほほえみが顔中ににんまりと広がった。

「オーディオショップでボブ・ディランを探すといい」

「あのだみ声の？　まさか！」

「神に誓って。『ラヴ・マイナス・ゼロ／ノー・リミット』という曲だよ。聞いてみてごらん。詩までヒュメナイオスなんだ」

「え？」

「古いギリシャ語で『結婚の歌』のことだよ」

「ああ、ギリシャの結婚の神様の名前でもあるわね」

自分でも頬が赤くなるのがわかる。ヒュメナイオスという結婚の神と、その名前からつくられた形容詞や同じくそこから派生したとも言われている婦人科の専門用語〝処女膜《ハイメン》〟を結びつけて考えたからだ。

「君は古典を専攻していたの？」

マットが天真爛漫にたずねてきた。彼の心は、ごく自然だがきわどくもある連想を避けて通ったらしい。

とにもかくにも、テンプルに興味を示してくれたのだ。

「コミュニケーション学よ。テレビレポーターをしばらくやって、それからミネアポリスのレパートリー・シアターの広報になったの。ディレクターがギリシャの悲劇詩人アイスキュロスの五時間もかかる作品を再演したいと望めば、あなただってギリシャの神々の名前をいやでも覚えるわ。大半は太古の呪いの言葉といっしょにね。それはそうとあのメロディ、ほんとうにボブ・ディランなの？」

「もちろん」マットは片手を胸に当てた。

テンプルはその神々しい《ディヴァイン》ほどの体に目をやった。ギリシャ神とは彼のことだ……すばらしい容姿、すばらしい相談相手、マット。でも正直に言うと、こんなにすてきな人が誠実だとはとても思えない。そう、マックスも最初はこの世のものとは思えないほど完璧だった。問題は、最後もこの世のものとは思えなかったことだ。いまいましいマックス。いまいましい脱走猫。永遠についえることのない希望を、どうしてくれるの……。

「レモネード、ごちそうさま」テンプルは立ちあがった。「ツナ缶が半分冷蔵庫に残ってるの。どうなってるか確かめなくちゃ」

「どっちみちエレクトラもペットは許してくれなかったんじゃないかな」

「ミッドナイト・ルーイは『ペット』じゃないの」テンプルがぴしゃりと言った。「誰にも束縛されずに自由に歩き回る猫なの。今日初めて知ったんだけど。それにどのみちあの子はもういなくなってしまったのよ――私の人生から」

「別な猫を飼ったらどうかな。ミセス・ラ――エレクトラはお人好しな感じがするから」

「お人好しだって、もう見抜いたのね？　でもだめ、ときどき仕事でとても遅くなるから、猫を飼うのは無理だわ。終わりよければすべてよし。あのすばらしい記事のアイデアがひらめいたことを喜ばなくちゃ。おかげでＡＢＡの殺人事件が落ち着いたんだし、Ｍ・Ｌも――同業者のクロフォード・ブキャナンみたいな言い方だけど――家に帰れたんだから」

「殺人事件に遭遇するなんて、運が悪すぎる。君が気落ちするのも無理はないよ」マットは茶色の目をまぶしそうに細めた。「忌まわしいことだ。ひとりの人間が別の人間に対して激しい憎しみを抱いて、彼、あるいは彼女がその人の人生を終わらせてしまうなんて。警察は何かつかんでいるの？」

「私には全然意見を求めてこないわね。ラスベガス市警察の性犯罪と殺人事件担当のモリーナ警部補に半日もお供させられたのに」

「どうして彼は君に手伝わせたんだろう？」

テンプルはほほえんだ。マット・ディヴァインは、殺人犯の性別に対して「彼、あるいは彼女」と称賛に値する心配りを見せたが、せっかくの気遣いも性犯罪と殺人事件を担当する刑事は男性に違いないという反射的な推測で台無しになってしまった——とはいえ、C・R・モリーナなら男性と言ってもいいかもしれないが。

「モリーナ警部補には米国書店協会のコンベンション会場を案内してほしいと言われたの。おかげで今日は出版業界の知りたくなかった面まで学んだわ——作家が編集者に斧を振りあげたくなる理由なんていくらでもあるということも。一般読者には想像もつかないでしょうね。私が本を書くことに熱中し始めたら、止めてね」

「その事件から逃げられなくなっていないよね？」

「大丈夫、私はその他大勢の部外者だもの。でもどうしても気づいてしまうこともあるのよ」

「警察にまかせたほうがいい。知りすぎると危険かもしれない」

「ええ、でも私はコミュニケーション学専攻だったって言ったでしょう？　だから知りたいという飽くなき欲求があるの。語りたいという欲求も。それに、みんな私にはごく自然に秘密を打ち明けてくれるみたいなのよ」

「ずっと気楽な立場にいられるとは限らない」

「そうね」ほんの二時間足らず前にカクテル・ナプキンをぐちゃぐちゃにしていたメイヴィス・デイヴィスを思い出した。「そのとおりだわ」


テンプルはその夜眠れなかった。まず、ものすごくおもしろいアイデアが浮かんだので——ものすごくおもしろいアイデアが浮かぶのは、決まって仕事が終わってからだ——エレクトラに相談してみた。エレクトラはそのやりがいのある計画に、器用な指を提供して快く協力してくれた。それからテンプルは自分の部屋へ、蒸し暑いひとりきりの夜へ戻った。オルガンでボブ・ディランを演奏するマット・ディヴァイン、水着だけでたたずむマット・ディヴァインが思い浮かび、たくましい想像力の回転数があがった。住み慣れたクリスタル・フェニックスへ凱旋し、大歓迎されたはずのミッドナイト・ルーイの姿もなかなか消えない。

それから、今日知った三人の作家たち。ラニヤード・ハンターと話す機会はなかったが、明日——いや、もう今日だ——会見のスケジュールが入っているから、きっとそのとき捕まえることができるだろう……。

メイヴィス・デイヴィスはほんとうにチェスター・ロイヤルを殺したのだろうか?

彼女は体格がよかったし、看護師なら大きくてぐったりした体の扱いにも慣れているだろう。しかもチェスター・ロイヤルは小柄な男だった。そういえばオーウェン・サーブも小柄だった。どうりで気が合うわけだ！　ロイヤルはメイヴィス・デイヴィスと同じように、ハンターも手玉に取っていたのだろうか？　メイヴィスが女性だからそんなことをしたのか。それともロイヤルはお抱え作家全員を末期的な自信喪失に追いこんでいたのだろうか？

テンプルはそんな舞台監督を大勢見てきた。自分の立場を利用して芸術家の自尊心に土足で入りこみ、それをへし折り、大人の心に潜む自己不信という名の子供をみつけて操る男（そう、彼らは男と相場が決まっている。現在でさえ女性監督はほんのわずかだ）。そういう男は悪意のあるエゴイストで、芸術家の才能を引き出したのは自分だと主張する。だが裏では限界点を越えるほどその才能を押し曲げて、芸術家を意のままにしているのだ。

すべてを捧げたあげく裏切られた芸術家の情念ほど恐ろしいものはない。普段は理性的な劇場関係者も、無神経で辛辣なレビューを書いた愚かな批評家ならいつでも喜んで殺せそうだった――作家も自分が書いた言葉に手をつけられたら我慢できないものだろうか？

テンプルは熱くて張りのないシーツにくるまりながら、プレキシガラスのシーリングファンからゆるゆると送られてくる風に震えた。ファンの回転に合わせて、遠くでガムをかんでいるような音がかすかに聞こえる。

暑い夜だ——陽が沈んだあとはエアコンを「微風」に設定して、電気代を節約している——そしてどういうわけかセクシーな気分だった。ああ、ときどきマックスが恋しくてたまらなくなる！　マックスが残していった荷物が、テンプルを苦しめている。いまはクローゼットのいちばん奥の暗がりに押しこまれている幅三十センチの衣類の山。タオル類の戸棚には、マジシャンの道具一式が入ったほこりだらけの箱。中には手錠、からくり箱、どぎつい色のシフォンのスカーフなどが入っている。誰かがけつまずいたら、テンプルは風変わりな性的嗜好の持ち主だと誤解するだろう。ベッドでの好みについて言えば、テンプルはいまだにヴァンゲリスのCDをベッドルームの棚から片付ける気になれなかった——マックスが、オルガンのようにゆっくりとなだらかに響くコードに合わせて長々と楽しむのが好きだったから……。

今日モリーナが口にした疑問が、新たな恐ろしいシナリオを呼び覚ました。マックスがいなくなったのは、彼が死んだから？　まさか。マックスに限ってそんなことはない。彼は絶対になんの犠牲にもならない——たとえば良心の呵責の犠牲にも。モリーナがどう考えようと、テンプルの自尊心は慰めなど必要としていなかった。マックスが去った——テンプルを捨てた——のは、文字どおり戻ることができないからだとわかれば慰めになるかもしれないなんて、よけいなお世話だ。

そんなことを考えているうちに、テンプルはいつものように寝る前の空想の世界へたゆたっていった。マックスが帰って来た。マックスはきっとこう言う、マックスはきっとこう説明してくれる――慰めることができる人、それはマックスだけ。自分はこう言う。そうしたらマックスはこうしてくれる。そうしたら自分は彼に……ああ、もう――！

そうだ。ほんの間に合わせだったが、猫用のトイレをバスルームに置きっぱなしだ。片付けよう。朝になったら。あっという間に朝は来るから。ああ、またひと晩むだに過ぎてしまった。

そのときテンプルは気づいた――なんだろう？　音がする。何かをこするやわらかな音。窓から聞こえる。知りすぎると危険かもしれない。このマンションで鍵をかけるなんて、笑い話だ。五〇年代には、自宅のセキュリティを心配する人など誰もいなかったのだから。それに、見ていてほっとするあのジョージ・リーヴス主演のテレビ番組では、白黒のスーパーマンがいつだって助けにきてくれたのだから。

テンプルは耳を澄ました。静かだ。すると、また何かをこするような音。何度も何度も、繰り返し。誰かがわざとやっている。テンプルの部屋の外壁だ。シュッ、シュッ、シュ。木も枝も、窓や壁にはすれていない。ラスベガスでは、大金を投じて水をやっている場所以外、高い木も低い茂みも見当たらない。エレクトラもプールのまわりで草木を育てるのでせいいっぱいだ。

裸足の足をベッドルームの床にそっと置く。寄せ木の床も燃える足裏を冷ましてはくれない。テンプルは体になじんだ薄闇の中を軽やかに移動した。武器を求めて。マックスを求めて。マックスはいつだって両刃の剣だった。

リビングルームには、パティオへ続くフレンチドアが堂々と列をなしているが、いまはただのガラスと窓枠と薄っぺらい格子の組み合わせにしか見えない。寝る前にドアの鍵は閉めた？　ときどき安心しきって忘れてしまうことがある。

シュッ、シュッ、シュ。

立ち止まる。

何も聞こえない。

テンプルはかなり近くまで来ていた。動けば相手にも聞こえるだろう。

止めていた息を吸う。肺がふくらむのがわかる。シュッ、シュッ、シュ。これだけ規則的なのだから、やはり生き物だろう。

きっとマックスだ。帰ってきたんだ。いかにも彼らしく、夜中にこっそり入ってきて、驚かせようとしているのだ。

シュッ、シュッ、シュ。

セラミック製のアールデコのクジャク像をサイドテーブルから取りあげる。尾羽がこん棒がわりになるだろう。それから静かにフレンチドアへ向かう。ぴったりしたTシャツを着ているのに裸のような気分。暖かく穏やかな部屋なのに、なんだか寒い。

シュッ、シュッ、シュ。

パティオは未知の世界だった。折りたたみ椅子やウチワサボテンが織りなすゆがんだ風景。怪しい音はちょうど三番目のドアの外側から聞こえた。

テンプルはじりじりと近づいた。もう見えるはずだ。

小さな影が闇から飛び出した。確かめなければ。狂おしいほどに——それとも愚かにも？——相手を確かめたいと思った。

影は上へ伸びた。上へ上へ、壊れやすい華奢なガラスに届くほど伸びた。影はレバータイプの取っ手に伸びた。鍵がたたかれて震える。テンプルはセラミックのクジャクを振りあげた。

影が鳴いた。サメのような小さな歯が月明かりでダイヤモンドのように光る。

「ルーイ！」

テンプルはパティオのドアを開けた。黒い影がゆったりと部屋の中へ伸び、テンプルのふくらはぎに毛むくじゃらのお腹をこすりつけ始めた。

10　小さな夜想曲

これを人に話すのは初めてだ。

僕はどこでも自由に行き来する。自由に手に入るものがあれば、存分に利用する。むだにラスベガスで生まれ育ったわけではない。

僕はミスター・ニッキー・フォンタナとその活動的な妻、ミス・ファン・フォン・ラインが気に入っているが、彼らはストレスがかかると物事を控えめに述べる傾向がある。僕は、比喩的に言うと、生意気な青二才のころにはもう自由にぶらぶらしていたのだ。僕の親愛なるママが僕の顔をぶって、サンズ・ホテル・アンド・カジノの裏手のがらくた置き場へ押しやったからだ。

僕の大好きなママには母親らしい気持ちが欠けていたんじゃないか、と思われないように言っておくが、僕は七人兄弟で、みんな小さいころに追い出されている。僕らの愛すべきママは言わば魔性の女だったし、僕が生まれた当時は子供の数をコントロールする手立てもなかったせいだ。

だから僕は行っていい場所はもちろんのこと、絶対に行くべきではない場所へもするすると出入りしていた。警察犬のひざにも届かないくらい小さかったころからずっとだ。ついでに言うと、警察犬は少しも賢くなんかない。

そういうわけで、ミス・テンプル・バーの華奢なフレンチドアの取っ手なんか、僕にとっては子供だましだった。しかもドアには鍵がかかっていなかったし、すぐそばにテラコッタの置物があって飛び乗れたから、なおさら簡単だった。そういえば例の新入り、つまりあの赤ん坊だが、僕がまたここに現われたのは、やつが原因だ。

ミスター・ニッキー・フォンタナの特別注文色のコルベット・コンバーチブルに激しく揺られながらクリスタル・フェニックスへ向かう長い道中、ふたりの友人は僕にべったりだった。でもラスベガスの風に漂うデザートローズの香りや、ミス・ファン・フォン・ラインがいつもまとっているオピウムという香水の香り、そしてミスター・ニッキー・フォンタナが愛してやまないロシアンレザーの香りの中に、いまだに例のおむつの特徴あるにおいが混ざっていることに、僕は気づいてしまった。以前は（僕だけに）優しかった夫婦がぷんぷんにおうんだ。

僕が窮地に陥っているミス・テンプル・バーのもとへ戻ったのは何か弱みがあるからだ、などと考えた君、ミッドナイト・ルーイは男性にも女性にも、それから人間ではないものにも、簡単には乗せられないということを覚えておくべきだな。わかったね《コンプレンデ》？

僕はかつてクリスタル・フェニックスで有効だった自由裁量権を、あの遠吠えしたり腹ばいになって進んだりする不愉快な侵略者とまだまだ共有しなければならないと簡単に見破った。これにはとてもじゃないが我慢ができなかった。僕の近くにいるからには、僕と同等レベルの知性を持っていてくれなくては困る。手先を器用に使えることは、あえて言う気にもならない。

その忌まわしいやつも「いずれ成長するから」などと僕を説得しようとしても、まったくのむだだ。そういう生き物の「成長」には、耐えがたいほどの長い時間と、言うまでもないがお金もかかるとはっきり実証されている。僕には九つの命（「猫に九生あり」ということわざから。猫はなかなか死なないと考えられているため）があるが、自分の寿命のグラフに沿ってもうかなり進んできてしまった。実りのない努力で時間を浪費することは避けなければならない。

〈サークル・リッツ〉での歓迎ぶりは、望んだとおりのものだったと認めよう。

「ああ、ルーイ」

ミス・テンプル・バーは甘い声でうっとりとささやいた。『恋の手ほどき』に出演した若かりし日のレスリー・キャロンも、僕のハンサムな人間のソウルメイトである（と言っている人もいる）ルーイ（ルイスじゃなくてルーイ）・ジュールダンに撮影の合間にあんなふうにささやいていたに違いない。ミス・テンプル・バーは僕を胸にぎゅっと抱きしめた。それから頭をなで回し、くたびれきった体をそっと揺すってくれた――小走りで来るには、クリスタル・フェニックスから〈サークル・リッツ〉まではちょっとした距離があるのでね。

ミス・テンプル・バーは僕をキッチンへ運んで、冷蔵されて風味の落ちたツナを鼻先に置いた。でも考え直して、室温に置いてあったベニザケの缶詰をその場で開けてくれた。このお嬢さん、やはり見こみがあるようだ。

彼女は僕の頭をなで、背中をなで、また頭をなでた。僕は子猫のように喉をごろごろ鳴らしていた。ちょうど最近、ストリップ大通りの喧噪（まあ、そのへんをうろついている筋肉質の連中を考えれば、喧噪と言うより喧嘩だが）から遠く離れた隠居用のコンドミニアムを手に入れる利点について、じっくり考えているところでもあった。ミス・テンプル・バーの行動に興味を持つことが僕にとっても都合がいいのは、誰の目にも明らかだろう。ミッドナイト・ルーイも歳を取って涙もろいでぶ猫になったものだ、などと不当な噂をたてられるのは願い下げだ。でも僕は、クリスタル・フェニックスの権力者がわずか八時間前に証言していたように、好きなときに好きなところへ行ける。

それにミス・テンプル・バーの身辺で、不思議な出来事がしばらくのあいだ立て続けに起こりそうな予感もする。彼女は――こういう言い方が許されるなら――猫みたいに好奇心は強いが驚くほど純真だから、ベテランの指導が絶対に必要だ。そう、僕みたいなベテランの。
それに、彼女はとてもいい香りがするのでね。

11　カタストロフィ《大事件》……

テンプルが目覚めると、黒い猫が足下で眠っていた。でもこの愛情表現も、長く寝苦しいラスベガスの夜が残した暑さの中ではむだだった。

それでも、ミッドナイト・ルーイが戻ってきてくれてとてもうれしい。熱くて、毛で覆われていて、重さは八キロもあるけれど。そう考えてみると、ルーイの体重にゼロをひとつ加えるだけで、魔術師マックスが夜のあいだ部屋にいたような気がしたのも説明がつく。

「まったくもう!」

テンプルは朝の陽射しとルーイに対してうなったが、この取り消すことのできない呪いの言葉のすぐあとにわけのわからない震えがきた。

「私が今日どんな仕事をするか、わかる?」テンプルはしびれた足を猫の温かなお腹の下から引き抜きながら話しかけた。「ペニロイヤル出版といまは亡きチェスター・ロイヤルについてもっと調べてみるつもり。おもしろ半分でね」

どうやら猫もテンプルの決意に賛成したらしい。まずは、イルカを手厚く保護する協定のおかげでもちこたえている漁場で獲れた、ビンナガマグロの湧水仕立て二百グラム入りの缶詰をぺろりと平らげた。それからひげの掃除をし、きちんと身なりを整えた。テンプルが身支度と戦闘の準備を整えてベッドルームから飛び出してきたとき、猫は期待いっぱいの顔でドアのそばで待っていた。

「どうしてだめなの？」テンプルは誰もいないのに、けんか腰で質問した。「コンベンションセンターはクリスタル・フェニックスより何千平方メートルも広いのよ。あれほど豪華ではないけれど。だから好きなように歩いていいわよ。おまけにネズミもいるんだから。さあ、いらっしゃい」

猫が犬のようにてくてく後をついてきても驚かなかった。ミッドナイト・ルーイはどう見ても冒険心が強く知性のある猫だ。まずテンプルは、ひと晩かけていままさに生まれようとしている驚きの荷物を受け取るために、一フロア上のエレクトラのペントハウスに立ち寄った。

エレクトラは夜の行事も大歓迎の宵っ張りなので、目の下がたるんでいる程度でやつれてはいなかった。だからいかにもなでてほしそうに足首に体をこすりつけるミッドナイト・ルーイに気づかないはずもなく、すぐに感嘆の声をあげた。ルーイがここにいることに異論はないようだ。こうして新たなファンを獲得した猫は、すぐにエレクトラから離れてテンプルの車までついてきた。

テンプルがエレクトラから受け取った大きな紙袋をジオストームの後部座席に押しこむと、ルーイは助手席に飛び乗り、大きな前足を慣れたようすでダッシュボードにしっかり置いた。車もまばらなベガスの朝の道を砂嵐がむち打っている。午前二時や三時まで起きていた人たちがぶらぶら出てくるのは、七時半ごろだ。

テンプルとルーイが巨大なコンベンションセンターの裏手にある地味なスタッフ通用口へ滑りこんだとき、はげかかった頭の後ろにキャップを回したロイドが、ベネチアンブラインドのすきまのごとく目を細めた。

「見てよ、ロイド。ミッドナイト・ルーイはいまやここのVIPなのよ。有名な探偵猫なの。新聞で読んだでしょう。好きなところへ自由に行けるの」

「公認ということで？」

「バドに話せばすぐ公認よ」

「ふうん」

「ふうんで結構！　クリスタル・フェニックスで家猫を飼えるなら、私たちにだって飼えるわよ。彼はコンベンションセンターの頼もしいマスコットになるかもしれないわ、ベイカーとテイラーみたいに。あの行方不明の二匹のこと、何かわかった？」

ロイドはかぶりを振って、テンプルが持ってきた大きな紙袋の中身を調べた。すると後ろに傾いだキャップの縁近くまで眉がはねあがった。

「爆発物なんかないわよ、ロイド。テロリストはわざわざベガスで犯行声明を発表したりしないし、扇情的な本も今年は出ていないもの。例外はピーウィー・スカウツが主役の児童書シリーズくらいね。そういえば数年前、サンタクロースはいないんだと子供に暴露した一冊は、イスラム教への冒瀆《ぼうとく》だって騒がれた『悪魔の詩』よりも物議をかもしたっけ」

ロイドがようやく中へ入ってよしとうなずいたので、テンプルと紙袋と猫はありがたく通してもらった。

オフィスにはまだ誰もいなかったが、テンプルは警備責任者のサイラス・ベントにすぐに電話をし、要望を手短に伝えた。その二十分後には、ふたりはもう〈ベイカー&テイラー〉社のブースで落ち合っていた。その五分後には、ふたりで半公式に猫の城に押し入っていた。さらに八分後には、からっぽの紙袋を手にして出てきた。任務完了だ。

「あなたの努力が評価されるといいが」

サイラス・ベントが別れ際に言った。民間警備会社の大半の人間は、第二次世界大戦中に歌で讃えられたアメリカ本土の留守をあずかった人々に似ている。若すぎるか、年配すぎるか、どちらかなのだ。その分類でいくとベントは年配の部類に入る。だからすきのない警備をしていれば絶対に安全なので、多少ルールを曲げても構わないと知っているのだ。

「私もそう願ってるわ」テンプルは答えて会釈すると、オフィスへ向かって展示フロアを延々と走った。

オフィスに着くと、テンプルは倉庫でルーイの目の前にエサの入ったボウル――ルーイが興味を持ってくれそうなもの――と、以前は置き場が定まっていなかったゴミ箱に猫砂を敷いたトイレ――ルーイが軽蔑しそうなもの――を置いた。ルーイの新たな身分の証として、倉庫のドアは開け放しておいた。

秘書のヴァレリーがオフィスに入ってきたとき、テンプルはワープロをカタカタ連打しているところだった。テンプルが仕掛けたメッセージが伝わるのは、もう少しあとだろう。九時にバド・ダブスがオフィスにやってきたころには、ルーイはクロフォード・ブキャナンのデスクがいちばん気に入ったらしく、そこですっかりくつろいでいた。十時三十分に現われたブキャナンは顔をしかめた。そのときにはもうルーイの存在は既成事実になっていたので、ブキャナンは怠け者のレッテルを貼られてオフィスから押しのけられるという重大な危機に陥った。

「その化け猫を俺のデスクからおろせ！」

「どうして？　しっぽを振るたびに、二ヵ月分の書類の山を払いのけてくれるのに」

「俺は猫が嫌いなんだ！」

「そうなの」

「いったいどういうことなんだ？」

「ミッドナイト・ルーイのような猫を評価するには、それなりの鑑識眼が必要だってことよ。ほんとうにすてきな名前——レビュー・ジャーナルの記事が出る前にわかっていたらよかったのに」

「ばかげた名前だ。名前の持ち主のつぎにばかげてる」ブキャナンが怒鳴った。かなり機嫌が悪い。

ちょうどそのとき、〈ベイカー＆テイラー〉のエミリー・アドコックが歓喜の表情で飛びこんできた。

「猫がみつかったのね！」ヴァレリーの予想だ。

「はっきりそうとは言えないの。ものすごくびっくりすることなのか、それとも……」

エミリー・アドコックは、ひと言も発していなければ筋肉ひとつ動かしてもいないテンプルに視線を止めた。「あなたなのね！　なんてすばらしいアイデア！」

「ひとりでやったんじゃないわ」テンプルは言った。

「おかげで私たちは窮地を脱することができるし、あの展示もそのためにあつらえたみたいに見えるわ」

「どんな奇跡が起きたと言うんだ？」バド・ダブスがコーヒーメイカーから戻ってきな

がらたずねた。

エミリーが続けた。「今朝会場に来てみたら、住人のいないわびしい猫のお城に、見たことがないくらいかわいらしいベイカーとテイラーのぬいぐるみが置いてあったの！」

「私の家主がぬいぐるみ作りが得意なの」テンプルが説明した。「それでひと晩徹夜してつくってくれたのよ」

「でもアイデアはあなたのでしょう」エミリー・アドコックが繰り返した。

「にせ物のベイカーとテイラーでも、全然いないよりましだと思ったのよ」

「すばらしいアイデアだわ」エミリーがゆったりとほほえんだ。「とにかく何かが、展示されているほうが気分がいいもの。いまは本物のベイカーとテイラーが姿を見せてくれるように祈ることしかできないから」

エミリー・アドコックはかなりほっとしたようすで出て行った。

その余波でなごやかな空気がテンプルに向かって流れるのを感じとったのか、ブキャナンはいらいらし始めた。そしてミッドナイト・ルーイをにらみつけた。ルーイはもう床におりていて、毛繕いに余念がない。

「この黒いやつをクリスタルのケージにかわりに入れてやれば、一石二鳥だったのにな」

その場にいた全員が、まるでベイカーとテイラーを丸焼きにすればいいと提案されたかのようにブキャナンを見た。テンプルが答えた。

「ルーイはスコティッシュフォールドには見えないじゃないの。耳が全然違うもの」

「切ってしまえ」ブキャナンが言った。「爪切りなら持ってるぞ」

「もう、やめて」ヴァレリーが口をはさんだ。

「私ならこんな猫にはかかわらないね」バドが助言した。「彼は大きいし、すごく意地悪そうだ。君が彼に爪をかける前に、君の耳が短くされてるかもしれないぞ」

ルーイはあくびをして目を閉じた。

テンプルは悪口合戦の気配を察知し、すぐに割って入った。

「ねえ、バド、こうしたらどうかしら。ルーイをＡＢＡの期間中マスコット猫にするのよ。そうすれば行方不明の猫から注意を逸らすことができる。彼が会場を歩き回っても構わないわよね？」

「騒動を起こさなければね」

ブキャナンはトイレへ行く前に捨てぜりふを吐いた。

「すばらしいな。このオフィスも二日でツナ缶工場みたいなにおいが立ちこめるだろうよ」

「もうにおってるわ」ヴァレリーが言った。「あなたたち、いつもピタ・パレスのツナサラダをオーダーしてるじゃない。ここに届くころにはツナがすっかり熟成してるんだから」

テンプルはようやく土曜日からたまっていたメッセージにざっと目を通し始めた。その中に一通、封書がまぎれこんでいた。テンプルは破いて開けた。レターオープナーは、バドの奥さんが差し入れてくれたズッキーニパンを切るのに使って以来見かけていない。そのうえテンプルの爪は長くて硬く、アルバレッドのマニキュアも塗ってある。だからビール瓶の栓を開けることも、一分間に百五ワードをタイプすることも、朝飯前だ。

封筒はよくあるビジネスタイプで、小型サイズだった。郵送されてきたのではない証拠に、本来なら切手が貼られているはずの角には、インクのしみがついているだけだった。テンプルは不安な気持ちでノートサイズの便箋を引き出した。

文字の濃淡も列も不揃いな活字が一面に躍っていた。

「猫返してほしければ、五千ドル茶色の袋に入れて、月曜日朝十時シーザース・パレス正面左手三番目女神像そばに置け。さもなければ猫たちシチューの肉になる」

12 ……そしてアポストロフィ

「お酒にする？　テンプル」

「ええ。強いのにする。ランチのあとでとてつもなく繊細な問題に取り組まなくちゃいけないから」エミリー・アドコックに残した午後二時に会いたいという緊急メッセージを思い返し、テンプルは縮みあがった。「シチューの肉」という脅し文句を伝えなければならないなんて、ぞっとする。

ローナ・フェニックが同情するように顔をしかめた。「私もよ」

「これは猫さらいね」と、テンプル。

「猫さらい？　人さらいじゃなくて？」

うなずくテンプルの前に、ウェイターがくらくらするようなボンベイ・サファイアを使った冷たいホワイト・ジントニックを置いた。ヴィクトリア女王の生理痛に効いたと言われている代物だ、そうとう強いに違いない。

「ここだけの話だけど、〈ベイカー＆テイラー〉のマスコット猫は、大胆な猫さらいに奪われたの」

「おかしいと思っていたのよ。ベイカーとテイラーにコンベンションセンターで『会える』ってあんなに大々的に宣伝していたのに、いざふたを開けてみたら手のこんだディスプレーケースにいたのは身代わりのぬいぐるみだったから。もちろん〈ベイカー&テイラー〉は、コンベンションではいつでも書店関係者をマスコットに『会わせる』けれど、実際はただの写真だった。だから今回は本物の猫を会場につれてくるとあって、宣伝効果は抜群だったわ」

「『だった』と過去形なのが鍵ね。お気の毒だけど、でもこの事件よりもロイヤルの殺人事件を優先させなくちゃ」

「そういえば」ローナがキャンバス地のブックバッグを床から持ちあげた。ミッドナイト・ルーイを運んだのと同じ、〈タイム・ライフ・ブックス〉のノベルティだ。「ペニロイヤル出版のトップスリーが書いた本を持ってきたわ。オーウェン・サーブがほかのペンネームで書いた作品もみつかった。これでペニロイヤルの医療サスペンスについて一夜漬けができるはずよ」

「ありがとう、助かるわ」テンプルはバッグに目を向けた。手に取ると予想以上に重く、腕がねじれて関節からはずれそうになった。ミッドナイト・ルーイを初めて家へ連れ帰ったときのことを思い出す。「すごく役に立ちそう。それと、ミスター・ビッグがあとでランチに顔を出してくれるのも、あなたが手はずを整えてくれたおかげだわ、ローナ」

〈レノルズ／チャプター／デュース〉の広報責任者は、どんよりとしたオレンジ色のマンハッタンをすすってにぎにぎしくうなずいた。

「彼とのランチはとっくに実現していたはずだったのよ。ABAの食事が商談の場を兼ねていなければ。この見た目は退屈なコンベンションで百万ドル単位のお金が動いているとわかったら、きっと驚くわよ。いずれにせよ彼はここで食事をすることになっているから大丈夫。でも彼のランチの相手が誰かわかっても、口外無用よ！　商談はまだ成立していないんだから。とにかく数分だけでも立ち寄ってくれるはずだから。彼はチェスター・ロイヤルの死はほんの小さなスキャンダルでしかないと保証してほしがってるの」

「心配いらないわ。出版界の売筋商品もよくわからないんだもの。それほど無知だから商談をだめにできるはずないわ。信じて」

「ええ、信じてるわ、不思議だけれど。〈ベイカー＆テイラー〉のエミリーもあなたのことをとても評価してるわよ」

「彼女とは知り合い？」

「毎年毎年ABAを無事に運営する責任を負ってる裏方は、お互いに知り合いになるものなの」

「昨日モリーナ警部補がラニヤード・ハンターから事情聴取したはずだけど、どうだったの？」

「私は呼ばれなかったのよ。でもあのあとハンターはご機嫌ななめだったわ」

「きっとモリーナも機嫌が悪かったでしょうね。本の世界は明らかに彼女の専門外だもの」

「警部補を責める気にはなれないわ。だって四日間で見知らぬ人が二万四千人も集まる場所で、どうやって殺人犯を捕まえるというの？」

「私はなぜか彼女には同情できないの」

ローナ・フェニックが笑った。

「ええ、私もああいう人を相手に契約をまとめたいとは思わないでしょうね」

「そういう経験があるの？　契約をまとめるような仕事の？」

「小さなものだけど。最初は編集アシスタントで、編集者にまでのぼりつめたから」

「どうして広報の世界に入ったの？」

ローナは落ち着かないようすになった。

「編集にまつわる実際的な問題に胃が耐えられなかったから。出版ビジネスは、とてもフラストレーションのたまるさもしい世界になりがちなの。ところで、私のご主人様について何が知りたかったの？」

ウェイターが現われた。時間を節約するために、テンプルは最初に心に思い浮かんだもの——ツナサラダをオーダーした。ローナがオーダーしたのはヌーヴェルキュイジーヌの創作料理で、フダンソウを筆頭になにやら見慣れない野菜が添えられている。むかむかするような盛りつけもさることながら、さらに驚きなのはその値段だ。

「インプリントについて教えてほしいの、ローナ」テンプルはツナサラダをフォークでつついてからたずねた。サラダの見た目とにおいがどういうわけか不快だった。「どのように誕生するのか、どう成長するのか、どうやって社名にいくつもスラッシュが入るような大手出版社に接ぎ木されるのか」

ローナはマンハッタンのグラスを回し、チェリーがテンプルのほうを向く位置で止めた。

「説明するわ。まずは野心的な挑戦者が——出版社の元重役やチェスター・ロイヤルみたいなずぶの素人が、ある種の本を一括で取り扱うパッケージャー（編集プロダクションに近い役割）になる。つまり、作家を発掘し、本を編集し、カバーデザインを発注し、準備万端整えた原稿を出版社に引き渡すということ。出版社はそれを印刷して配本する。医療サスペンスの分野で純金みたいな作家はこれまでロビン・クックしかいなかったから、ロイヤルみたいにパッケージャーが向上心いっぱいの医療サスペンスの書き手を発見したら、彼が作家の仲間入りをする日も近いわ。たとえば作品を買った大手出版社に成功がもたらされたりした場合ね。それが目を見張るほどの大成功だったら、出版社はインプリントとその創設者の編集者を企業ツリーに移植する。すると、〈レノルズ／チャプター／デュース／ペ、ニ、ロ、イ、ヤ、ル〉のできあがり」

「では、チェスターのインプリントは大成功の一例だったのね」

「ええ、インプリントはますます一般的になりつつあるわ。このシステムのおかげで名もない人が、リスクを背負いながらではあるけど、長く読み継がれるはずの作品を世に出すことができる。そして成功しそうな作家をみつけ、すばらしい実績を重ねていく。こうして小さな会社は将来を約束され、大企業に吸収され、その大企業のおかげでまた彼のビジネスの効率も高められるというわけ」

「でも一方で本を扱うビジネスだから、芸術家の自尊心もかかわってくるのね」

「それにベストセラーは、統計に見られる消費者ニーズよりも流行や運、直感といった漠然とした要素で決まるのよ」

「じゃあベガスはＡＢＡにとって理想的な会場ね。話を聞いていると、出版はギャンブルみたいだもの」

「だけどかなり高級なギャンブルよ、テンプル。出版関係者のなかには、こういう街の洗練されていない商業用アリーナでＡＢＡを開くことにうんざりしている人もいるの。

出版のルーツであるマンハッタンとは正反対の場所だからという理由でね。それでもやらなければならないの。このコンベンションセンターは、これほどの数のブースと人の群れをいちどに収容できるアメリカでも数少ない巨大会場のひとつだから」

「ところでチェスター・ロイヤルの話の続きは？　彼はなぜ成功したの？　なぜ作品はヒットしたの？」

「彼はナンバーワン作家のメイヴィス・デイヴィスを偶然みつけたの。彼女の作品の出版は、大手出版社には一か八かの大博打だった。それでどこも第一作をことごとく蹴った。でもロイヤルには医療の知識があったから、何か感じたのね。あとはご存じのとおりよ」

「医療の知識？」

「彼は医者になる教育を受けていたの。とは言っても、実際に仕事をしていたのはほんの短期間で、何十年も前のことだと思うわ。彼が持っていて、そのへんの編集者が持っていないもの。それが医療分野の実体験と知識なの。医療サスペンスの分野では魔法のような取り合わせだったわね」

「メイヴィス・デイヴィスのことだけど――」

「彼女はチェスターが亡くなってノイローゼ気味。わかるわ」

「私が見たところ、メイヴィスはチェスターにだまされていたのよ。彼女に対する彼の影響力には何か邪悪なものさえ感じるわ」

ローナの口元がぴくりと動いた。ローナはゆっくりとカクテルを飲んだ。

「聞いて。〈レノルズ／チャプター／デュース／ぺニロイヤル〉になりかけている会社の私たち社員の大半は、ロイヤルのやり方に賛成はしていなかった。でも収支については議論できなかったわ。〈レノルズ／チャプター／デュース〉はロイヤルのリストにある小説を配本し、利益を共有してはいたけれど、彼のインプリントは基本的に独立していたから。でも彼は個人的にかなりの儲けを得ていたの、ほんとうよ。卑劣漢にふさわしくないほどに。彼は自分の領地を運営していたけれど、お抱え作家を厳しく支配したいという願望も持っていた。印税も充分に払わず、必要以上に原稿を訂正し、作家が感情を失って盲目的に彼に従うようにもっていった。ざっくばらんに言うと、彼のインプリントが魅力的な純利益をあげていたのはそのおかげだったの。これはビジネスなのよ、テンプル、人間の高尚な精神における壮大な実験ではないの。いちばん卑しいやつがいちばん多額の現ナマをつかむこともあるのよ」

「オーウェン・サープはこのシステムに対してもっと現実的で——そしてもっと辛辣なような気がする。でも彼はロイヤルとはうまくいっていたのね」

「そういう作家もいたわ。でもそうじゃない作家のほうが多かった」

「不幸な作家がインプリントを離れることはできなかったの？」

「ええ、去った人もいた。でもロイヤルはつぎのだまされやすい書き手を持ちこみ原稿の山から引き抜き続けた。彼の狂気には決まった流儀があったのよ。特定の作家の才能ではなく、自分の的確な判断こそがペニロイヤル出版の成功の礎《いしずえ》だと証明することよ」

「彼はそれを証明できていたの？」

「どういう意味？」

「経営はいまだに安泰だったの？　独立心の強い作家とそんなに長く仲違いしていられるものかしら？　メイヴィスのような虐げられた作家がプレッシャーのもとでそんなに長く作品を書き続けられるものかしら？」

ローナは当惑顔でかぶりを振った。

「テンプル、これが現実なのよ。仕事はどんどん減っているし、ペーパーバックは膨大な割合で返品されているし、出版社もつぎつぎと倒産しているし」

「そのとおりね。でもこれじゃあ大手出版社はエゴの工場を支援しているようなものじゃない？　よく黙認していられるわね。収益減少の法則は、ペーパーバックにも当てはまるはずよ。だったら、誰も認めていないでしょうけれど、ペニロイヤルの経営はきっとがたがたになっていたんだわ。クローディアがほのめかしていたけれど、〈レノルズ／チャプター／デュース〉は、いつでもロイヤルと手を切るつもりだったそうじゃない。それは彼がインプリントの経営をだめにしたからなんだわ。神は人を破滅させるとき、まず卑劣にすることから始めるのよ」

「そうよ、彼は卑劣だった」ローナが突然吐き出すように言った。「彼は卑劣でさもしい男だった。彼がどうしてメイヴィス・デイヴィスを管理し続けていたかわかる？　ロイヤルは元医者だから、看護師を軽蔑していたのよ。彼は自分が犠牲になって作家が得をするのがいやだった。みんな知ってることだけど、メイヴィスの契約は、出版社側の抜け目ない取り引きと言ってすまされるようなものではなかった。メイヴィスを引き抜こうとした出版社もあったけれど、彼女はすっかり洗脳されて、自分にはチェスター・ロイヤルが必要だと信じこんでいた……チェスターが亡くなったいまとなっては、メイヴィスがこれからも本を書けるかどうか、私にはわからないわ」

「それじゃロイヤルのあんな最期は望んでいなかったのかしら？」

「メイヴィスが？　まさか容疑者だと思ってるの？　ねぼけたこと言わないで」

テンプルは肩をすくめて、自分たちのテーブルに向かってくる男性をみつめた。ローナをまっすぐ見据えている。テンプルは出版界の王子様がどんな姿か知らなかったが、この男性は背が高く、はげあがっていて、縁なし眼鏡をかけていた。

男性がテーブルに近づくと、ローナは立ちあがった。

「テンプル・バー、こちらはレイモンド・アヴヌール、〈レノルズ／チャプター／デュース〉の発行人兼最高経営責任者《CEO》よ」

「お時間をつくっていただいてありがとうございます」テンプルは握手をしながらあいさつし、アヴヌールは腰掛けた。

彼は肩をすくめた。「できることはなんでもしますよ、担当の刑事にも申しあげましたが」人を魅了する笑みがほんの一瞬光った。「ラスベガスには聡明で魅力的なプロの女性が大勢いらっしゃるんですね」

広報の世界では、男性から慇懃な言葉をかけられるのは日常茶飯事なので、テンプルもわざわざ異議をとなえることはめったにない。だが目の前の男性が言わんとしていることを理解して、テンプルは目をぱちぱちさせた。お世辞で大きく広げられた傘であったとしても、自分自身とモリーナ警部補を同じ傘の下に置くことなど想像すらできなかった。あのぶっきらぼうな警部補がこんなことを言われたら、どんなふうに返すだろう。

だがテンプルには無愛想の言い訳になる警察バッジはない。だからすぐに仕事にとりかかった。

「教養分野の広報の経験をかわれて、出版界について教えてほしいと警察にお願いされているんです。でもじつを言うと、ミスター・アヴヌール、混乱しているんです」

「どんなことで？」

彼はまたしてもすばらしく魅惑的で、すばらしく穏和な笑みを浮かべながらたずねた。

「例のインプリントというビジネスについてです。ペニロイヤル出版は〈レノルズ／チャプター／デュース〉のインプリントなのに、なぜ社名には含まれていなかったのですか？」

「そうなっていてもよかった」アヴヌールは近寄ってきたウェイターに勢いよく頭を振って追い払った。「その問題は検討中でした。インプリント内部と、そこから企業全体へ流れる権限指揮系統はとても複雑で、明確に定義される必要があるんですよ」

「では権力争いがあったということですか？」

「いやいや！」アヴヌールは陽気に笑った。「出版契約書を見たことがありますか、ミス・バー？　たった一冊の本を出すのに、法律に基づく分量の、しかも細かな文字がびっしり詰まった書類が何枚も必要になる。別個の出版社をひとつにまとめるとなると、細かな文字がびっしり詰まった書類が電話帳まるまる一冊分も必要になり、不動産王ドナルド・トランプが破産したとき以上の弁護士も必要になる。その過程は、権力争いといった幼稚なものよりも、王族の結婚に近いんですよ」

「でも、チェスター・ロイヤルがほんとうに正気なのか〈レノルズ／チャプター／デュース〉が疑っていたとしたらどうですか？　彼も年老いてきたし、自分のやり方に何年も固執していました。おまけに将来有望な作家たちも失いかけていましたし」

テンプルがまさに話し終えようとした瞬間に、アヴヌールはウェイターに警告したときのように激しく頭を振った。

「重要な作家なら、契約し直せばいい話です。肝心なのは、ロイヤルがインプリントを設立したという点です。彼は望むだけ長く、望むがままに経営できた。もし乱脈経営をしていたのなら、ペニロイヤル出版は倒産するでしょう。だが〈レノルズ/チャプター/デュース〉は安泰だ、それは間違いありません」

発行人は立ちあがり、それを見て立ちあがりかけたローナに手をひらひらさせて座っているよう促した。

「これで混乱が解消すればよいのですが、ミス・バー。説明が必要なときはいつでも呼んでください」

アヴヌールが示したさりげない誠意を真に受けるのは、単細胞な人間かクロフォード・ブキャナンぐらいだろう。

テンプルは別れのあいさつをするとすぐに席を立った。なぜか食欲がなかった。三杯目のマンハッタンを大切そうに飲んでいるローナはそっとしておいた。広報責任者の人生は、ぜいたくとは無縁なのだ。

もちろんテンプルの人生も。

コンベンションセンターに戻ると、エミリー・アドコックがプレスルームの入り口で待っていた。わずかな記者たちが——コンベンションの日程が進むにつれてその数は目に見えて減っていく——行儀よく座り、その前で児童書作家に転身したポップシンガーが何か難しいことを言おうとしている。

「ほんとうにあの人が児童書を書いたの？」テンプルは少々驚きながらたずねた。タブロイド紙によると、そのシンガーは成功に必要なありふれた装備一式を手にしていた——ドラッグとアルコールの依存症、おそらく女性だけではなく男性も含めた未成年者とのスキャンダル。

エミリー・アドコックはうなずいた。

「有名人になれば本ぐらい書くわ。少なくとも著者として名前は出る。芸能人の本は売れるのよ。たいていは公然の秘密みたいなものでゴーストライターが何人もいるのに。ところで緊急の用事って何？」

「応接室へ来て」と言ってテンプルはエミリーをオフィスの倉庫へ連れていった。

「おっと失礼」

まさに猫砂に用を足そうとしているミッドナイト・ルーイが目に入った。ルーイは肩越しにガラスのような緑の目でふたりをじっと見ている。テンプルは山と積み重なったコピー紙の箱の向こうへエミリーを引っ張っていった。それからいつも持ち歩いているトートバッグをひっかきまわし、マニラ紙の封筒と毛抜きを取り出した。

「いったいなんなの、テンプル？」

「よく聞いて。私にとってはこれがせいいっぱいの鑑識道具なの」テンプルは毛抜きで白い封筒と便箋をつまみあげた。「今朝デスクに載っていたの――触らないでね。警察が粉をはたいて指紋を調べるかもしれないから」

エミリーは瞬時に文面を読んだ。

「なんて恐ろしい！　ベイカーとテイラーが誘拐されて、『シチューの肉』にされるなんて。誰がこんな卑劣なことを？」

「文面から考えて、濡れ手で粟の大金ねらいの大ばか者ね。でももしかしたら私たちを混乱させようとしているのかもしれない。このへんのチンピラではないわ。地元の人間ならシーザース・パレスはアポストロフィのないスペルでCaesars Palaceだと知っているはずなのに、この手紙ではCaesar's Palaceって使っているもの。文法上は正しくないけれど、それがラスベガスなのよ。仕事上のライバルはいなかったと断言できる？」

「〈ベイカー&テイラー〉にはいないわ。だって、国内の二大取次店が〈イングラム〉と私たちなんだから。伝統的に私たちは図書館の、〈イングラム〉は独立経営の書店の配本を請け負っているの。つまり地方にある大型書店ね。最近は私たちも書店に販路を拡大したけれど――」

「そうなの！」

「それでも激烈な競争にはならないわ。収支がどうであろうと、書籍ビジネスはまだまだ紳士的な商売だから」

「ああ、そろそろ警察に知らせないと。ずいぶんお粗末な手口だし、身代金も大金ではないけれど――それでも誘拐には変わりないし、深刻な事態だわ」

エミリーはきれいにマニキュアを塗った手を額に打ちつけた。そんな大袈裟な仕草でも、不安そうな眉間のしわを隠すことはできない。

「テンプル……だめよ。できない。猫たちをここに連れてこようと思いついたのは、私なんだもの。こんなことで会社に迷惑をかけるなんて、私にはできない。私――私たちで猫を取り戻さなくちゃ」

「どうやって？　こんなに急に身代金をどう工面するの？　どうやって身の安全を確保しながらお金を運ぶの？　猫が戻ってくる保証はあるの？　もうシチューの肉にされていないとどうしてわかるの？」

「わからないわよ！　テンプル、助けて！」

テンプルは考えた。裏手の殺人現場から、ルーイが猫砂に手を押しつけるリズミカルなぎしぎしという音が聞こえてくる。もしミッドナイト・ルーイが危険な目にあったら、どんな気持ちになるだろう？　猫がさらわれましたとモリーナ警部補に報告する屈辱を味わうくらいなら、自分だけで必死に解決しようとするのではないか？

「私立探偵を雇いましょう。ベガスは私立探偵だらけだから」

エミリーは片手を眉から口元へと動かしたが、目には警戒の色が宿った。

「私立探偵に身代金の受け渡しをまかせれば、私たちふたりに危険が及ぶ心配はないわ」テンプルは説明した。「私たちで犯人を確認すれば、正体がわかるかもしれない。大きな問題は、どうやってお金を用意するかということね」

エミリーは目を閉じた。「アメリカン・エキスプレスのゴールドカードがある」

「お金は戻ってこないかもしれないのよ」

「とにかく猫がみつかるなら構わない。テンプル、私、あの子たちを失うなんて耐えられないの。仕事の上でも個人的にも」

「あなたのせいじゃないわ、エミリー。猫さらいだなんて、誰が想像する？　ほんとうに思いがけないことばかりよ。殺人事件が起こって今度は――」

「おや、これはこれは。すまないね、女性用トイレのサインを見落としたようだ」

クロフォード・ブキャナンが入り口に寄りかかっていた。淡い色のサマースーツ姿でいつもの横柄な笑みを浮かべ、エミリー・アドコックを見ている。彼女は取り乱しているので気づいていない。

「ちょうど出るところ」テンプルはマニラ紙の封筒をバッグに押しこみ、エミリーの手首をつかんだ。

エミリーの手は冷たく、不安のせいで力が抜けている。もうろうとしたままテンプルに続いてオフィスへ向かった。ブキャナンは戸口に突っ立ったままだったので、ふたりは彼をかすめるようにして通らなければならなかった。その直後、ミッドナイト・ルーイも大いばりでブキャナンの片脚をかすめ、淡い色の生地に長く黒い毛の帯を残した。

「野良猫め」ブキャナンはののしりながらルーイを蹴ろうとした。ルーイは蚊をよけるヘビー級ボクサーよろしく軽快に飛び退いた。

テンプルとエミリーは、ルーイのこともブキャナンのこともう頭になかった。

「明日まで待ちましょう。日曜日だけど、なんとか私立探偵をみつけるわ」テンプルは小声で約束した。「あなたはお金を用意して」

「どんな種類で？」

「小額の、印のついていない紙幣で。テレビでよく言っているでしょう。猫を取り戻したければ、犯人を怒らせないことよ」

「印のついている紙幣を手に入れる方法なんか知らないわよ。ああ、神様、テンプル！どうかあの子たちが無事に戻ってきますように」

「テレビによると、誘拐犯はひとたび身代金を手に入れたら約束を守らないらしいけど」

エミリーは弱々しくほほえんだ。

「そんなのひどすぎる。でもありがとう、どうなるかわからないけれど。あなたは最高だわ」

エミリーが大急ぎで出て行くと、ブキャナンがにじり寄ってきた。

「君たちは何をたくらんでいるんだ?」

テンプルはブキャナンが抱えている未開封のタイプ用紙の束に目を留めた。

「最近は私のじゃなくて自分の紙を使っていたのね。知らなかったわ」

「君のはもうないんだ、どういうわけか」

テンプルはかぶりを振って、いらいらとその場を離れた。ミッドナイト・ルーイもついてきた。

13 イングラム登場

彼女は自分でこう言った。私立探偵を雇いましょう、と。

だから僕はラスベガスのイエローページを憂鬱そうにめくるミス・テンプル・バーをそのままにしておいた。イエローページにはお金で買えるサービスと、ほんのわずかだがお金で買うべきではないサービスが載っている。そして僕には僕のやり方がある。

まずは僕だけが知る秘密のルートを通ってコンベンションセンターから抜け出した。空調ダクトと、熟達してはいるが威厳には欠ける動きのおかげとだけ言っておこう。外はいつものように暑くてまぶしかった。でも僕の扁平足は、真っ黒なサテンのシーツの上を歩くがごとく、駐車場の熱いアスファルトを優雅に踏んでいった。

僕はしばらくのあいだ探偵の素質を生かせる仕事から離れていた。世の中とはそんなものだ。誰だって昼も夜も同じ場所にいたら、それが当然のことと思われるようになる。やがて僕がこの街に刻んだ数々の偉業は過去のものになり、讃えられることもなくなるだろう。これは明らかに優秀な報道係がいないせいだ。

天空のマッサージ師である太陽が、熱いその手で僕の頭や背中を激しくたたく。そうこうしているうちにヒルトンホテルに到着した。ものすごく広くて、ものすごくお金をかけた敷地の物陰に滑りこむ。ココアバターと人間の汗の不快なにおいが、僕の敏感な鼻先をハエたたきのようにぴしゃぴしゃ打つ。観光客が塩素処理された巨大なプールに飛びこみ、紫外線をたっぷり浴びながらフローズン・マルガリータを飲んでいる。でも僕は音もたてずにしなやかに歩くから、誰も気づかない。僕が注目してほしいと思わない限り。

僕は必要とあらばいつでも行動できるし、自分がどこへ行こうとしているかもよくわかっている。これから信頼の置ける情報屋に話を聞いてみるつもりだ。この街で猫が犯罪に巻きこまれているなら、その紳士の耳にも入っているはずなのでね。

僕はすぐに小走りで、どこまでも続くおもしろみのないアスファルトの帯のようなストリップ大通りをなめらかに進み始めた。やがてダウンタウンからそう遠くない地味なショッピング・センターが近づいてきた。大半の砂漠の街と同じく、ラスベガスはのっぺりと広がっていて、少しも手のこんだところがない。別名ラスベガス大通りとして知られているストリップと呼ばれる長い道は、土曜の夜のダイスみたいに、マッカラン国際空港からダウンタウンへゆるやかなカーブを描いて続いている。

別の場所では、南北の数本の通りとそれに交わる東西のたくさんの通りが、型にはまった単調な都市の景観を区切っている。ゆるやかに曲がっているストリップ大通りとそれに並行して走るハイウェイ十五号線を除けば、道の配置はマルバツゲーム《チクタクトー》の格子に似ている。昔ながらの場所をチッキータッキーと呼ぶ人がいるのはそのせいかもしれない。

ネオンサインがにょきにょきそびえ立つストリップ大通りやダウンタウンから離れてしまうと、観光客はつつましやかな街に一様に驚く。三階以上の建物はほとんど見当たらず、たいていは屋根の上に石を置いた平屋建てのバンガロー。信じられないかもしれないが、石が屋根ふきの材料として好まれている。たぶんここに住むのが好きな人は――そういう人は大勢いる――頭に石が当たってどうかしてしまったんだろう。

実際、合法的なギャンブルという独特な呼び物がなかったら、ここではそんなにたくさんおもしろいものはみつからないと言ってもいい。まだまだ言いたいことはある。でも、自分が生まれた場所の信用を落とすなんて、僕らしくないからやめておこう。

目的地が見えてきた。スリルと羽ペン《スリルン・キル》書店。とても地味な店構えだ。僕は立ち止まってショーウィンドーを飾る大型本をながめた。この書店で扱っているのは殺人と暴力というメニューだが、ＡＢＡのペニロイヤル出版のブースを埋めつくしている本に比べたらずっと趣味がいい。

スリルン・キル書店に並んでいる本の表紙には、荒れ放題の庭や怪しい人影、真珠のネックレス、不気味な薬が入った口の開いたボトル、たくさんのレターオープナー――いや、マクベスになりきって言うならば、目の前に見えしは短剣か？――が描かれ、高貴な猫もところどころに、たいていはシルエットで描写されている（残念ながら、僕はシルエットが粋に決まるとは限らない年齢になりつつある）。

そして、世界でいちばん高貴にはほど遠い猫が窓辺で横になっていた。白いソックスをはいたような足を胸の下にたくしこみ、トラみたいなしましまの顔には満足しきった表情を浮かべている。

僕は熱い歩道の上を行ったり来たりして、中に入りたいとそれとなく示した。彼はあくびをし、あまり白くない歯を見せた。家猫の生活がいにしえの猫族の血を堕落させているのはこんなことからもわかる。食事に繊維質が足りないから、優美な体型や凶器の牙を維持できないのだ。

心地よい時間にひたりきっていたその田舎者は、ようやく立ちあがり、伸びをして店の奥のほうへ飛びおりた。僕は高まる期待を胸に、鳴きながらドアに近づいた。すると緊急事態を知らせる呼び声が中から聞こえ、また繰り返された。その後すぐにドアが開いたが、僕が気取って中へ入るかわりに、ハイカットのリーボックをはいたがっしりした足が（僕の鼻の高さで）行く手を遮った。

「あっちへ行け、このぐうたら猫」甲高い男の声が警告する。

すぐに知り合いが飛び出してきた。ひげはぺったり、千鳥格子の首輪もぐるりと回って狂犬病予防接種済みのタグ同士が喉元でぶつかっている。それだけで精力旺盛な外猫ならぞっとして吐いているところだ。

でもイングラムという名前で仲間に知られているこの猫は、情報集めのベテランだ。僕も情報のためなら残飯だって喜んで食べるだろう。僕たちは道路脇の日陰へ歩いていった。イングラムは座る前にしっぽでほこりを払った。そんな細かいことにうるさいやつは生まれて初めて見た。もしかしたら、書店暮らしが影響しているのかもしれない。本だらけのＡＢＡの会場にはあまり長居しないようにしよう。イングラムのおかしな癖が本が原因の伝染病だったら困るから。

僕はイングラムに行方不明の珍しい猫のことを伝えた。すると彼はスコティッシュフォールド連中の噂はもう聞いていて（どうやらスリルン・キル書店には関連本もあるらしい）、そしてじつは、あの二匹の顔写真が書店の掲示板を飾っているのだと打ち明けた。

僕は、その行方不明の二匹の容貌はもうわかっているから、二匹がいそうな場所を知りたいと伝えた。

イングラムは後ろ足を伸ばして、きれいに手入れされた爪を念入りに調べた。それからおもむろに、何も耳に入っていないと言った。もし彼らが街にいるのなら、よほど目立たないのだろう、と。彼らの出身地ハイランド地方のバグパイプに合わせた真夜中の恋歌の報告もなければ、家猫の生活が見知らぬ求婚者の出現で乱されたという話もない。イングラムはそう言った。

僕は、こういうタイプのよそ者は、外科手術によって歌ったり求婚したりできない体にされているかもしれないと教えてやった。

イングラムは琥珀色のずるそうな目で僕を見て、また退屈な講釈を始めた。つまり、猫たちみんなが僕のように積極的なプレイボーイというわけではない、という内容だ。僕みたいに恋多き男が、いまだに耳がスコティッシュフォールドそっくりになっていないのは奇跡だ。イングラムはそう言った。

「いいかい」と僕は言ってやった。「僕は恋人とけんかになったときは、耳をぴったり倒してかまれないようにしているのでね。要するに君は、ベイカーとテイラーの失踪事件解決の手がかりをひとつもつかんでいないんだな？」

するとイングラムは、じつは最近僕の元恋人のひとりとデートしているのだと打ち明け、まったくのプラトニックな関係だとつけ加えた。その知り合いはちょうど刑務所、またの名を動物収容センターから出てきたところで、よそ者が二匹捕まったと話していたらしい。

スコティッシュフォールドはよそ者だ。間違いない。僕はイングラムに、そんなことはたいした手がかりではないと言いつつ、僕のいわゆる昔なじみの外見についてたずねた。

イングラムは調子のいいでまかせを言っていたのではなかった。毛並みは二色、自堕落で、灰色がかった顔によじれたしっぽ。イングラムはそう言った。

サッサフラス！　僕は言った。これはその猫の名前であって、驚嘆の叫びではない。

イングラムはまたあくびをした。そして、サッサフラスが本名かどうかわかったものじゃない、と疑った。お前の友人たちは飼い主を取り替えるのと同じくらい頻繁に、しかもいきあたりばったりで名前を交換するじゃないか。イングラムはそう言った。

これには異議ありとうならざるを得なかった。イングラムはばかなやつで、こいつといっしょにいると気が短くなってしまう。僕は「イングラム」だってうっとりするような名前じゃないぞと言ってやった。根も葉もない噂ばかり流しているから、頭の中がものすごく薄いスープみたいになってきたんじゃないのか、と。すると彼は憤然と立ちあがり、自分の名前は書籍ビジネス界の大手取次店から名づけられたものだと反論した。スリルン・キル書店のオーナー、メイヴリーン・パールはコンピュータを持っていて、それを使えばすぐに〈イングラム〉の本部につながるくらい誰もが知っている有名な名前なのだ、そうでなければ自分にこの名前をつけるはずがない。イングラムはそう言った。

さらに、先週はとてもつまらない週だったと認め、建物の角にあごをこすりつけに行った。メイヴリーン・パールが本を詰めこんだバッグをいくつもひきずってコンベンションセンターを歩き回っていたから、留守をあずかる店番の男からはたいした情報が得られなかった、とイングラムは不満たらたらだった。しかもメイヴリーンは毎晩ゲラの束やカタログ、ベイカーとテイラーのポスターまで追加で持ち帰ってきたらしい。この二匹の人騒がせな猫がまた姿を見せようが見せまいが、そしてそれが本物であろうがポスターであろうが、イングラムにとってはどうでもいいということがよくわかった。

イングラムの表情に、緑色の目をした嫉妬の悪魔がちらりと見えた。彼の目は琥珀色だというのに。書店のマスコット猫である自分をさしおいて、部外者の二匹のポスターやら写真やらが店中に貼られていたら、多少いらいらするのも無理はない。僕だったら、キャットフードをどんなにもらったところで、マスコット猫になるのも、イングラムなんて名前になるのも御免こうむるが、好みは猫それぞれだから仕方がない。

僕はイングラムにそっけなくさよならを言うと、作戦本部へ戻った。道中あれこれ考えた。そして、どう考えても、街の動物収容センターを抜き打ち訪問するのが得策だろうという結論に達した。可能性がありそうなところをしらみつぶしに調べるしかない。

僕は気が重かった。この章に十三という不吉な数字があてがわれていることにも、ちゃんと気づいている。ベイカーとテイラーにとって、喜ばしくない状況だ。おそらくミッドナイト・ルーイにとっても。

14　追い詰められて《ビハインド・ザ・エイトボール》

テンプルはラスベガスのイエローページから「探偵《ディテクティブ》」の部分を破り取って四つにたたむと、トートバッグが置いてある壁際へキャスターつきのオフィスチェアで滑って行った。

この貴重品をどこに隠すか、ぎゅう詰めだが見事に整理されたトートバッグの中を吟味するのに、一分しかかからなかった。そのとき、オフィスにひとりきりのはずなのに、誰かにじっと観察されているような視線を感じた。

マックスと生活したおかげで、いわゆる第六感が研ぎすまされたらしい。以前は自分だけの幸せな世界にひたりながらアパートのまわりを散歩しているとき、急に逃れられない視線に囚われていると感じることがよくあった。

そんなときは顔をあげてあたりを見回した。するとマックスが謎めいた猫のように激しくテンプルをみつめていた。暗く深い夢の世界にいるマックスの目の前を、テンプルが横切ってしまったかのように。もしかしたらマックスは、物音を聞かれることも姿を

見られることもなく、部屋に戻ったところだったのかもしれない。

最初は、マックスは人を驚かせるのが好きなのだと思っていた。注意力が散漫でぼんやりしているときに、マックスがマジックへの橋渡しをするのだ、と。しばらくすると、マックスは彼自身とテンプルをトレーニングしているのではないかと思うようになった。あまり意識していないときでも誰かに見られたり気づかれたりしたら、それを刺激として認識できるように。いずれにしても、顔をあげたテンプルの腕には鳥肌が立っていた。

オフィスの入り口にいたのは、クローディア・エスターブルックだった。テンプルがはいているスチュアート・ワイツマンのしゃれた黒エナメルとホットピンクのハイヒールをじっとみつめている。このＡＢＡの女性広報は、オズの魔法使いの西の魔女のごとく、ルビーの靴をはいたドロシーならぬテンプルの行く手を阻むものはないかと品定めしているようだった。

クローディアだと気づいて驚きはしたが、もしそれがマックスだったらもっと激しく動揺していただろう。それでも不愉快は不愉快だ。クローディアの顔からは、きりっとしたプロの表情がすっかり抜け落ちていた。ほおの肉はたるみ、硬くこわばっている。クローディアはテンプルとエネルギーのみなぎる靴をみつめている。自分の人生から消え去るのを見送ってきたあらゆるものの象徴であるかのように。

クローディアの心の内が見えたのはほんの一瞬で、すぐにその表情も声もやわらいだ。オフィスに入ってきたクローディアからは、戸口で見せた不幸せな姿はもう想像もつかなかった。

「ロイヤルの死にかんする臨時ニュースよ」とクローディアは言った。

「まさか……容疑者がみつかったんじゃないわよね？」

クローディアは、テンプルの驚きと弱気が徐々に薄れていくのをじっくり観察してから、感情のかけらもない笑顔を解き放った。

「ええ、みつかったの——殺人犯じゃないけれど。ロイヤルの犠牲者に近いかしら。大勢いる前妻のひとりがみつかったのよ。ここで、ＡＢＡの会場で。例のモリーナ警部補が関係者の経歴を徹底的に洗ったおかげでね。これじゃ私たち広報が間抜けみたいじゃないの——もしくは何か隠し事をしているみたいに思われるわ。これがグループのプレスリリースの追加分。元ミセス・ロイヤルからの哀悼の言葉」

テンプルは四つ折りにしたイエローページの切れ端をトートバッグのサイドポケットにすべりこませた。クローディアには見られないほうがいいと直感したのだ。テンプルはクローディアが差し出した余白の多い紙を受け取り、一行おきにタイプされた中身をざっと読んだ。

「〈コカレル／タペンス／トゥライン〉の編集者？　なぜすぐに名乗りでなかったのか

しら？」

「モリーナ警部補が知りたがっているのもそこだと思うわ。なぜローナと私が言わなかったのかも」

「なぜ言わなかったの？」

「作家全員の前妻の消息をつかんでいるわけじゃないもの。いまは出版社同士が相手を出し抜こうとしているから、どこの仕事に誰がかかわったか、つねに目を光らせているだけで大変なのよ。誰と誰が同じベッドで寝ていたかなんて、知るもんですか」

「誰が誰のベッドから出て行ったかもわからないというわけね。それでモリーナにこのロウィーナ・ノヴァクとやらについて尋ねられたとき、あなたは機転を利かせて大急ぎで〈コカレル／タペンス／トゥライン〉のブースへ行き、哀悼の言葉をもらった、と。すばらしい考えだわ。前妻はあまり動揺していなかったのね？」

「ロイヤルが亡くなったことについては——わからない。モリーナの尋問については、きっとそうね。あの警部補、火曜日に全員が会場を引きあげる前に犯人を捕まえるつもりらしいわ」

テンプルはうなずいた。

「ありがとう、クローディア。この件ではもう広報をやらせてもらえないかもしれないけれど、最新情報が手に入るのは助かるわ。さてと、急いで用事をすませないと——」

テンプルはプレスリリースをデスクに置いてドアへ向かった。

「あら」クローディアが後ろから声をかけた。「猫の砂でも替えなくちゃいけないの?」

テンプルは戸口でくるりと向きを変え、クローディアをしげしげとみつめた。ついさっき目にしたのと同じ、苦々しい表情が浮かんでいる。テンプルは楽しげにかぶりを振った。

「そんなに重要なことじゃなくて——ペイレスの靴のセールに行くの。じゃあね」

その五分後には混み合った展示フロアにある〈コカレル/タペンス/トゥライン〉のブースに到着し、ネーム・タグからネーム・タグへと視線を走らせていた。

「ミス・ノヴァク?」

その女性はうなずいた。年齢は四十代、バターを塗っていないトーストよりも質素でほっそりしている。髪はペルシャ子羊のようにカールし、眼鏡のフレームは黄色みがかった肌の色とおそろいだ。最新流行の薄黄緑色とさび色の服が、彼女にしみついたやぼったさをかえって強調していた。

「少し……お話できますか? 私はテンプル・バーです。このコンベンションの広報を手がけていて、モリーナ警部補の手伝いもしているの」

「もうモリーナ警部補とクローディア・エスターブルックにお話ししましたけど」

「わかってます、でももう少しだけお時間をいただけないかしら。警察はＡＢＡがどんな仕組みで動いているのか理解していないので、解説者が必要なんです。だから私は情報を引き出し、正しく事実を把握しなければならないの」

ロウィーナ・ノヴァクのがっちりした顔がいっそうけわしくなり、それからふっとため息が漏れた。

「わかりました。ランチタイムも過ぎているし、休憩エリアなら静かでしょう。ソフトドリンクがほしいわ」

「ええ。私が買います」

ふたりは人混みのあいだを縫うように進んだ。テンプルはときおり振り返り、獲物がついてきているか確かめた。この女性が言ったように、広大な食事エリアのシートはいくつもあいていた。カフェテリアにさしかかると、昼食抜きだったテンプルは急に空腹感を覚えたので、スイートロールでぜいたくをすることにした。ロウィーナ・ノヴァクは正真正銘の、ダイエットバージョンではないコークを頼んだので、テンプルは啞然とした。

ふたりが白い丸テーブルに陣取り、トレイに身を乗り出しているあいだにも、まわりでは大勢の人が入れ替わり立ち替わり、席に着いてはまた去って行った。探りを入れるような質問にはまったく向かない場所だったが、別な意味では最適な場所でもあった。くだけた雰囲気と人混みのせいで深刻な話はできないような気がするが、むしろこういう場のほうが気軽に胸の内を明かせるものなのだ。

「何を知りたいの?」ロウィーナ・ノヴァクはコークを素早くひと口飲んだ。

「難しくていまだにモリーナ警部補にうまく説明できないんです。つまりインプリントとはなんなのか、どのようにそのビジネスが始まるのか、ということが。あなたとチェスター・ロイヤルの結婚生活はどれくらい――?」

「七年。きりのいい数字でしょう。エジプトで災いが起こる周期みたい」

「それはペニロイヤル出版設立の前、それともあとですか?」

「ああ、設立前よ。チェスターはそのころノンフィクションを書いていた」

「そうなんですか?」

「それで彼に出会ったの。あるエージェントが彼の売りこみに熱心だったので。当然ながらノンフィクションの分野では、内容と同じくらい作家自身が売れ行きを左右するの」

「つまり、作家の見た目がいいか、話がうまいか、そういうことがメディア受けの良し悪しを決めるという意味?」

「そのとおり」

ロウィーナ・ノヴァクは小鳥みたいにちびちびとコークを飲むばかりで、それ以上語ろうとしなかった。テンプルは後ろめたさを感じるほど甘いペストリーをほおばった。

このままではロウィーナ・ノヴァクはさっさとコーラを飲み終わって行ってしまう。どんな質問をすれば引き留められるだろう？

「ではミスター・ロイヤル、チェスターは、作家から編集者へ転身したんですね。それはあなたと結婚したあとのことだったのね」

「ええ。彼は出版ビジネスの別の面に興味を持つようになった。私たちが出会って、そして――あなたならデートと呼ぶようなことを始めてから」

黄土色の瞳に嫌悪感が揺らめいた。この女性はうらやましいほど平静だが、その落ち着きの下には不快な体験が数多く隠されているようだ。

「チェスター・ロイヤルは結婚に向いているタイプだったんですね」

「私が何番目の妻かという意味なら――三番目。チェスターは結婚に向いているタイプというよりも、人を利用するタイプだった。利用できそうな女性が現われたら結婚する。少なくとも若いころはそうだった」

「でもメイヴィス・デイヴィスとは結婚しなかった」テンプルは単刀直入に言った。

ロウィーナの口元がぴくりと動いた。

「ええ。そのころには結婚しなくても女性を利用できる方法を考えついていたのでしょう。すべて私のおかげ」

「この話、モリーナ警部補にはしました？」

「いいえ」

「なぜ私には話してくれたの？」

「あなたが正しい質問をしたから。私たちの生活についても、そして彼が何者だったかについても、隠すことは何もない。もう嫌ってすらいないわ。ただ彼を理解しているだけ。私はきっとチェスターを誰よりも理解している——理解していた。彼が知っていることはすべて、私が教えたことなのだから」テンプルがいぶかしげにみつめると、ロウィーナがつけ加えた。「もちろん偶然だけど」そしてこう続けた。「彼に出会うまで結婚したことはなかった。でも私だって子供じゃなかった。チェスターを止めてもよかったのかもしれないけれど、彼は私の仕事に心を奪われ、夢中になった。当時はそれが、彼が私のことを真剣に考えてくれている証のように思えたものよ。でも彼が真剣に考えていたのは、私の仕事のことだった。それで私の仕事を奪ったの」

「奪った……あなたの仕事を？　どういうこと？」

「私の仕事を取りあげた。私の地位に、彼が就いた」

テンプルは混乱から抜け出せないまま、つぎにするべき質問を探した。

「あなた、愛を裏切られた経験はおあり？　ミス・バー」

テンプルがしてきた質問に比べれば、立ち入った質問とは言えないだろう。

「ええ」テンプルは真っ正直に答えた。「あると思います」

ロウィーナは声をあげて笑った。感じのよい笑い声と笑顔で、地味な顔立ちがぱっと華やぐ。

「私は愛を裏切られたと言うつもりはない。でも自分の判断力には裏切られたわ。チェスターがあれほど夢中になっていたのが私自身ではなく、私が持っていたものだったと見極められなかったんだから」

「持っていたもの？」

「権力」

なんと言えばいいかわからなかった。クローディアのプレスリリースによると、ロウィーナ・ノヴァクは〈トゥライン・ブックス〉の副編集長。悪い地位ではないが、かといってマンハッタンの角部屋のオフィスを手に入れられるほどでもない。

指輪ひとつしていないロウィーナの黄ばんだ指が、特大の発泡スチロールカップを上下にさすった。バカラのクリスタルをそっとなでるように。顔は痛ましい過去を思い出したばかりなのに柔和で、世界の在りようへの悲しみ、過去の自分とチェスターの仕打ちへの悲しみを映していた。

「チェスターは私の編集の仕事を見ていた。それだけのことよ。私が作家に手紙で手直しをお願いするとき、どんなに言葉を選んでいたかを見ていた。彼らの仕事に報いるだけの印税を払えず、力にもなれないときに、私が悶々としているのを見ていた。作家が私を信頼し、私に頼るのを見ていた。優秀な編集者が——私もそうだったし、いまでもそうだけど——文学への自負とも言えるこだわりを胸に育み、それを押し通し、ついにそのこだわりどおりの本を生み出すのを見ていた。彼は魅了されたのよ、作家が自分の抱えているお金や結婚生活の問題を告白することに。本を書くというのは、長く孤独なビジネスよ。作家はその作業にとことんつきあって何から何まで聞いてくれる編集者をみつけたいと願う。いまでは編集者はめったにそんなことしないけれど。編集者はいまや巡回助産師と同じなの。だからお産の途中で家を出ることもある。作家や、その誕生を見届けることはないかもしれない作品に、自分自身のこだわりを注ぎこむことができないままに」

「そしてチェスターはあなたがしていたことを横で見ていてそれを奪い、歪曲し、悪辣な編集者になったのね」

「正確には、有害な編集者になったのよ。チェスターはそうなろうと意識したわけではなかったけれど。医者が神だった時代に彼が医者としてのスタートを切ったことを忘れてはいけないわ。患者は病気と大きくふくらんだ不安を抱えて彼のもとへやってきた。向上心あふれる作家がめそめそした原稿を持ってくるみたいに。当時の彼は、いちど失った権力の座を、裁定を下す立場を恋しがっていたのよ」

「ではなぜ医者をやめたのかしら？」

「やめざるを得なかったから。わからない？」

「ええ」テンプルは認めた。

「医療ミス。彼は訴訟に負けて、医師免許を失い、権力を失った。彼は二度とほんとうの自分を取り戻せなかった。そんなときに私に出会い、権力で人を支配しお金を稼ぐ別な方法があると知ったの。なかでも医療サスペンスを見出したことで、彼はすべてを取り戻したと言っていいでしょうね」

「ぞっとするわ。彼自身が編集した本に出てくる悪党みたい」

「いいえ、違うわ」ロウィーナはほほえんだ。「そうじゃない。ペニロイヤル出版の本には、極悪非道な医者はほとんど登場しない。そんな本をときどき書いているのにおとがめがないのは、どういうわけかオーウェン・サープだけ。ペニロイヤルの本に登場するのは、泣き言を言うばかりで役に立たない、正気を失った殺人狂の看護師よ。あとは不当な要求をする患者、傲慢で無能な病院理事たち。とくに女性が多いわ。でも卑劣な医者はめったに出てこない」

「二、三冊読む手間をはぶくために、教えてほしいの。クローディアによると、チェスターはローナ・フェニックを『鼻持ちならない広報のやり手女』と呼んでいたらしいんだけど、彼は女性を憎んでいたの？」

ロウィーナはうなずいた。

「心の底から嫌っているからこそ、それを認めようとしなかった」

「どうして？」

「ほんとうのところはチェスターにしかわからない。家族についてはほとんど話さなかったから。でも小学校で女性教師に恥をかかされたと感じていたんだと思う」

「それだけのことで、女性に対して一生ゆがんだ思いを持ち続けたの？」

「たぶん」ロウィーナはほほえんだ。「医学校では男は女にかかわらずにいられたものだと繰り返しぼやいていた……」彼女はため息をついた。「感じのいい男性ではなかったわ。若いころはデートをするのも大変だった。彼が結局五人も奥さんを迎えることになったのは、そのせいでしょうね。自分はできる男なんだと証明したかったのよ。結婚してから、彼が女性の能力に少しでも負けることを恐れているのだとわかった。だからローナは彼のもとで長くは働けなかった」

「ローナ・フェニックはチェスター・ロイヤルに雇われていたの？」

「チェスターが〈レノルズ／チャプター／デュース〉向けのパッケージングを始めたころ、ローナは編集助手をしていたの。結婚はしなかったけれど、チェスター・ロイヤル女学校のもうひとりの犠牲者よ。メイヴィス・デイヴィスと同じ」

「男性作家たちはどうだったの――彼らのことも利用したの？」

「権力への激しい渇望は、どんなものでも焼きつくしたでしょうね。でも、男性が成功しても、女性のときほど気にしていなかった」

「殺されたのも無理はないと思っているのね」

「ええ。充分な動機を持っている人がいるはずだから」

「でもあなたではない」

「疑われなくてうれしいわ。そう、私ではない。私は小説の構造を調べるのと同じように、状況を分析してみた。そして理解したの。彼がどうしてゆがんだのかを。私の欠点が私自身を利用されやすい都合のいい人間にしていたことを。私たちの結婚生活はずいぶん前に絶版になった本みたいなものよ。もう古くさくてつまらない。ページに記されているふたりの辛辣な言葉に、結婚生活という本自体が浸食されたの。そしていま、チェスター自身が使用済みになってしまった」

「それはどういうこと？」

「活字になったあとの手書き原稿。つまりお払い箱よ」

この事件にぴったりなフレーズに、テンプルは顔をゆがめた。

「チェスターが殺されたとき、なぜ協力を申し出なかったの？」

「そんなことをする必要がある？　私のあとにふたりも奥さんがいたのよ。私には関係ないし、彼にだって関係ない」

「あなたの無関心ぶりはあっぱれだわ」テンプルは言った。マックスもこんなふうにいつかは過去へ溶けこんで消えるのだろうか。「チェスターについてわかったことから判断すると、彼はさぞかし恐ろしい医者だったんでしょうね。若くしてその世界から追い出されてよかったわ。医療ミスの訴訟は何が原因だったの？」

「女性が亡くなったの――たしか、出産のときに」

「出産って、まさか――まさかあの人が産婦人科医だったの？」

ロウィーナが悲しげにうなずいた。

「わけがわからないわ。女性を恐れて憎んでいたんでしょう！　それなのに赤ん坊や生命誕生の神秘にかかわっていたなんて」

「あなたは子供を産んだことがないのね」

「ええ。あなたは？」

「あるわ。とても若かったときに。でも手放したの。過去の話よ。チェスターとはなんの関係もない。この件ともなんの関係もない」

「お気の毒だわ。いまはまったく思い返さないの？」

「まったく」ロウィーナの表情が硬くなった。「出産は、ほんのりピンク色の夢の世界ではないの。苦痛と無力感に襲われるの。女性は医者に頼りきるしかない。医者は女性のもっとも醜い姿を見る。お腹が恐ろしいほどにふくらんだ姿を。そして想像しうるもっとも無抵抗な体勢をとらせて診察する。

あなたは若いからぞっとするような話を聞いたことがないでしょうね。産婦人科医は自分の患者に、いつ何人子供を産めばいいか、しばしば指図していたの。ピルが登場してバースコントロールができるようになったあとでも。ピルはいまだに処方箋なしでは手に入れられない。だから女性がいつ赤ん坊を産むかを決めるのは、じつは主治医なのよ。私の分娩を担当した慈善医がそうだったように、医者にとって分娩のタイミングが悪ければ、出勤前のディナーパーティーでマティーニをあと二杯飲めるように、看護師たちに妊婦の足を押さえさせておく。医者は女性患者に、自分は弱くて愚かで役立たずだと思わせることができるのよ。実際そんな医者がごろごろいたの。三十五歳以上の女性にたずねてごらんなさい」

「ほんとうにいやな時代だったんですね」

ロウィーナ・ノヴァクはゆがんだ笑みを見せた。かなり昔の無知が招いた妊娠や医者がとった恥ずべき処置を思い出して不愉快になったのか――それともいまは亡きチェスター・ロイヤルの記憶がよみがえったせいなのかはわからなかった。

「彼の医療ミスについてようやく知ったのは」ロウィーナはゆっくりと、しっかりした声で言った。「私が彼のもとを去るときだった」

テンプルはアイドリング中のストームの中に座っていた。エアコンは「強」にセットされ、ぺらぺらのイエローページの切れ端が手の中で揺れている。

四時だ。すでにその存在すら知らなかったラスベガス郊外まで来ていた。それなのに、エミリー・アドコックにあんなに軽々しく提案した私立探偵を、まだみつけることができていない。

みつかったのは、探偵ではなく難問だった。

探偵稼業には二種類ある。ひとつは探偵事務所だが、警察に伏せたまま猫の誘拐犯に身代金を渡すというテンプルの案にいい顔をしなかった。もうひとつの一匹狼タイプは、古めかしい地区のがらの悪いビルで商売をしていた。五千ドルもの現金をそんな怪しげな人物に預ける気にはなれない。

探偵小説は、困り果てた女性(この場合、不幸なことにテンプル自身)が窓辺にデスクひとつ置いただけのオフィスに初対面の探偵を訪ねる場面で始まることが多いが、その理由がわかってきた。

今度の探偵は――最後のチャンスだ――E・P・オルーク。このあたりの自宅を仕事場にしているらしい。テンプルはオルークの家をみつけた。砂で覆われた車回しにはさびついた車が数台、現代彫刻のように並んでいる。屋根の上の岩と前庭の小石の調和が見事だ。ヨシュアツリーとサボテンが軒の低い平屋造りの家をとりまき、とげだらけの影を落としている。

テンプルは車からおりてドアをロックし、家に近づいていった。家の外にいてくれたほうが安心して話せるのだが、人影はない。テンプルが近づくと日光浴をしていたトカゲたちがちりぢりに逃げ、ふと立ち止まってティラノサウルスのように太い後ろ足で立ちあがり、黒く輝く目でテンプルをみつめた。

地面が真っ赤に熱せられたオーブンの下段トレイのようだ。熱気が立ちのぼり、途中で頭上のぎらつく太陽と交わる。テンプルは顔や手足に汗が花のように広がってはたちまち蒸発するのを感じたが、不快ではなかった。スチームアイロンを当てられたらこんな感じだろうか。

近所の数軒の家には誰も住んでいないようだ。四軒向こうの家だけは例外で、ロック・スタジオのような低いドラムの音が漏れ聞こえてくる。真新しいハーレーが風雨にさらされたサイドドアの近くに颯爽と止まっている。遠くではオフロードバイクが、旋回するスズメバチのようになめらかで大きな低音をうならせていた。

テンプルはオルークの家のスクリーンドアをノックした。フォレストグリーンの塗料はすっかり色あせ、ノックしただけでばらばらとはがれ落ちそうだ。その向こうのドアは堅そうな木で、ドアノブのずっと上に見える黒く小さな菱形部分にはガラスがはめこまれている。

ドアがぐいっと半開きになった。

男が奥行きのある闇を背に立っていた。針金のようにほっそりした男で、日光に目を細めている。

「あ？」

「ミスター・E・P・オルーク？」

「ああ？」

「探偵のお仕事のことでお話ししたいんです」

男の視線がテンプルの頭からつま先まで往復した。ドアが大きく開き、中の暗さがいっそうあらわになる。

テンプルは唾をぐっと飲みこみ、がたのきたスクリーンドアを開けた。炎天下の家に入るのは、太古の墳墓の暗闇で秘密を暴くのに似ている。わずかばかりの窓にはカーテンがかかり、光が遮られている。訪問者は必ず入り口でやみくもにまばたきし、不意の暗さに目が慣れるのを待たなければならない。そのあいだにE・P・オルークはテンプルの頭を殴り、トートバッグを探り、レイプすることだってできるだろう。

目が慣れてくると、テンプルはそんなばかばかしい懸念を無視した。E・P・オルークはビーフジャーキーみたいに筋張っていて砂漠焼けしていた。髪も眉ももじゃもじゃの白髪で、しわだらけのブロンズ色の肌と奇妙な対比をなしている。年齢は六十五歳くらいに見えた。

「入りな」オルークはくるりと向きを変えながら言った。

テンプルもあとから中に入った。砂漠の家はたいていそうだが、ここも曲がりくねった廊下と箱のようなほの暗い小部屋が直角にジグザグを描いている。テンプルは五歩進んだだけで、玄関ドアの方向がわからなくなっていた。オルークがテンプルを家の中へ案内する前に乱暴に閉めたドアだ。

家の中の空気は熱くじめじめしていた。古めかしい水冷式のエアコンが低いうなるような音をたてている――驚くほど経済的だが、判で押したように湿度が高くなる代物だ。

オルークは、巨大なデスクにほぼ占領されている部屋で立ち止まった。デスクの上には穴を開けてペンスタンドにした黒いビリヤードボールと、わずかに灰が残っている抽象的な形のオリーブグリーンの灰皿しかない。酒樽は見当たらない。オルークはデスクの前の使い古された革張りのオフィスチェアに滑りこみ、テンプルにも椅子を勧めた。

「どうしてここへ?」

「電話帳でみつけたんです」

「いや、どんな問題なんだ?」

「まず、あなたの資格についておたずねしたいわ」

オルークは肩をすくめた。桃色のポリエステルの半袖シャツに、あとはたしか、ジーンズにテニスシューズという出で立ちだった。誰かのあとをつけても、関節がぽきんと音でもたてない限り、まあ気づかれはしないだろう。横長の高窓にかけられたほこりっぽいブラインド越しに日光が差しこんでいる。その薄もやのような光を受けて、オルークの髪は気体のように白くかすみ、瞳は青く澄んできらめいていた。

「俺は商船の船乗りだったが、それはお前さんが生まれる前の話だ。それからしばらくぶらぶら過ごした。ベガスで仕事を始めて十九年になる。その前は警備輸送会社の〈ブリンクス〉で働いていた。まあ、いろんな経験をしたから、世事には通じている。さて、何かお役に立てそうかな、お嬢さん？」

「チェスター・ロイヤルとはなんの関係もないわよね？」

「あのコンベンションセンターで死んだ野郎か？　それとこれと、なんの関係があるんだ？　殺人事件にかかわるつもりはないぞ」

「なんの関係もありません。これは猫の事件なの」

「猫だと？」テンプルが得体の知れない生き物の名前を出したかのような反応だった。

「ペットの猫よ。二匹行方不明なの。費用は一時間おいくらかしら？」

「ペットの猫なんて、世界中で行方不明になってるぞ。猫捜しをプロに頼もうなんてやつはいないがね。費用は一時間五十ドル、プラス経費だ」

「経費は発生しないでしょう。とても簡単な……運び屋だから」

「運び屋ねえ。お嬢さん、いったいどこでそんな言葉を覚えたんだ?」

「テレビで」

「うちにはテレビはないんだ。コメディアンのシド・シーザー以来ろくなもんをやっていないからな」

「私が生まれる前だわ」テンプルがやり返した。「身元保証はできる?」

「冗談だろう?」オルークは言葉を切り、口ひげをなでる紳士のような仕草で、もじゃもじゃの眉を人差し指でなでつけた。うっかりすると、ちゃめっ気がある男だと思ってしまいそうだ。「俺の言葉が身元保証だ」

「それこそ冗談でしょう?」テンプルは体勢を変えて立ちあがり、部屋から出て行こうとした。

「まあ待て。探偵のライセンスを取るには警察の許可がいるんだ」

「ライセンスを持ってるの?」

オルークはテンプルの横の壁を指さした。書類が一枚、安っぽい黒の額縁に収まっている。テンプルは立ちあがって眼鏡を取り出し、うす暗い光の中でじっくり時間をかけて筆記体の文字を判読した。

「信用していいのか、迷ってしまうわ、ミスター・オルーク」テンプルは椅子に戻りながら言った。「こっちはお金がからんでいるんですもの」

「エイトボール」オルークが言った。

「え？」

オルークは、デスクの上の黒く光るボールを示した。

「エイトボールだ。みんな俺をそう呼ぶ」

「エイトボールは窮地の印じゃなかった？　ビリヤードでは、八の黒玉を相手に残してしまったら負けだもの」

「あんたが仕事の途中でせっかちに干渉してきたらそうなる。最後に予想どおり俺にエイトボールが残っていたら、勝利はいただきだ。俺はたいてい最後までぴんぴんなんだ、何をするんでもな」彼はきびきびと、ことさら下品に言った。

テンプルは一瞬驚いたが、すぐに笑った。割れたボトル片手のエイトボール・オルークと酒場で渡り合おうとする物好きはいないだろう。断言できる。それ以外の場面での忍耐力についても、テンプルが太刀打ちできるわけがない。

「金はいくらだ」オルークが陽気にたずねた。「そして何に巻きこまれているんだ？」

「身代金よ」

「誘拐か？」オルークは真っ白な歯を見せて口笛を吹いた。不自然なほど白くきれいな歯並びから判断して、きっと入れ歯だろう。「いつもならひとさまを警察に紹介するようなことはしない。しかしだ、たかだが猫のために――」

「身代金は五千ドル。誘拐にしては大金じゃないと思うけど」

「猫にしては大金だ」オルークが断定した。「犯人に金を渡したあと、俺に尾行してほしいのか？」

「あなたにはお金を運んでほしいの。私が猫さらいを尾行できるように」

「あんたが言ってることはむちゃくちゃだ。難しいのは尾行なんだ。運びも尾行も俺にまかせればいい。そのためにイエローページを見たんだろう？」

「あなたが最善の方法だと思うなら、それでいいわ。それじゃあ……運びの前に会いましょう。そのときに身代金を預けるわ」

「いっしょに俺の金もな。それがないと何も始まらない」テンプルが躊躇しているとオルークが言った。「俺が確実に身代金を運ぶやつだってことすらわからないような鈍いあんたが、どうやって犯人を尾行するつもりだったんだ？」

「犯人がひと目でわかる人ならいいなと思っていたのよ」

「みんながそうとは限らない」

「いくらかかることになるかしら？」

エイトボール・オルークは、小学校にありそうな大きくて円い壁時計に目をやった。

「ここで半時間しゃべった。金の受け渡し前後におそらく数時間。百五十ドルきっかりだな。誘拐犯の野郎が幽霊山脈へ飛び立って尾行するはめにならなければ」

「犯人は女性かもしれないわ」テンプルは言った。

「問題ない。どちらでも同じことだ」

「もうひとつ聞きたいことがあるの。猫の安全を保証するために——それから無事に取り戻すために、あなたにできることはある？」

「ない」エイトボール・オルークは立ちあがり、硬く乾いた手のひらを差し出して別れの握手を求めた。「ひとつもない」

15　獲物を狙うハンター

　テンプルは二晩続けて午後五時過ぎにコンベンションセンターへ戻った。今回はオフィスはからっぽで、ミッドナイト・ルーイがテンプルのデスクで広々とした漆黒の腹を見せてゆったりと毛繕いしていた。
「あら、ルーイ。今日一日どこにいたの？　コンベンションセンターは楽しかった？」
　猫は落ち着き払ってテンプルを見上げてから、ふさふさの胸の毛を長々となめつづけた。その顔には、ほかの生き物より優れている証拠と解釈されることもある、何かを考えているようなつかみどころのない表情が浮かんでいる。
　テンプルは肩をすくめた。ルーイは外の世界と同じように、巨大なコンベンションセンターにも自由に出入りできることをとっくに証明している。ルーイが連れ戻された晩、すっかり打ちのめされてアパートへ戻ったあと、フレンチドアの外のパティオでこちらの気持ちも知らないで退屈顔で待っているルーイがみつかったのもいまとなっては不思議ではない。いまルーイはぼんやりしている。あいさつがわりになでると、短く

「みゃお」と鳴いて目を細めた。たぶん疲れているだけだ、自分と同じ。

テンプルはトートバッグを肩からおろしもせずにデスクについた。一分で気持ちを落ち着かせたら、ルーイを連れて急いで車へ戻ろう。午後の最高潮の陽射しにさらされ、真っ赤に焼かれている車へ。それから家へ帰って、ひんやり冷えたツナのディナーでリフレッシュだ。ルーイには新しい缶を開けて、自分には残り物をサラダにして。ルーイは食べかけのツナ缶を残してぶらぶら遊びに行ってしまうので、ツナはどんどん傷んでいく。そんな残り物をルーイが食べてお腹をこわすくらいなら、自分で食べるほうがましだ。どのみち、冷蔵庫で熟成されたツナを、ルーイは真っ黒な鼻であしらって、食べようとはしないのだが。

「私はレタスをいただくわ」とテンプルはルーイに話しかけた。「あなたは平気でしょうけれど、私は体型を気にしなければいけないの」

そのとき廊下から足音が聞こえてきた。どんどん近づいてくる。足音はいったんこもるように途絶えたが、角を曲がってオフィスの中へ入ってきた。

「テンプル！　まだいたのね、よかった！」ローナ・フェニックが大喜びで叫んだ。

「今度は何？」

「ラニヤード・ハンターがあなたと話したいって」

「その話は流れたんじゃなかった？」

「いいえ。午後の会見が終わってから、あなたが話をしたがっていると彼に伝えたの。そうしたらすぐに『あのかわいらしい赤毛の子かい？』って。私といっしょにいたのをずっと見ていたらしいわ。当然、私はそうだと答えたわ。ラニヤードは今晩いっしょに食事をしたいと言ってるの。きっとあなたに気があるのよ」

「ああ、まったく。ありがたいわね。殺人犯が言い寄ってくるなんて」

「テンプル、彼と食事したくないの？」

「いいえ。ただ疲れて、いらいらしていて、驚いているだけ。なぜ人気作家が私なんかのために時間をむだにするの？　出版関係者や山ほどのとりまきといっしょにワインやディナーを楽しめばいいのに」

「だって、今夜は日曜の夜よ。あさってには事実上すべてが終わる。きっと彼はあなたに魅せられたのよ」

「どうして？　私は病人じゃないのに」

「それは聴診器を当ててみないとわからないわね、テンプル。望んでいたインタビューの機会がプラムの実のように手の中に落ちてきたのなら、それを利用するのが広報ってもんでしょう？」

「プラムに見せかけた手榴弾じゃないでしょうね」テンプルはごねた。「なんだか気に入らないわ。だってハンターのやり方は見え透いてるもの」

「あなたまで見え透いたやり方をする必要はないわ」

「わかった。どうすればいいの？」

「ここで六時十五分に落ち合って。それから情報をほじくり出すのに最適だと思う場所へ連れていって」

「私に女性の武器を使えと言ってるの？」

「広報としての手腕を発揮しろと言ってるの」

「わかった。大急ぎでオフィスを出て、ルーイを家へ連れて帰って、それから……泣きじゃくって気分をさっぱりさせて……また戻ってくるわ。そうね」と、テンプルは腕時計を見た。短針と長針が伸び縮みして、同じ長さになったような気がした。「五十五分以内に」

テンプルはそう言うと車の鍵をトートバッグから引っ張り出し、バッグの持ち手を肩にかけ、ぶらぶらしているミッドナイト・ルーイを流れるような動きで抱きあげた。

「じゃあね」テンプルはキーリングをくわえてローナに声をかけ、オフィスを出た。

「それから、一応ありがとう」

女性広報が走ったら、アニメの『ルーニー・テューンズ』に出てくるワイリー・コヨーテでも追いつけない。緊急事態は広報のお家芸だ。テンプルの水色のストームは、午後五時の激しく行き交う車の中をトンボのように飛んでいった。西に広がるチョコレート・アイスクリームのような山々の頂に真っ赤な太陽がストロベリー・シロップのごとくとろけ、ストームの横腹にまぶしく反射する。

〈サークル・リッツ〉に着くと、テンプルは部屋まで全力疾走した。腕の下からのぞくルーイの足が、毛に覆われた振り子のようにぶらんぶらん揺れている。寄せ木張りの床にぽんと飛びおりたルーイには、山盛りの新鮮なツナとカニかまぼこが贈呈された。

テンプルはルーイが食べ終わる前にシャワーを浴び終えた。服を着替えてメイクをし直し、あまり気乗りしない夜へ突入する準備を整える。そのころにはルーイも晩餐後の清浄の儀式を終えてフレンチドアの前にたたずみ、片目を眠たそうにパティオに向けていた。

テンプルはトートバッグからしゃれたパーティーバッグにこまごまとしたものを詰め替えながら、ベッドルームから飛び出した。炎のようなオレンジ色の軽やかなドレスは、暑さと夕焼けと、ラニヤード・ハンターが大好きに違いない色、深紅に捧げる賛辞の気持ちだ。

テンプルは行ってきますと猫に手を振り、エアコンを夜の設定温度に決めている二十八度にセットしてから、マホガニーの玄関ドアをばたんと閉めて鍵をかけた。車に戻り、エアコンを「最強」のマックスに、いや、「ろくでなし」マックスに合わせる。肩にかかる赤いイヤリングが狂ったように揺れる。あと一分で午後六時。

六時十二分には、コンベンションセンターの円形ドームのエントランスで、半円形の車回しに並ぶ車の列についていた。銀髪で長身で貴族を思わせるラニヤード・ハンターはすぐに目に飛びこんできた。ローナ・フェニックもいる。テンプルを待ちながらラニヤードはローナに話しかけていた。テンプルはストームを道路脇に寄せてローナに手を振った。ローナも手を振り返して自分の迎えの車をみつけた。テンプルは車を止めてシート越しに手を伸ばし、ドアを開けた。

ハンターは魅力的な笑顔を浮かべて屈みこんだ。

「ミス・バー、でしたね。ラニヤード・ハンターです。正式な紹介がなければ、見知らぬ男は車に乗せてもらえないと思ったんだ」

「お気遣いいただいて。どうぞお乗りになって、ミスター・ハンター。ホテル・デューンズの〈ドーム・オブ・ザ・シー〉でディナーにしようと思うのですが、シーフードはお嫌いじゃありません？」

「完璧だ」ハンターの遠回しな答えは、レストランにもドライバーにも当てはまった。「出版社の連中と取り引きする力を維持するために、さんざんビーフを食べたんだよ。だからさっぱりしたものがいい」

テンプルは眉をぴっとあげて、ストームを車の流れにうまく乗せた。賭けてもいいが、ラニヤード・ハンターが思っている以上に自分は「さっぱりした」人間だ。

巨大な半球形の〈ドーム・オブ・ザ・シー・レストラン〉は、水の底のようにほの暗い。ネオンライトに辟易した食事客は、さながら真珠のように、その闇にほっと身をゆだねる。布張りの長椅子をとりまく水槽では、ハープの優美なメロディをバックに、青く照らされた水を熱帯魚がもみほぐしている。

「とてもすばらしい」

ハンターが何に満足しているかは相変わらずあいまいだったが、視線はテンプルからひとときも動かなかった。その抵抗しがたいプラチナ・グレーの瞳は、熱い手術メスのようにぴたりと密着して、常識や習慣をそぎ落としていく。

テンプルは、二桁の値段が並ぶ長くつやのあるメニュー表の後ろに身を潜めた。ハンターの背後に隣のカジノがちらっと見える。クリスタルがあしらわれたシャンデリアがハンターの印象的な銀髪を照らし、ダイヤモンドの歯がついた丸鋸《まるのこ》のような後光を生んでいる。

この人は天使じゃない。テンプルは自分に言い聞かせたが、百戦錬磨の抜け目ない詐欺師は、テレビの伝道師並みのお世辞の才能とバラ色の顔立ちで武装していた。この手のタイプにはもううんざりだ。年齢もテンプルの許容範囲を少し上回っている。でもテンプルはハンターの年齢制限に収まっているらしい。

「うっとりするよ」彼はまたささやいた。

「お会いできて光栄です、ミスター・ハンター」テンプルははきはきと言った。「いまは亡きミスター・ロイヤルの偉業を正確に把握するためには、あなたのご意見がきっと役に立つと思いますわ。面識もなく、おまけによその街の人の死亡記事をつくることは責任重大ですから」

「ローナに聞いたよ。君は情報を求めているそうだね。だがまずは飲み物と前菜でもオーダーしようじゃないか」

ハンターはここは我慢強くテンプルをみつめた。自分のつくりこんだ魅力がテンプルを緊張させていることは百も承知なのだ。

「そうですね。言うまでもありませんが、すべてこちら持ちの経費になりますから、お好きなだけオーダーしてください」

これでまたしっかりできるはず、とテンプルは思った。自立したキャリアウーマンは自分で勘定を払うのだ。

「そうさせてもらうよ」ハンターの笑みがおもしろがっているかのように大きく広がった。「でも支払いは私だ。それははっきり言っておくよ。こういう場では美貌の持ち主より経験の持ち主が優先だからね」

ハンターが決然と優雅なホストを演じている前で、自由なキャリアウーマンを気取ってもむだだ。テンプルはほほえみ返し、気を取り直してマティーニとカニのパテの前菜、ロブスター、詰め物をしたベイクドポテトのチーズ・シュリンプソース、そしてシーザー・サラダをオーダーした。

「私の血液には少々濃いな」ハンターが意見を述べた。「コレステロールが高い」

「私のコレステロール値は百六十八です。あなたは？」

「まあいいさ。それよりも、チェスター・ロイヤルの件で私がどう役に立つのか、知りたいな」

テンプルのマティーニが運ばれてきた。脚が細く、高さよりも横幅がありそうなグラスの縁ぎりぎりまで注がれている。テンプルはこぼさないようにそっと持ちあげ、少しすすって水位を下げた。

「あなたのうっとりするような話をいろいろ聞きました、ミスター・ハンター。メディアへの臨機応変な対応ですとか。ミスター・ロイヤルが医療サスペンスのパッケージングでなぜあれほどの成功をおさめたか、あなたは誰よりもご存じですよね」

「世間はいつでも医者に注目しているんだよ、ミス・バー。いや、テンプルと呼んでいいかな？　医者は心優しき全能の存在と思われている。自分自身の正体はほとんど明かさず、患者のもっとも個人的な問題を調べるのにね」ハンターはひと息ついた。この言葉はハンターの詐欺の手口の説明としても悪くない。「我々は遅かれ早かれ、いずれ医者の手に落ちる」ハンターは自分の両手をひろげながら言葉を続けた。「死に対する、あるいは生に対するもっとも筋の通らない恐怖について探るには、医療機関は完璧な環境なんだよ」

「自分の主治医を嫌っている人はいませんか？」

「ひどい扱いを受けたときはそうだね——誤診や薬の多量投与、ほんとうに体調が悪いのに無視された場合だ。そうでなければ、医者を崇めたてまつる」

「では、あなたは？　あなたも医者を尊敬しているんですか？　だから自分自身を彼らと同列に並べようとしたの？」

「さては、相変わらず有能なローナが私の医療『記録』について語ったんだね」ハンターは告白するべきか迷っているのか、また言葉を切った。そしてもっと早口で、絶やすことのなかった笑顔さえ見せずに話し始めた。「私の……母親は、私がまた十代だったときに重い病気にかかった。だから私は医学部に入学したんだよ。そしてその環境に魅了されていった。資格もないのに医者のふりをしたのは、単なる若気の至りだ——でも現在のキャリアのためには完璧な教育だったとわかったよ」

「何に駆り立てられて医者になりすましたの？　なぜ人はそんなことをするのかしら？」

「他人のことはわからないよ、テンプル」ハンターはすべすべの顔にしわを寄せて分析した。「それに私の栄光は何かに『駆り立てられた』ものではないんだ。あれは……道楽だった。私は同僚たちにひけをとらないくらい医者の役目をうまくこなした。私がつまずいたのは、この社会が中毒のようにつねに記録をとり続けているからであって、私自身のミスではないんだよ」

「専門は何だったんですか？　家庭医？　小児科医？」

「違う、違う！　そんなありふれたものじゃないよ。かつては癌の研究者だった。外科医だったこともある」

「でも患者の命を危険にさらしていたんだわ！　しかもあなたは自分がにせ医者だと知っていた」

「自分が医学部を卒業していないことはわかっていたさ。だが、本物の医者の中にどれくらいペテン師がいると思う？　患者の命が危険にさらされなければ、医学なんかちっともおもしろくない。非常に重要なものが――人の命が、どちらに転んでもおかしくない状態に置かれていなければ、ドクター・ウェルビーやドクター・クリスチャン、ドクター・キルデアやドクター・ケーシーがどんなにドラマや映画でがんばったって、誰も崇めたりしないだろうね」

「命がかかっていなければ、にせ医者も楽しくなかったということですか？」

ハンターの紫がかったグレーの目が細くなった。

「それじゃまるで私が血に飢えた悪党のようじゃないか、テンプル。あのころは私も若かったんだよ」視線はやわらいだが、口調は鋭くなった。「若者は危険を冒したがる。車を飛ばして競争し、他人の妻につきまとい、医師免許なしに患者を診る。どれも同じことだ。人は刺激があるから成長するんだよ」

大きな挑戦をして自分の力を誇示したいという願望がハンターの声に脈打っているのを、テンプルは聞き逃さなかった。この人は、命を焼きつくしたいのだ。彼にとって危険な人生とは、魅力的だと感じたものを衝動にまかせて追うことなのだ。いまはテンプルが標的なのかもしれない。

「なつかしいですか?」テンプルは急いでたずねた。

「医者ごっこが、という意味かい?」

「ええ。だましのスリル、複雑につくりあげた信頼されそうな人物像、そしてそれを裏付ける過去の記録。周囲の人々の愚かしいまでの無知。自分は秘密を抱えた特別な人間だという高揚感」

ハンターはフォークを置き、シタビラメを食べるのをやめた。

「なんてうまい表現なんだ」テンプルをみつめる視線がますます強まる。「君もそういうゲームをしたいのかと思うところだったよ。やりがいについてよく知っているようだからね」

「広報もゲームみたいなときがあるんです」テンプルはロブスターにかぶりつきながら

言った。「あちらではみんなが言いたくないことは何かを探り出し、それからくるりと向きを変えて、こちらではみんながもっとも知りたがっていることを知られないようにしなくてはいけませんから」

「だから刑事のまねごとをしているのかい？」

「そんなことしてません」

「そんなことする必要はないよ。まったく、私はあの大きすぎる刑事より君のほうがずっと好きなんだから」

「モリーナ警部補はとても優秀みたいですけど」

「チェスターのような複雑な男の殺人事件を解明するために必要なのは、優秀な刑事じゃないかもしれないよ」

「複雑なのはあなたですよね」テンプルは異議を唱えた。ハンターはまたほほえんだ。テンプルがチェスの試合で負けを認めたかのように。「あなたが過去にしてきたこと、それを利用して作家になったことを考えると、複雑な人間に違いないわ。でもチェスター・ロイヤルは、私が知る限り、複雑さとは正反対の存在だった。彼が求めていたのはとても単純なことだったから。自分には影響力があると実感すること、そして他人、とくに女性にその力を実感させること。生前の彼をよく知っていたとしても、私は彼を好きにはなれなかったと思います」

「お互いに嫌っていただろうと思うよ」ハンターが笑った。「そう、チェスターは女性を激しく嫌っていたからね。女性はいつも自分から何かを奪おうとしていると感じていたんだ——心身の成長、優越感、そして金。大勢の妻や、彼女たちとの離婚で苦々しい思いでもさせられたんだろうね」

「でも彼が女性を恐れる原因は、彼が医者だった時代にあるらしいですよ。しかも産婦人科医だったんですって！」

「男性の産婦人科医は、たいていローマ・カトリック教徒だ。知っていたかい？　それも筋は通っているよ。バースコントロールも中絶も禁止して、赤ん坊を必要以上に偏重する宗教だからね。でもチェスターはローマ・カトリック教徒ではなかったし、中絶が合法化される前は、ときおり違法な中絶手術をすることも厭わなかった」

「たしかに当時は女性に同情的な医者だけが中絶をしていたんでしょうね」

ハンターは悲しそうにほほえんだ。

「当時の医者がしていた中絶手術がどんなものだったか、知ってるかい？　麻酔なしで行なわれることもあったんだよ。回復室で過ごすことも、術後の細かな処置もなかった。チェスターは金のためだけにやっていたんじゃないだろうか。そうやって医療システムを侮蔑するために……そして子宮から早すぎるタイミングで胎児をひきはがすために。彼と妻たちのあいだにはひとりも子供ができなかったからね」

「彼がそんな怪物だったと本気で思っているの？」

「私たちも大半はそういう怪物なんだよ、テンプル。私はいんちき医者だったが、そのあいだ誰も傷つけはしなかった。私の知能指数は百七十八なんだよ、知ってたかい？いっしょに仕事をしていた本物の医者でもそこまで高い人はあまりいない。私は本気で医学界の暴露本を書くつもりでいたが、チェスターが私をフィクションの世界へ投げこんだんだ。私が議論の的になるような本を書いたら、彼のあまり輝かしいとは言えない過去にも注目が集まるんじゃないかと恐れていたんだろうね」

「あるいは、あなたに過去の仕事を突き止められたくなかったか」

「そうだろうね。チェスターは古い人間だから女性に身の程をわきまえてほしいと思っていたが、それに飽きたらず、女性を支配しようとした。彼は熱いトタン屋根の上の猫のように作家の神経を細らせたかったんだよ。まわりの人間はみんな、敵になる可能性があった。彼を尻にしくかもしれない女、どんな分野であれ彼をしのぐかもしれない男。チェスターは作家に地獄の苦しみを味わわせて、不安につけこもうとしたんだ。私も『折れた骨』は五回も書き直しを命じられたよ」

「なぜ耐えたんですか？」

ハンターは肩をすくめた。

「にせ医者の経験から、彼がどんなタイプかわかっていたからさ。だから原稿の直しはゴーストライターを雇って適当にやらせていたんだ。私をいたぶるのはもう充分だとチェスターが判断するまでね」

「では編集面でも財政面でも彼が優位に立ったことはなかったんですね？」

「私はメイヴィス・デイヴィスとは違うんだ、まったくね」ハンターはにやりと笑って、驚くテンプルを見守った。「チェスターのゲームがどんなものか、私にはわかっていたんだよ。だからただ手をこまねいていたわけではないんだ。それにチェスターは私の作品をはやばやとヒットさせるという過ちを犯した。近ごろは私のエージェントを金銭面で困らせる可能性はまったくなかったね」

「彼を利用していたと思っているんですね、利用されたんじゃなくて」

「そのとおり。病院での経験がいい訓練になったんだよ。その後の服役体験もね」

「それは――ジョーリエットでしたっけ？」

「そこでのゲームに比べたら、編集者のこだわりなんかみみっちいものだよ。それはそうと、君はほんとうにこのポテトを全部食べるつもりかい？　木靴並みの大きさなのに」

テンプルは問題のポテトにフォークを刺した。

「もちろん。最近おかしな食生活が続いていたの――ツナばっかりで――だから埋め合わせるチャンスなんです」

そのあとはハンターの小説について丁寧に尋ねて過ごした。作品の大半は、近未来の英雄的な外科医が主役の思いも寄らない筋書きで、クローン人間の軍団や不気味な自白剤、地球規模の陰謀が生み出した遺伝子操作による伝染病などが登場した。

ハンターの詐欺師の本性が、なぜこんな突拍子もない物語を紡ぎ出すことで満たされるのか、よくわかった。自分の小説で毎日医者を演じ、英雄になることができるからだ。なぜ患者がハンターを信頼するのか、なぜ女性が誠実さを疑いながらも彼を魅力的だと感じるのか、それも納得できた。どうせいんちき商品をつかまされるなら、セールスマンはほめ上手なほうがいい。

「チェスター・ロイヤルが亡くなって、あなたの本に何か変化はありそうですか？」

テンプルが最後のポテトをきれいに食べ終えたちょうどそのとき、ウェイターがお皿を下げに来た。

「何も。ペニロイヤル出版がつぶれたとしても、大手出版社が先を争うように私やメイヴィス・デイヴィスと契約しようとするだろうね。オーウェン・サーブだってそうなるだろうよ」

「ペニロイヤル出版のリストにあるほかの作家たちはどうなるんでしょう？　駆け出しの作家たちは？」

ハンターはかぶりを振って、高価な白ワインを飲み干した。

「何も。彼らはこれからも厳しい競争の中を手探りで進み、いままでどおり苦しい生活を続けるだけだ。だが売れっ子作家たちは心配する必要はないだろうね。いちばん肥え太ったやつが生き残る」

「じつはふところが寂しいタイプが勝ち残るのでは？」

「編集長を殺してかい？　作家たちの大半は何が起こったかさえいまだに理解していないんだよ。自ら審判員を殺そうと考え、実際に殺そうとするなんて、もっと無理な話だ」

「では、チェスターは作家たちを悲惨な目にあわせていたけれど、誰にも彼を殺す動機はない、なぜなら自分自身を傷つけるだけだから、そういうことですか？」

「そのとおり。それがラニヤード・ハンターによる福音だ。もちろん、私がずるい人間だということは考慮に入れなければいけないよ」

またしても濃密で親しげな視線。テンプルはそわそわしたが、すぐに魔法を振り払って基本に立ち返った。

「ラニヤード・ハンターというのは、本名なんですか？」

「じつはそうなんだ」彼は満足そうに言った。「誰も信じないけれどね。これは最高の嘘のたぐいだよ。誰も本気にしない真実だ。これで語り手がわなにかかることもないし、聞いた人はみんな欺かれるからね」

「それが詐欺師が生き残るためのルールというわけですね？」

「好きなように呼べばいい——どう呼ぼうと同じことだ。そうじゃないかな？」

テンプルは質問を無視したが、ほんとうに彼の恋人もベッドで「ラニヤード」と呼んでいるのだろうか、という疑問が胸を横切っていた。失言でうっかり本心を露呈してしまったときより素早く打ち消したくなるような、理性にも分別にも検閲されていないばかげた考えだった。「誰がミスター・ロイヤルを殺したのだと思いますか？」

「ちっともわからないな。それに気にもならない」

「ではなぜ質問攻めのディナーのためにわざわざ時間をさいてくれたんですか？」

この状況で、しかも相手を考えれば、刺激が強すぎる質問だったと気づいたときには遅かった。

ラニヤード・ハンターはその言葉を存分に味わい、誘惑するような笑顔でテンプルがつくったチャンスに飛びついた。

「なぜって、美しいミス・テンプル、聡明な女性のお相手は楽しいからだよ。しかも君のように魅力的な人からのお誘いだ。ＡＢＡの会場でも君にはすぐに気づいていたよ。それに改心した詐欺師にできることはひとつしかない。それはゲームをしている他人を観察することだ。私は容疑者を最初にみつけるのが君なのか、それともモリーナ警部補なのか、固唾をのんで見守っているんだ」

これにはテンプルもかちんときた。

「モリーナと張り合ってるわけじゃありません。私は自分の仕事をしているだけです。少なくとも、最初はそうだったわ」

テンプルは、身代金を払ってベイカーとテイラーを取り戻すという厄介な仕事が明日の最優先事項だったことを思い出した。明日も早起きしなければ——いや、いっそ徹夜しようか……。

例のごとくつつましやかに伝票がのぞく模造革のフォルダーが載ったトレイを、ウェイターがラニヤード・ハンターの横に滑らせた。ハンターは前腕をテーブルに載せて前屈みになり、獲物にぐっと近づいた。人をいやでも従わせる瞳が明らかな意図を帯びて、へつらうようにテンプルを見据えた。同時に、がっしりしたひじで伝票のフォルダーをテンプルのほうへ遠慮がちにそっと押しやった。テンプルは世界最大のイモムシに催眠術をかけられたコマドリのような気分になり、目をしばたたいた。このくず野郎は自分の言葉を真に受けて支払いを押しつけ、その上あわよくば誘惑しようとしている！ラニヤード・ハンターは骨の髄まで詐欺師だ。どんな約束をしようと、とくにロマンティックな約束は、すべて口からでまかせだ。殺人犯の可能性だってあるのだ。そんな人、願い下げだ。

「仕事と言えば」テンプルは女詐欺師を気取ってなめらかに続けた。「そろそろホテルへお送りしたほうがいいですね。ＡＢＡでまる二日間も過ごしてお疲れでしょうから」

「夜はまだ思春期を過ぎたばかりだよ」ハンターは若く美しい女性を誘惑するのに成功してきたバリトンでほのめかした。

テンプルはほほえんだ。自分は小柄だが、人間が小さいわけではない。それに昨日生まれたわけでもなければ、自暴自棄にもなっていない。

「私の生物時計では老年期なんです」テンプルはぶっきらぼうに答えた。「長い一日でしたし、睡眠をとらなければいけないので」

このひと言で、夜は終わった。ハンターはテンプルと伝票争いをしようともしなかった。テンプルはラスベガス・ヒルトンのまばゆいエントランスのひさしの下にあっという間にストームを乗りつけた。

「いっしょに寝酒《ナイトキャップ》でもどう？」ハンターがたずねた。

「就寝用帽子《ナイト・キャップ》はフランネルじゃないといやだし、自分の部屋でしかかぶりません」テンプルはきっぱりと言った。

「本気かい？」ラニヤード・ハンターのきれいに爪を切りそろえた温かい手が、いつのまにかテンプルのひざの上にあった。

「ええ、理解のない人といっしょに住んでいるので」

「ふうん、誰？」

「彼は……真っ黒な大男です。この街ではずいぶん顔が利くと言われているみたい」

ひざの上の手が消えた。反対側の手がドアの鍵を必死に手探りしている。

「楽しい夜だったよ」ハンターは大慌てで車をおりながら言った。「ありがとう。君の、その、友人にもよろしく」

「ええ、伝えます」テンプルは請け合ってきびきびと手を振った。ストームは水色の弾丸のごとく猛スピードで発進した。


大きな玄関ドアの鍵を開けた瞬間、部屋のようすに違和感を覚えた。

ひとつは暑さだ。熱気が目に見えない黒豹のように暗い部屋を徘徊している。その熱い吐息が最初に顔を愛撫し、それから足下に巻きついてきた。

大理石のロビーや板張りの廊下といった生暖かい共用エリアを通ってきたあとでも、この温室のような空気は不自然に思えた。いや、むしろ外気と同じ自然の暑さだ。二十八度なんてものじゃない。この焼けつくような熱気は三十三度以上ありそうだ。

テンプルは見慣れない不格好な影がいつもの家具の姿に戻るまで待った。それからハイヒールを片方するりと脱ぎ、キッチンの間仕切り壁に体を押しつけながら、もう片方も脱いだ。靴が寄せ木の床で倒れて小さな音をたてた。ずっと前から玄関にはラグを敷こうと思っていたのに、もう手遅れだ。だっていま、自分の部屋で殺されてしまうのだから！　いや、いくらなんでもそんなことにはならないかも。

危険を感じてどきどきしていることは否めない。どんな場所でも、なじめばなじむほど、たとえわずかな変化でもすぐに気づくようになるものだ。なぜエアコンが切れているのだろう――しかも、いまの室温から判断して、数時間も前に？

日中はなんの変哲もないネオンクロックが、いまは白と黒のキッチンの壁でピンク色にぼうっと光り、カウンターに不気味な『マイアミ・バイス』の文字を浮かびあがらせている。それはふざけた常夜灯のように、彫刻を施されたリビングルームの白い天井にもバラ色に照り返している。常夜灯は何かの存在を示していた。いったい誰がいるのだろう。

後戻りしようか。でも部屋は静まりかえっている。からっぽだ。まったくひと気がない。転ばないようにすり足でそっと進んでいくと、ストッキングをとおして床の温かさが伝わってくる。

リビングが目の前に開けた。うす暗くて読みにくい本を連想する。隅を折り返したページのように、フレンチドアのすきまがはっきり見える。ドアの一枚が鋭い角度で開き、そこから夜の熱気が流れこんでいる。遠くで耳障りな蟬のコーラスが聞こえていたが、テンプルはすぐには気づかなかった。

パティオからは、ジャスミンとクチナシの濃密な香りも霧のように入りこんでいた。

テンプルはリビングの壁でひと息つき、サーモスタットに点字のように浮きあがるプラスチックの文字を指でさぐった。スイッチはオフになっていた——でも、エアコンのスイッチを切る強盗なんているだろうか？

リビングのさらに奥へ足を滑らせて進む。そして立ち止まった。猫がいない。もうテンプルの存在に気づいていてもいいころだ。いまごろはお気に入りの隠れ場所から出てきてあとをつけているか、冷蔵庫の上からどしんと飛びおりてエサをねだってみゃーみゃー鳴いているはずなのに。ルーイは夜目がきくのだから、とっくに足首のあたりにまとわりついているはずなのに。ルーイはどこ？

テンプルは入ってきたときと同じくらい静かに後戻りし、背中を部屋のほうへ向けることなく玄関ドアをするりと抜けた。ほの暗い壁の燭台とぼんやりしたバラ色のカーペットに彩られた廊下に出ると、はだしでエレベーターへ走り、「上」ボタンをたたいた。エレベーターはなかなか来なかった。歯車がこんなにがちゃがちゃ音をたてていたとは、いまのいままで知らなかった。古い機械はなんて騒々しいんだろう！　エレベーターは無人で到着した。テンプルは急いで飛び乗るとペントハウスの「P」ボタンを押した。かごの中は棺の外装を思わせる豪華な板張りだ。死を招く落下のために巻きあげられている油切れしたギロチンよろしく、エレベーターは不吉な音をたてながらぎこちなく昇っていった。

ようやくがちゃんと止まると、テンプルの心臓もあやうくいっしょに止まるところだった。テンプルは格間《ごうま》をほどこしたペントハウスの観音開きのドアに駆け寄り、こぶしでたたいた。

ドアがぱっと開き、そこにエレクトラ・ラークが立っていた。髪はしっかり泡立てられたメレンゲのごとく固く立ちあがり、頭皮には小さな紙がいくつも押し当てられている。メレンゲの角の一本が真っ赤に染まっていた。

「テンプルじゃない！　どうしたの？　ちょうど髪を染めていたところなの」

「ああ神様！　てっきり頭の皮を剝ぎ取られたんだと思ったわ」テンプルは敷居を飛び越え背後でドアを閉めた。「誰かここにいる――いいえ、いた、かもしれない。私の部屋のエアコンが切られていて、フレンチドアが大きく開いていて、猫がいなくなっているの」

エレクトラは首に巻いていたハンドタオルをさっと取り、考えこんだ。

「修繕会社の人は夜には帰ったわ。あの頼もしいマット・ディヴァインがいないなんて、ついてないわね」

「彼、いないの？」悲しみにくれる乙女には何かいいことがあるかもしれない、と期待していたわけではないのだが。

「夜もお仕事」エレクトラがため息をついた。「私たち、自立した女性としてふたりで問題を解決しなければならないようね。懐中電灯を持ってくるわ。侵入者に必要以上にうろついてほしくないもの。まだここにいるとしたら、だけど」

テンプルがうなずくと、エレクトラはキッチンへ消えた。テンプルはエレクトラの住まいの中まで入りこんだことはない。でも奇妙なグリーンの水晶玉が、リビングの大きな真鍮の三脚台に鎮座しているのがちらりと見えた。その三脚台のかぎ爪状の脚が載っているのは——一九五〇年代の金色に輝くテレビキャビネットのてっぺんだった。テンプルが背筋を伸ばして半ば隠れている部屋をのぞきこもうとしたとき、何かの影がさっとかすめた。きっと不安な気持ちが生んだ幻覚だろう。

「これで大丈夫かしら」

胴体が銀色に輝く金属製の古めかしい懐中電灯を振りながら、エレクトラが戻ってきた。テンプルは大昔のエヴァレディーという電池の広告を思い出した。黒猫が出てくる広告だ。テンプルは友人の黒猫が、と言っても知り合って間もない友人だけど、エヴァレディーの広告の猫と同じように九つの命を持っていますように、と願うばかりだった。

ふたりはエレベーターで二フロア下りた。テンプルもエレクトラも無言だったが、エレベーターは無音ではなかった。ドアの鍵はかけていなかったので、きちんと油の差された蝶番がすっと動くとすぐさま中へ入った。エレクトラが懐中電灯をつける。かちっという音が、静寂の中でリボルバーの撃鉄を起こしたかのように響く。弱々しい円い光が床をじわじわと移動する。

エレクトラとテンプルは懐中電灯が照らす黄色い道を、フレンチドアまでこわごわたどった。

「あっ！」

クチナシが根から抜けて横たわり、テラコッタの鉢が粉々にくだけていた。それ以外はパティオに変わったところはなく、しんとしている。

「ほかの部屋も見たほうがいいわ」エレクトラが指示を出した。「私が懐中電灯で脇のほうを照らすから。万が一、相手が武器を持っていても、連中は光を撃つことになるでしょう。胴体や命にかかわるようなところは撃たれないわ」

「いいえ、私を照らしてくれればいいから」テンプルは右側を向いてエレクトラの背後へそっと歩きながら小声でささやいた。

どの部屋もからっぽだとわかった。テンプルが天井の灯りをつけて、ふたりで部屋のすみずみまで、シャワー室までくまなく見たが、誰もいなかった。

「クローゼットを確かめるわ」

エレクトラがちょうど魔術師マックスのポスターに強い光を当てようとしたので、テンプルはあわてて懐中電灯をぐいっと押して光を隅へ追いやった。

「ずいぶんたくさん靴があるのね」エレクトラが言った。

「でも靴以外にはたいしたものはないの。そうだ、ミッドナイト・ルーイもいないわ。エレクトラ、ルーイがいなくなっちゃった！」

「あらあら、落ち着いて」エレクトラ・ラークはそれ以上言わなかった。うわべだけの同情などしない人なのだ。

テンプルは時計を確認した。まだ十時二十七分。警察を呼ぶことはまずできない。玄関に鍵をかけずに出かけたんだろうと言われそうだし、エアコンも自分で切ったと思われるのがおちだ。猫がいなくなったことだって、そもそもルーイは飼い猫ではなかったのだ。

こまごまとしたものがなんとなく乱れているようにも見えたが、姿をくらましたミッドナイト・ルーイが自分好みのねぐらをつくろうとしてやったことではないと言い切れるだろうか？ 風が吹いてドアが開き、気ままな猫がチャンス到来とばかりに逃げ出したのではないと、誰に言えるだろう？

「なんてくそ……苦しい一日だったのかしら」テンプルはばたついているフレンチドアを閉めた。

「あなた、眠れる？ ひとりで大丈夫？」

「ずっとそうしてきたから」テンプルはぶっきらぼうに言った。「今夜はお誘いを断わったんだけど、いまとなっては断然誘いに乗ったほうがよかった気がするわ」

「この懐中電灯は置いていくわ。明日の朝ミスター・マリーノにサーモスタットと玄関ドアを確認してもらいましょう。いまの連絡先はコンベンションセンターだったわね」

「十一時ごろまではいないと思うわ」テンプルは言った。「まずはひとっ走り用事をすまさなくちゃならないから」

この不安な夜に比べれば、猫さらいとの待ち合わせなんて理想の男性とのデートみたいなものだ。

16 究極の犠牲

これから僕がすることは、これまでにしてきたどんなことよりもずっとずっとりっぱなことだ。僕が手にする安らぎは、僕が知るどんな安らぎよりもずっとずっと優しいはずだ。これはもちろんディケンズの『二都物語』ならぬディキンズの不朽の名作『二尾物語』からの引用だ。でもそれに対して僕はこう言いたい。「ばかめ！」と。確かなことはひとつだけ、ほんとうにばかげているということ。探偵のキャリアを振り返っても、最大のギャンブルだ。

いや、もっと正直になろう。これは人生最大のギャンブルだ。しかも九つもある人生の中でも最大の。そのうちいくつの命が僕に残されているかは定かではない。きちんと数えていたことがないから、わからない。

だけど日数と時間は数えられる。僕がいまいるところは、太陽こそ輝いていないが、ホテルやカジノや刑務所と同じように大勢の人が八時間交代で行ったり来たりする。おかげで何時間過ぎたか推測することができる。

たしかにここはホテルでもカジノでもないが、だからといって男が数時間のあいだに博打で命を落とさないとは言い切れない。

いまは暗いからほっとできそうなものだが、すぐ隣の独房棟でほら吹きの負け犬が執拗に哀れっぽい鳴き声をたてているからうるさくて仕方がない。なんて臆病な連中だろう。僕には犬にかかわっている時間なんかない。

そう、もうおわかりだろうね。ミッドナイト・ルーイは投獄されている。そればかりか、僕のケージは死刑囚の列に置かれている。いや、そんなふうにラベルが貼られているわけではない。でも、僕だって生まれたての赤ん坊じゃないから想像はつく。

いまは時間がたっぷりあるから、自分の過去の数々の人生や、作為の罪や不作為の罪について回想できる。たとえばジーノ・スカーレッティがシロッコ・インを買収したとき、僕はそのあたりで生活していた。正確にはそこは宿じゃなくて、農場で、二メートルの深さの泥に覆われていることで有名だった。でも警官には僕がぴーぴー鳴くのを一度だって聞かれたことがない。僕はいまだに足取りが軽い。最近はピンチに陥ることもあったが、思い出すのもいまいましい。

正気を失った殺人鬼たちの手に落ちて荒廃しきったクリスタル・フェニックスを、僕がどうやってひとりで立て直したか、もう話しただろうか？　まだ？　そうか。僕は無口なタイプでもある——この町では知りすぎることは割に合わないから。これは前から言っていたことだし、これからも言い続ける。いま僕はゆっくり考えている。僕の最後のひとつかもしれない命が、かわいらしい女性の情熱的な好意という切れやすい糸にぶらさがっていることについて。幸福な生活が送れるかどうかはその女性次第だが、そういう状況に置かれた猫は僕が初めてではないし、正直に言うと、勝率はあまりよくない。

僕みたいなベテランがどうしてこんな苦境に立たされているのか、不思議に思う人も多いだろう。それはさっきのディキンズの『二尾物語』みたいに、長く悲しい物語だ。ベイカーとテイラーが五部屋と離れていないところでごろごろしているとわかっても、なんの慰めにもならない。二匹はいまだにいっしょにいるが、それももう長くはないだろう。

どうしてこんなことになったかというと、こういうことだ。

知ったかぶりのイングラムに会って、街の動物収容センターに二匹のスコティッシュらしい猫がいると頭のいいサッサフラスが語ったとわかり、僕は自分で確かめようと決めた。サッサフラスは頭の切れる姉さんで、収容センターにいたこともあって——怠慢な飼い主によってその都度保釈されている——その回数たるや、子猫の出産やヒステリーの発作よりずっと多い。つまりものすごく多いということだ。そんな彼女が近ごろは収容センターでもスコッチのソーダ割りが出ると言うなら、あの風変わりなスコティッシュたちはそこにいると信じていい。

最初の障害は、ミス・テンプル・バーだった。街をぶらつく男に必要なものについて、彼女はまだ初等教育しか受けていないから、あの晩僕を部屋に閉じこめた。

とはいえ、そこは気の利いた場所だ、たくさんのお楽しみがある。しかし男たるもの、為さねばならぬことは為さねばならぬ。それでテンプルが明らかにあつあつのデートのために――相手はたぶんヘビみたいな目をしたあのポスターの催眠術師だ――出かけるとすぐ、僕は長いこと使う機会のなかった家宅侵入の技に磨きをかけることにした。イングラムが言っていたが、最近はいわゆる「緻密な手順」に興味を持つ人が多いらしい。だから僕のやり方をここで教えてあげるとしよう。僕の方法は緻密そのものなのでね。

まずはお行儀よく出て行くことができないか、環境を調べた。エアコン用の通気口はたいてい屋根裏にあるし、おまけにねじで留められた網で覆われている。僕は特別ねじに強いわけではない。

つぎにサーモスタットに跳びあがり、右のこぶしでダイヤルを動かそうとしてみた。近ごろはこんなに奮闘する必要のない日々が続いていたから、すぐにいらいらして、息も切れてきた。でもいったん機械を動かそうとしたからには、大きな外の世界を相手にする覚悟はできていた。ミス・テンプル・バーの部屋の売りはパティオへ出るフレンチドアで、しかもドアノブではなくレバーで開閉するタイプだ。

ここはひとつスーパーキャット並みに床から飛び跳ねて、フレンチドアのレバーのバランスを崩さなければならない。大仕事だ。でも幸運にも、最近ミス・テンプル・バーが厳しい食事制限をしてくれたおかげで、闘いに適した体重になっていた――いつもは八キロちょっとあるんだがね。

フレンチドアの掛け金はサーモスタットより低いから、体勢を整えて跳びあがり、前足を金属にかけてくいっと下ろせばいい。この愛情たっぷりのパンチを五回ほどお見舞いすると、鍵がかちっと鳴った。そうしたらしめたもの、しっぽをドアの下に引っかけて、かちゃっと開くまで引っ張るだけだ。それからあちこちかぎ回り、ごちそうがないかパティオを探検し、塀の縁に跳びあがり――いやなにおいのする植物の鉢を偶然ひっくり返しつつ――下の階のパティオにあるアンブレラテーブルの上へ飛びおりた。そこでキャンバス地を少し破いて落下の衝撃をやわらげ、それから椅子へ、そして通りへ飛び出した。こういうパティオやフレンチドアでは根無し草の出入りを防ぐことはできないのだ。

目的の建物までの旅は、誰にも気づかれなかった。このトルティーヤみたいに平らでひからびた街のどこを通ればどこに行けるか、僕にはよくわかっているとだけ言っておこう。夜だったが、温かいアスファルトが僕の足を元気づけてくれた。

それなのに、急にぞくっと寒気を覚えた。月に照らされた銀色の雲に動物収容センターの影がちらりと浮かんで見えたからだ。そこでは僕の仲間があまりにもたくさん殺されてきた。野良だからという、たったそれだけの理由で。そんな運命は、犬にだってたどってほしくない。さらに、僕の仲間からかなりの数が選ばれて研究施設にも移されている。そこでは科学者が、自分の同類以外のあらゆる生き物に平気でいろいろな実験をしているらしい。

それでもやっぱりやるしかなかった。僕は影から出ないように気をつけながら、そっと建物の近くに忍び寄った。耳は平らにしていた。ピンク色の繊細な裏地がところどころにある街灯の光を反射しないように。口は閉じていた。歯が僕の接近を密告しないように（お前はいつもぴかぴかの歯を見せびらかしていると知り合いに言われたことがあるのでね）。

裏手の窓辺で、囚われの身の仲間が発する心臓が張り裂けそうな叫び声が聞こえた。ばかな犬どもがわめきたてている声も。連中はたった一回狂犬病の予防接種をされるだけで、いまと同じように世界の終わりみたいな大騒ぎをする。

僕は窓枠にしがみついてみたが、大きな独房棟の一部がどうにか見えただけだった。子猫の弱々しいみゃーみゃーという鳴き声には耐えられなかった。僕が若者とあまりいっしょに過ごしてこなかったことは認めなければならない。だが彼らがいっしょになって悲しげに鳴くさまは、まるで僕の（ありがたいことに）顔見知り程度の人間の赤ん坊が泣きわめく声にそっくりだった。

この賛美に値しない不協和音の中に耳慣れない要素が混じっていることに僕は気づいた。ハイランドのふたり組のまぎれもないスコットランド訛りを聞き分けたのだ。そして急に現実という名の地表に引き戻された。爪の握力がつきたのがおもな理由だ。

僕はどうすればいいだろう？ そのときはっと気がついた。行方不明だったベイカーとテイラーは、ここモハーベ砂漠のアウシュヴィッツに、金曜日以降のどこかで入れられたのだということに。ふたりが生きていられるのも、もう二十四時間足らずだ。誰かが手を打たない限り。

僕はふたりがいる牢屋の外の地面を歩き回った。座って、流れる雲から逃れるように滑っていく月をじっとみつめた。選択肢をあれこれ比較してみた。首周りの毛をきれいにし、耳を幾度もなでまわし、天才的な名案が思い浮かぶのを待ちながら。

でも何も起こらなかった。こうなったら道はひとつ。内部犯行にせざるを得ない。思いあがっているわけではない。僕ぐらいの体重や技術、敏捷さを兼ね備えた男でさえ、動物収容センターの檻に押し入った――あるいは逃げ出した――ことはないのでね。

これは内密にやらなければならないだろう。わざと捕まって、潜入スパイとしてできることをやるのだ。それで失敗しても、奥の手がある。ひょっとしたらひょっとして、僕が〈サークル・リッツ〉にひとり残してきたあの娘が、僕の行きそうなところを慌てて捜索し、救出のために車を出してくれるかもしれない。なんなら歩いてくることだってできる。もし間に合ったら、ベイカーとテイラーも釈放できる。でも間に合わなかったら、そのときは〝ブロードウェーによろしく〟(ブロードウェー・ミュージカル『リトル・ジョニー・ジョーンズ』中のナンバー)。

17　行方不明の猫

エイトボール・オルークは、シーザース・パレスの筋向かいという、うってつけの場所に立つジュリアス・シーザー像の横でテンプルとエミリー・アドコックを待っていた。

少し離れたところで有名なホテル・アンド・カジノが熱い陽射しを浴びて糖衣をまとったように白く輝いている。ストリップ大通りから続く無限の車の列が、噴水の横をかすめてサモトラケのニケの複製へと延びている。何本もの円柱が半円形にとりまくホテルの正面には、世界的に有名な数々の像を模した大理石の女神たちが列をなしている。車がアプローチのカーブを滑るように移動していく——メルセデス、キャデラック、塗料より金属を広くまとった大金を投じたカスタムカーなどなど。

シーザー像の足下の光景は、もっとつつましやかだった。エミリーは身代金を用意していた。茶色の紙にきちんと包まれている。テンプルは小額紙幣五千ドル分の硬いレンガに感心した。

テンプルはオルークに小切手で払うかわりに、五十ドル札三枚を手渡した。

「これが私たちのお金よ、ミスター・オルーク」手短な紹介がすむと、エミリーが言った。「ほとんど私のお金だけど。あの二匹の猫をどうしても取り戻さなければならないの。見込みはどう?」

オルークはかぶっていたウェスタンハットに紙包みをつっこんだ。

「あまりよくない。誘拐の場合、勝算などないんだ。ひとたび連中が金を手に入れたら、ゲームの目的はいともあっさり失われる。誘拐犯には被害者なぞどうでもいいし、しかもそれが猫となると、まあ――世の中には猫のことなぞ気にしないやからもいるからな。たいていはプロの犯罪者だ。ふん、プロの連中は自分の親類だろうと女だろうと気にしない。そんな連中がどうして猫なんか気にする?」

「じゃあ保証はまったくないのね?」

「ない。だが俺は最善をつくしてブツを渡すさ。ここにいる若いお嬢さんがやったように見せかけてな」

「私?」テンプルは言った。「運びも尾行も俺にまかせろって言ったのは、あなたじゃないの」

オルークは、型くずれしたポリエステルニットのスポーツコートの後ろ側をちらっとめくりあげ、ジーンズの腰に差した銃の台尻を見せた。

「俺はボディガードさ」

「なんて頼もしいのかしら！」テンプルは小ばかにしたように鼻を鳴らした。

「シャルル・ジョルダンのハイヒールをはいてるんだから、私にだってあなたのてっぺんはげはよーく見えてますからね」

エイトボール・オルークは、シャルル・ジョルダンのフレンチ・パンプスは値段が高いだけではなく、土踏まずが折れそうなくらいヒールも高いということを知らないようだ。それでも、テンプルの話の要点はすぐに飲みこんだ。

「てっぺんはげだろうが、俺は最善をつくして犯罪者を尾行する。誘拐の場合、それ以上は望めない。猫が無事なら、俺たちを猫がいる場所へ連れていけるのは、犯人だけだからな。さてと、その竹馬みたいな靴をはいたお嬢さんは、俺のあとからそこの道をぶらぶらして、ヒールをはき直すふりでもして大袈裟に立ち止まってくれ。エントランスから三番目の、よくわからん像のところでだ。あんたが身代金要求の手紙を受け取ったんだから、連中はあんたがこの場所に何らかの興味を示すと予想しているはずだからな」

「あれはヴィーナスよ」テンプルが言った。「三番目の像のことだけど。それから？」

「それからのんびり歩け。像と言えば、あんた、ソドムを脱出するときに神の言いつけにそむいて振り返っちまったロトの妻がどうなったか、知ってるか？」

「塩の柱になったんでしょう?」

オルークが重々しくうなずいた。「ソーダクラッカーをひと箱つくれる量の塩だな。いいか、振り返るなよ」

テンプルは、ただの通行人であるとはいえ、まさかこのドラマでいまさら自分に役がつくとは思ってもいなかった。まだ月曜日の朝十時だというのに、観光客が少しずつドアから出てきては長くカーブしたホテル正面の歩道を歩いていく。テンプルもエイトボール・オルークの後ろを同じように歩いていった。

テンプルがじっと見ていると、エイトボールは突然立ち止まり、コートのポケットからオートマチックの銃――ではなくてカメラをさっと取り出し、ブーツをはいた足を一段高くなったコンクリートの台座にしっかり置いて、シーザースの入り口を撮った。それからウェスタンハットを少し持ちあげ、袖で眉のあたりをぬぐい、ブーツのひもを結び直すかのようにかがんだ。テンプルにはわからなかったのだが、(極上の緑色の紙がつまった)無地の茶色の紙包みを指定された女神像の足下に置いたのは、たぶんこのときだったのだろう。

エイトボールはゆっくりと立ち去った。テンプルがヴィーナスに近づいたとき、腕時計は身代金受け渡し時間の十時まで、あと三分を指していた。白漆喰を塗られた台座をのぞきこむと、半裸に近い女神の格好にふさわしい裸足の足下に茶色の紙包みが横たわっている。

テンプルは台座に座ってハイヒールをあちこち触った。生身の人間よりはるかに大きくそびえ立つ女神を見ようと身をよじると、どういうわけかC・R・モリーナ警部補を思い出した。テンプルは片手を台座に這わせて、茶色い包みに触れた。それから立ちあがり、痛くもない足をわざとらしく振ると、元気よく足をひきずりながらシーザース・パレスへ入っていった。

テンプルは混み合ったラウンジを抜け、大理石が敷き詰められたアッピア街道モールの高級店を通り過ぎ、サイドドアから出てぐるりと裏手へ回ってから、エミリーとシーザー像の足下で落ち合った。

「どう?」当然ながらテンプルは息切れしていた。

「わからない。見ていたけど、でも……あなたが立ち止まってから何人も通ったわ。カップルに車椅子のホームレスに、見るからにおちぶれた人――神様、あの人がお金をみつけたのなら、どうぞ彼にあげてください。それから、子供も」

「あのあとオルークは見かけた?」

「いいえ」

「じゃあとてもよい状況か、とても悪い状況か、どちらかね」

「どういうこと?」

「彼が優秀な探偵で、私たちも姿を見失ってしまったのか、それとも手数料をせしめてブツだけ置いて、いまごろは家でだらだらしているか、どちらかってこと」

「やるしかなかったのよ、テンプル。犯人はお金を手に入れたんだもの、きっと猫を解放してくれるわ。たぶんベイカーとテイラーは、ABAの最終日に間に合うように、突然会場に現われるのよ」

「そうかもね」テンプルは言った。「ほんとうに明日終わるのかしら？　待ち遠しいわ」テンプルは左の靴が気になり前屈みになった。回り道をしてここへ来る途中で、砂がひと粒入っていた。

赤褐色のフォルダーに入ったペニロイヤル出版のプレス資料が届いた。インプリントのロゴが真ん中にエンボス加工されている。ロゴは、見慣れたリンカーンの横顔のかわりに、王冠を戴く王の横顔が描かれたコインの柄。「ペニロイヤル」の文字がコイン上部に曲線状に並び、「出版」という単語はコインの下で遠慮がちにほほえんでいる。

テンプルはデスクについて、事件の当事者の過去をたどった山ほどの書類に目を通した。ABAの喧噪もピークを過ぎていた。あと二十四時間で、来年の開催へ向けたしめっぽいあいさつとともに五日間の狂躁は終わる。何事にも終わりは来るのだ。

今日は月曜日。もう撤収し始めている書籍商もある。火曜の午後には出展者全員が会場を引き払う。水曜日にはコンベンションセンターの設営係がブースや設備を解体し、別のセットを組み立てる。木曜日には、新たな展示会関係者が広大な会場をまた埋めつくす。

そしてモリーナ警部補は、未解決の殺人事件を記録に残し、このABAを記憶に留めることになるのだ。

テンプルはペニロイヤルの玉座につく作家たちの写真を見て顔をしかめた。意外なことにメイヴィス・デイヴィスが冷血な殺人事件の容疑者に思える。ラニヤード・ハンターにもオーウェン・サープにも、彼らの言い分を聞く限り、動機はない。でもこの時点では誰がどんなに無関心を装った告白をしようと、信じるつもりはなかった。ローナ・フェニックにしても、チェスター・ロイヤルの編集助手だったとはひと言も言わなかった。おそらくその体験でローナは編集者になるのをやめ、もっと安全な――もっと道徳的な?――広報という分野に避難したのだろう。それから武器のこともある――編み針だ。考えれば考えるほど、女性が選びそうな武器に思えてくる。

メイヴィス・デイヴィス、ローナ・フェニック、チェスターの元妻で編集者のロウィーナ・ノヴァク――三人とも死者の胸に「STET」の殴り書きを残すことはできそうだ。

STET。イキ。つまり、生まれたごとくに終わらせよ。チェスターを無に戻せ。殺人事件の犠牲者のものにしても、痛々しい墓碑銘だ。人の命が入稿済みの原稿のようではないか。それともロイヤルの死によって、殺人者は心に何かを取り戻したのだろうか？　自尊心？　正義感？　虐待された文筆家以外に、誰がそこまで冷酷になれるだろう？　作家でなければ、チェスターに支配されてきた別な編集者か。あるいは理不尽な仕打ちを受けた編集志望者か。

誰にでも可能な犯行だった。腕力も器用さも必要ない。ただ驚かせばいいだけ。編み針をＡＢＡの会場に持ちこむことは誰にでもできるが、女性のほうが言い訳はしやすい。会場準備の日にチェスター・ロイヤルが閉館後もこっそり残っていたのなら、ほかの人にも同じことができたはずだ。時間外のミーティングがあるとでも言えばいい。会場を出るのを遅らせるほうが、いったん出てからまた入るよりもずっと簡単だ。おそらくロイヤル自身が殺人犯に会おうとしたのだろう。

テンプルは味もそっけもないベージュのビジネスタイプの電話をみつめた。有罪判決が下ったロイヤルの医療ミスについてもっと調べてみなければ。でもそんなことができるほどの力を持っているのはただひとり、Ｃ・Ｒ・モリーナしかいない。彼女にこんなおいしい情報を与えるくらいなら、いっそヒトラーの祖母にでも話したい。でも……。

警部補と話をするのなら、ついでに猫の一連の失踪事件についても相談しよう――ベイカー、テイラー、そしてルーイ。いまや犯罪がいくつも重なって起こっているのだ、謙虚になって全面的に助けを求めるのが得策というものだろう。どれもこれも自分の仕事ではないけれど、とにかくルーイは別問題だ。

テンプルはそんなことを自分に言い聞かせながら、ラスベガス市警察の電話番号を調べてダイヤルした。モリーナ警部補につながるまで、しばらく時間がかかった。ようやく警部補が出たときも、運がいいのか悪いのか、テンプルにはわからなかった。

「はい」あまりにぶっきらぼうなので、思わず電話を切りそうになる。気を取り直して名前を名乗った。

「ああ」警部補は興味のかけらすら示さない。

それでテンプルは頭に血が上って思わず……話してしまった。

「チェスター・ロイヤルの捜査がどうなっているのか知りませんけど――」言葉を切る。モリーナは何か言い返すだろうか。いや、そうはさせない。「でも彼の経歴に、警部補が知らないことがあったの」またひと息つく。モリーナは電話で会話のキャッチボールをするための小さな相づちひとつ打たない。「ロイヤルは医者だったの。医療ミスで有罪になり、医者を辞めさせられるまで」

「いつ？　どこで？」

「なぜこうしてわざわざ警部補に電話をしていると思う？　こういうことはコンピュータでささっと調べられるんでしょう？　たぶん一九五〇年代初めから半ばまでのことだ

わ。一九五〇年より前に医学校を卒業していることはないはずだし、それにプレスリリースによると、彼が出版業に手を出し始めたのが一九五七年だから。彼は産婦人科医だったの。事件がどこで起こったにせよ、新聞記事になっているはずよ」

「調べてみるわ」

「うれしい！　調査結果を教えてもらえる？」

ツーツーツー。モリーナはもう電話を切っていた。行方不明の猫のことは話せなかった。

「お礼には及びませんことよ！」テンプルは丁寧にはほど遠い勢いで受話器をたたきつけた。

「おやおや。あなたのお怒りボタンを押したのは誰かしら？」

ローナ・フェニックが入り口に立っていた。眉が弓なりにあがっている。

「公務員よ。プロらしからぬちっぽけな姿を見せてしまってごめんなさい。でも電話はもう切られていたの」

「あやまることないわ。私も今日はオフィスの備品を投げ散らかしたい気分だもの」ローナは近づいてきてデスクの端に腰掛け、まっすぐな髪を耳にかけた。

「そうなの？」テンプルは同情する準備をした。

「ロイヤルが亡くなってから初めての悪影響よ。メイヴィス・デイヴィスがペニロイヤルと手を切るって」

「メイヴィス・デイヴィスが？　そんなこと、彼女がいちばんしそうもないのに」

ローナはむっつりとうなずいた。「〈レノルズ／チャプター／デュース〉のお偉方はおろおろしてる。大きな魚がのたうちまわったら、私たちみたいな小魚は激流に巻きこまれるしかないもの。どうやら取り引きは済んでいるらしいわ。メイヴィスは〈ロードスター／コメット／オリオン／スティクス〉と契約するでしょう」

「そんなことができるの？　違約条項はないの？」

「あるわ。でもそんなものうまく切り抜けられるわよ。よその大手出版社から充分な印税をもらうか、別の種類の本を書くかすれば」

「彼女の無能なエージェントはどうなるの？」

ローナは驚いたようにテンプルをまじまじと見た。「なぜ知ってるの？」

「あなたから編集者になりたいという気持ちを奪ったのはそれじゃない？　無知な作家を操って、自分の意のままにできるエージェントをあてがうチェスター・ロイヤルを目の当たりにしたこと」

ローナは背筋を伸ばした。「そんなことまで知ってるのね？　ええ、彼はそういうことをしていた。だから私はやめた。誰にも理由を話したことはないのに。どうしてわかったの？」

テンプルは肩をすくめた。「あちこち歩き回っているからよ。いろいろなことが耳に入ってくるし、耳をそばだててもいる。それも仕事なの」

「お願いだから、デイヴィスが離れたことはどこにも漏らさないでね。私が話しちゃいけなかったんだけど、あまりにも気が滅入っていたから。今回は〈レノルズ／チャプター／デュース〉にとっても、広報の人間にとっても、最悪のＡＢＡになりそうなんだもの。誰かに言わずにはいられなかったの」

「わかるわ。私も世界一すばらしい日を過ごしたわけじゃないから」

「何があったの？」

「猫がいなくなったの。それがひとつ目」

「あの新聞記事に出ていた真っ黒なおでぶちゃんのこと？」

「ええ。見かけなかった？」

「見てないわ。でもほら、彼は野良だったんでしょう？　きっとどこかへ行ってるだけよ。猫ってそういうものよ」

「そうなんだけど」テンプルはしんみりと言い、心の中でベイカーとテイラーも行方不明猫リストに追加した。「でも私は、自分を見捨てた子にこだわってしまうの」

ローナはうなずいた。「〈レノルズ／チャプター／デュース〉もそうよ。ああもう、頭がどうにかなりそう。アヴヌールは質素でいいからチェスターの追悼会を開いてくれって言い出してるし。地元警察がスケジュールどおりに関係者を街から出発させてくれることを望むしかないわね」

「殺人事件の捜査に進展はないの？」

「目に見えた進展はないわ。たぶんラザニアが板ガラスに投げつけられる前の静けさよ」

「へえ、ニューヨークではそういう言い方をするのね」

「私はどこでもこう言ってるの——めちゃめちゃな大混乱ってこと。それより大急ぎで追悼会をまかせられるところ、心当たりない？」

テンプルはトートバッグをひっかき回して、エレクトラの名刺を一枚取り出した——パールのような光沢のあるピンク色の地に、エンボス加工の青いロココ調のリボンが複雑にねじれて結び目をつくっている。

「彼女に電話してみて。白いものも一瞬で黒に変えられる人だから」

「了解。あなたに聞けばどんなことにも答えてもらえるのね。少なくともこの大騒動の最悪の事態をあなたは乗り切ったのよ。猫がみつかるといいわね」

「ありがとう」

テンプルはローナが帰ってからもデスクについていた。両手で顔を支え、ちかちかとぼやける視界にペニロイヤル出版のフォルダーを泳がせながら。

チェスター・ロイヤルはいずれ殺される運命にあったのだ。傲慢にも、人の心と精神、そして肉体を、生涯にわたって虐げてきた歴史があるのだから。でも困ったことに、彼ほど忌むべき人はいないからこそ、誰が彼を殺しても不思議ではないのだ。そう、あの男とはＡＢＡでばったり出会っただけなのに、たったの二分でいらいらした。かっとするのと同時に冷静になれるタイプだったら、自分だって手近な編み針をつかんで彼の胸を編み物みたいな格子柄にしていたかもしれない……。

でも誰も嘆き悲しまないチェスターの死以降、人生が好転した容疑者はひとりだけだ。テンプルは眼鏡とトートバッグをさっとつかみ、展示エリアへ戻った。

18　飛び去ったメイヴィス《ツグミ》

展示エリアにはすきまができていた。すでに街を発った参加者がいるのは明らかだ。書籍ビジネスからさっさと離れて、賭博や少しも文学的ではないラスベガスの目玉商品に夢中になっている出展者もいるのだろう。

テンプルはトートバッグから出したコンベンションのガイドブックを見ながら――リノの電話帳並みの大冊だ――Ｌの項目を丹念に調べた。その直後には、赤い雄鶏と、錨とイルカがからまった見慣れたロゴが目印の〈バンタム／ダブルデー／デル〉の横をさっと通り過ぎていた。

〈タイム・ライフ・ブックス〉を右手に見ながらぐるりと曲がりこむ。ＡＢＡではトレードマークになっている人気のネイビーブルーのブックバッグは来場者に持ち去られ、もうとっくに在庫切れだ。〈ゼブラ／ピナクル〉のブースでは、山積みになった投げ売りのロマンスのペーパーバックにつまずきそうになった。どれもこれも表紙を飾るのは豊満な女性たち。その胸の谷間のために、見事なまでに鍛えられた胸をはだけたヒーローたちが右往左往するのだ。

展示ブースのはるか上にある通路番号が二四〇〇に達していた。テンプルは角を曲がり、二五七〇―八二の通路を目指した。

そこに件《くだん》の人物はいた。メイヴィス・デイヴィス。立ち寄る人みんなと楽しそうにおしゃべりしている。非公式ではあるが、すでに〈ロードスター／コメット／オリオン／スティクス〉のブースに落ち着き、出版社移籍後第一作を控えてファンを増やそうとしているようだ。

「こんにちは！」メイヴィスはテンプルを古くからの友人のように迎えた。実際ABA関係者の中で顔なじみができると、すぐに旧知の仲のようになる。

「こんにちは。ニュースになってるって聞いたわよ」

「でもつぎのパブリッシャーズ・ウィークリーで記事になるまで公表されないの。だからあなたも宣伝できないわ」

パーマで波打つ髪と不安が、相変わらずメイヴィス・デイヴィスを覆いつくしている。さも幸せそうに振る舞ってはいるが、瞳は何かにとりつかれているようだ。今後かかってくる期待へのプレッシャーだろうか？　それとも罪悪感？

「もちろん口外しないわ」テンプルはなだめるように言った。「でも、モリーナ警部補がチェスター・ロイヤルと仕事をしていた人と接触しようとするかもしれないから、私はみんながベガスを去ったあとも全員とすぐ連絡がとれるようにしておく必要があるの。これからは新しい出版社を通して連絡すればいいのね」

「ええ、そうね」メイヴィスの見せかけの喜びと安堵から、自信のなさが顔を出した。

「警察に……わざと連絡がとれないようにしていたと思われるのはいやだわ」

「少し掛けませんか？　昼過ぎからずっとこんな硬い床に立ちっぱなしですもの、お疲れでしょう。スタッフルームへ行きましょう。ソフトドリンクを用意するわ」

「そうね」メイヴィスはそわそわとあたりを見回し、自分のかわりにだめだと言ってくれる人を探した。「ここから離れていいのか、わからないの。でもとくに予定が組まれているわけではないみたい。何もかも突然で」

「じゃあ大丈夫ね。ごいっしょできてうれしいわ」テンプルは心からそう言った。この気の毒な女性は、親身に話を聞いてくれる相手がほしくてたまらないのだ。自分にまかせて、とテンプルは思った。

　それからメイヴィスを会議テーブルしかない殺風景な広い部屋へ連れていった。ローナ・フェニックに会ってこの殺人事件の背景を垣間見た部屋だ。

「さあ、座って、何か飲み物を持ってくるわ――ダイエット・オレンジでいいかしら？　そう、じゃあ待っててね」テンプルは自分の向かいの、テーブルの隅の椅子にメイヴィスを座らせていた。だがメイヴィスは、そこから角をはさんだ隣に移った。するとだだっぴろい会議テーブルが姿を消し、カフェテリアでランチをとっている友人同士のような雰囲気になった。「移籍先のすばらしい出版社について教えてほしいの」

「出版社を移っただけじゃないの、ミス・バー。エージェントも新しくなったの。そこはマンハッタンでもいちばんと評価されているエージェントなのよ。信じられる？　私があの大御所作家ジェームズ・ミッチェナーを担当しているエージェントに見てもらえるなんて！」

「もちろん信じられるわ。これは現実よ。どういう経緯だったの？」

「ええ、新しいエージェントが接触してきて、私の作品は本来ならもっと積極的に売りこんでいいはずだとずっと感じていた、と言ったの。私のことを『これから花開く潜在能力』だとも言ったわ。倫理的にはいまのエージェントと手を切れと勧めることはできないけれど、ニューヨークシティを拠点にすれば私にとってもかなりの利点があるし、それに――」

「ちょっと待って。いままでの、チェスターの友人のエージェントは、ニューヨークを拠点にしていなかったの？」

「違うの。それにじつは著作権エージェントではなくて、弁護士だったの。ミスター・ロイヤルが、どちらにしても私には弁護士が必要だ、ほんとうに偉大な作家は弁護士に契約を見てもらっているんだ、と言ったから。彼はミスター・ロイヤルの古い友人なの」

「どこを拠点にしていたの？」

「ミネソタ州のアルバート・リーよ」

テンプルはダイエット・オレンジソーダをごくりと飲んだが、化学物質漬けのマンダリンオレンジみたいな味しかしなかった。同情しながら聞いてはいたが、自分の耳が信じられなかった。テンプルでさえ、作家がミネソタ州の小さな町の著作権エージェントにまかせることが、俳優がアラスカ州ノームの映画エージェントに頼ることと同じくらい意味がないことは理解できた。

「彼はＡＢＡに来てる？」

「来てると思うわ」メイヴィスの浮き沈みの激しい声が低く震えた。「でもずっと会っていないの」メイヴィスは認めた。「会いたくないの！　新しい代理人の話を聞いてはっきりわかったから……誰にも言わないでね」――テンプルは激しくかぶりを振ったので、眼鏡が鼻の上で飛び跳ねた――「私の元エージェントは、私が手にして当然のものを手にするために、必ずしも最善をつくしてはいなかったのよ。ミスター・ロイヤルの旧友は……古風だったから」メイヴィスは目を細めた。「だから私は快く思っていないの」

メイヴィスがどこまで編集者の奴隷状態だったか理解したら、もっと不愉快になるだろう。それともこれはただのお芝居？　編集者に食い物にされた作家ほど恐ろしい――あるいは悪知恵のある――ものはないのだから。

「メイヴィス」テンプルは言葉を選びながら言った。「チェスター・ロイヤルの関係者でＡＢＡの会場にいた人物は、モリーナ警部補に教えなくちゃならないの。その人の名前は？」

「人をトラブルに巻きこむようなことはしたくないわ」メイヴィスは言葉を濁した。

その男に身ぐるみ剝がれたとたったいま認めたばかりじゃないの、と言いつのりたい衝動をテンプルは抑えた。「モリーナ警部補に協力しなければ、あなたがトラブルに巻きこまれるわよ。それに私が事実を話していないと警部補に気づかれたら、私もトラブルに巻きこまれるわ」

「まさか彼がミスター・ロイヤルを……殺《あや》めたとは」――このせりふはとても大袈裟で、じっくり楽しむような口調だった――「思っていないわよね？」

「チェスターを怒らせたとさえ思っていないわ。でも名前は教えてもらわないと」

「アーネスト・ジャスパーよ――つづりはｅがふたつ、ａがみっつ。でもどこにいるかは知らないの。ＡＢＡではずっと見かけていないし」

テンプルはほほえんだ。「それはミスター・ジャスパーにとって運がいいことだと、いますぐに伝えたいわ」

「ええ、そうね。私は過激な女ではないのよ、ミス・バー」メイヴィスは穏やかに言った。「でも思うのだけれど、ミスター・ジャスパーをここで見かけていたら、誘惑にかられていたような気がするの——彼を陥れたいという誘惑に」

「まさか、あなたがそんなこと」

メイヴィスはオレンジ・ドリンクの缶に視線を落とした。その俗っぽいくびれを描く曲線に未来を読み取っているかのように。

「だって、ミスター・ロイヤルの考え方が時代遅れだったと、私、気づいたんですもの。〈スティクス〉は——私がこれから作品を書くことになる出版社は——ものすごい大作を書いてほしがっているの。ほんの二日足らず前に、私はミスター・ロイヤルがいなければ小説なんか書けないと言った。でもいまは——」

「いまは彼がいたら書けないと思ってるのね？」テンプルが穏やかに言葉を継いだ。

「そのとおりよ！　彼は医者の悪い面を書くなと言っていた。でも〈スティクス〉は、医者にもみんなと同じように弱点があるということを読者は知りたがっていると言うの。それに、正直に言うと、ミス・バー、私は思いあがった低俗な医者を大勢知ってるのよ」突然メイヴィスは自分の怒りに気づいて話を逸らした。「きっとミスター・ロイヤルは純真すぎたのね」

「そうかもしれない」テンプルは無表情に答えた。

「だけど、今度の出版社の人たちが私の本をどう編集したらいいかわからなかったら、どうしようかしら？　私が全部、一からひとりで書いたものを、気に入ってもらえなかったら？」

「あなたはデビュー作をひとりで書かなかったの？」

「ひとりで書いたわ」答えとは裏腹に、心許ない口調だ。

「あなたがするべきことを教えてあげましょうか」テンプルは身を乗り出し、きりっとした表情で言った。「まず看護師として過ごした数年のあいだの出来事をすべて思い出すの。誰も――医者も患者も、病院の経営者も――見られていることに気づいていないときに、あなたが見たり考えたりしたことを。そしてそれをすべて書き出して、もっともおもしろい真実の物語を生み出すのよ。ミスター・ロイヤルはどう思うだろうなんて、少しも心配する必要はないわ。彼はもういないんだから」

「ほんとうにそんなことができると思う？　知っていることを書きさえすれば、うまくいくかしら？」

「もちろんうまくいくわ、メイヴィス。さあ、ここでゆっくりジュースを飲んでいて。私は行かなくちゃ。いろいろと締め切りがあるの」

「わかったわ。どうもありがとう、ミス・バー」

じつは厳しく尋問されたのに、親切にしてもらったと考えるこのメイヴィスという情報源を、テンプルは愛おしく思った。

テンプルはさようならと手を振ると会議室を飛び出し、すぐ外の廊下でひと息ついた。どこで——そして、どうやって——刻一刻と迫るABAの会期終了までに、アーネスト・ジャスパーなる謎の一匹狼をみつければいいのだろう？　ブースを活動拠点にしているとは考えにくいし、手がけているのも明らかにチェスターがらみの作家だけだ。

テンプルは再び展示フロアへ向かった。準備で大わらわの中、いたずら猫を追いかけたのがたったの三日前のことだとは。ペニロイヤル出版のブースが凶暴に輝いている。金曜日の朝もそうだった。大きく引き伸ばされた本の表紙がぎらつき、ぶらぶら本をながめている人に食いつこうとしている歯のようだ。こういう恐ろしい表紙を見るとテンプルは緊張する。かろうじて隠されている敵意と悪意がいまにも飛びかかってきそうな気がする。

そうだ、こんな不気味な展示コーナーで井戸端会議するなんて、ラニヤード・ハンターとオーウェン・サープ以外に誰がいるだろう？　思いも寄らないペアをみつけたので、テンプルはふと足を止めてほほえみながら観察した。

ハンターはほっそりと背が高く、スーツ姿で前屈みになっているせいか華奢な体つきが強調され、生身の人間というよりもカバーつきのハンガーのようだった。けんか腰で話しているサープは、もっと背が低くずんぐりしている。短い体軀はみなぎるエネルギーではちきれんばかり、身振りはぶっきらぼうだった。

どうしてオーウェン・サープは宣伝用の写真にはあった口ひげを剃ってしまったのだろう？　見栄を張って若いころの写真を使っていたのだろうか？　口ひげがないほうがむしろ若く見えると思っているとか？　でもどう若く見積もっても五十歳にはなっているはずだ。それとも口ひげを剃ったのは、ＡＢＡの会場で気づかれないようにするための作戦？　モリーナがみつけていなかったら、テンプルは絶対にサープだとは気づかなかっただろう。そもそも容姿は十人並みなのだから。木曜日の夜、誰にも気づかれずに会場に残ってチェスター・ロイヤルを殺すことも簡単だったかもしれない。

そしてラニヤード・ハンターだ。彼はロイヤルのどうでもいい些細な要求に従順に従った。まるで小説についてこきおろされっぱなしでも、少しも苦にならないかのように。じつは貴族のように穏やかな物腰の下には、ひどく冷徹な一面が隠されているのだろうか？

テンプルに気づいたのはラニヤード・ハンターだった。彼が背筋を伸ばしたので、サープもテンプルがいることに気づいた。ふたりの男は話すのをやめて彼女をみつめた。会話が突然途切れたことを、自らの美しさと魅力への敬意と解釈する女性もいるかもしれないが、テンプルは立ち聞きするチャンスがゼロに急降下していらいらしただけだった。

「まだチェスターのへたな広告の尻ぬぐいをしているのかな?」ハンターがたずねた。

「ABAの会場で殺されるなんて、やぼにもほどがあるよ」

「きれいさっぱり片付きました」テンプルは言った。「とはいえ、警察はまだ誰も逮捕していません。みんなもうすぐ街を離れますけど」

「チェスター以外はな」サープが吐き捨てた。「遺体搬送会社が昨日運んでいったから」

「なぜあなたがああいう小説を書くのか、よくわかりますわ、ミスター・サープ。ローナ・フェニックに聞きましたけど、身の毛もよだつような小説も書いているんですってね」

「すまないな」サープは言った。「私だって悪趣味だと思うが、ほかにも似たようなホラー・フィクションはたくさんある。まあそれでも、いやな気分で書いているよ。とにかく、ロイヤルの遺体は飛んでいったと言いたかっただけだ」

「どこへ?」テンプルは知りたかった。

「死体を盗もうとでもしてるのかい?」ハンターが割って入った。その声にはいらだちが混じっている。あの晩テンプルが彼の誘いをあっさり断わったことを、彼の男のエゴはうまく受け入れられないのだろう。

「誰がチェスター・ロイヤルの遺体を引き取ったのかと思っただけです。奥さんたちはみんな別れて久しいし、せいせいしている。それにお子さんもいませんし」

「子供がいないのは、子供を虐待する必要がなかったからさ」サープが苦々しげに言った。「かわりにやつは我々作家を自分の言いなりに従わせていたからな――たいていの場合は――だが我々はみんな独り立ちして、彼のほうがいらない原稿となったわけだ」

「おふたりともペニロイヤル出版に残るんですか?」

ふたりの男はぴりぴりしたようすであたりを見たが、本でいっぱいのバッグを持ったへとへとの来場者たちが、噂話を気にとめるようすもなくとぼとぼ歩いているだけだった。

「もちろん」サープが認めた。「〈レノルズ／チャプター／デュース〉はいい出版社だ。インプリントにも新たな血が流れて活気づくだろうよ」サープはぞっとする自らの常套句ににやりと笑った。

ハンターは弱々しくほほえんだ。「オーウェン、君は最高の役者だな。いつでも新たな役になりきる。それにずうずうしくて、押しつけがましい雇用人だ。災難に直面しても出版社を支えたいと願っているのは偉いがね。まあ、私は自分の気分や財布に見合うようなら残るよ」ハンターはテンプルをじろじろ見た。「いまサープは、私のシリーズ作のゴーストライターをやらせてくれと言っていたところなんだ。彼自らてこ入れすれば、私の作品レベルはますますあがると思っているらしい」

「そうするんですか?」テンプルはたずねた。

「儲かるなら、断わる理由はないだろう?」

テンプルはサープに向き直った。

「どっちみちあなた自身の名前で作品を売りこむチャンスじゃないですか――それとも、あなたのペンネームでと言うべきかしら」

「どういう意味だ?」

「メイヴィス・デイヴィスが〈ロードスター/コメット/オリオン/スティクス〉へ移ったら、主役の座が空くんじゃないですか?」

ふたりは衝撃を受けたようだ。ポケットから出されたハンターの手は、真っ白な拳になっている。サープは黙りこくったが、それがむしろ彼の動揺を伝えていた。

「ではメイヴィスは飛び去ったのか」ようやくハンターが言った。

「大金といっしょにな」サープがつけ加えた。「我々は沈みかけの船にいるのかもしれないぞ、ご同輩」

「あるいは」テンプルがさも楽しそうに割って入った。「船長の座を争っているのかもしれませんよね――タイタニック号の」

そう言い残すとテンプルは疲れ切った来場者の群れにまぎれて、エントランスのある円形ドームへと人混みを縫って進んだ。そこには知恵の木にぶらさがるリンゴとも言うべき登録センターが待ち受けている。

その長いカウンターは、女性がひとりで取り仕切っていた。ほんの数日前は、熱心なABAの常連が少しでも早く係員の気を引いて入場証をもらおうと押し合いへし合いしていた場所だが、いまは、テンプルのストームの色にそっくりな鮮やかな水色のコンタクトレンズを入れたその係員が、ときおり通りがかる人を退屈そうに観察しているだけだ。彼女は自分が赤く輝く知恵のリンゴを手渡すことになろうとは、考えてもいないだろう。

テンプルはきびきびと女性に近づいた。

「こんにちは。私はABAの広報です。コンベンションの参加者と彼が滞在しているホテルで会うことになったの。調べてもらえます?」

まずその女性はテンプルの名札を見下ろし、関係者を表わす正規の色の線が引かれているか確認した。今年のスタッフの印は赤い線だ。ローマン・ビューティというリンゴのような鮮やかな赤。

「名字はなんですか?」放電しているような色の虹彩にまぶたを下ろしながら、女性がゆっくりと言った。

「ジャスパーよ。アーネスト・ジャスパー。J・A・S・P・A・R」

「Jの人はあまり多くありませんね」受付の女性はむっつりと言った。スミスやジョーンズならもっと調べがいがあったのに、それほど手間のかかる仕事ではなかったことにいらいらしているようだ。「リビエラです」百科事典並みに厚いコンピュータのプリントアウトを調べて、彼女はそっけなく言った。

「ストリップ大通り沿いの?」テンプルは驚いた。もっと近いホテルはたくさんあるのに。

「リビエラは木曜日からずっとそこにありますけど」

テンプルはつま先立ちになって、(彼女の)肩の高さのカウンターにもたれた。

「いつから滞在しているかわかる? まだいるかしら?」

「失礼」データシートの蛇腹が突然折りたたまれ、本のようにぴたりと閉じた。「ホテルにおたずねください」

テンプルは腕時計を見た。午後も半ば、チェックアウトがピークを迎える時間だ。手遅れかもしれない。

19 医者、弁護士、インディアン・ギバー

テンプルはオフィスエリアへ取って返した。ハイヒールがカツカツと音をたて、来場者が振り返ったが、テンプルは立ち止まらずに一気に建物の裏手の関係者駐車場に出た。ストームは日光を浴びてこんがり焼けている。リビエラ・ホテルにはエアコンがきき始める前に着くだろうが、歩いていくには遠すぎる。

幸運なことに、ストリップ大通り沿いのホテルには必ず広大な駐車場がある。二十分おきにストリップ大通りを行き来するバスでも充分なのだが、ラスベガスは個人が乗り回す車のためにつくられた街なのだ。不運なのは、駐車場が広すぎること。炎天下、フットボール場並みの距離を歩いてホテルに入らなければならない。

リビエラのつねに開放されているドアを通ってひんやりとエアコンのきいた屋内へ小走りに飛びこむと、テンプルはほっとして肩の力を抜いた。ホテルの中はほかのラスベガスのホテルと同じように、豪華なつくりでほの暗い。外の歩道に照りつける日光や熱気を忘れさせてくれる落ち着いた雰囲気だ。ゲームのチップがきらめくこのうす暗い氷

遠のナイトクラブの世界は、自然の厳しい手からの避難所でもある。

テンプルは宿泊客インフォメーションの列に並んで待った。背後のロビーでは、スロットマシンがわんわんにぎやかな音をたてている。この街はオレンジとチェリーの目、ステンレス製の口、そしてレバーの片腕を持つ盗賊、もといスロットマシンが置けるスペースなら、三十センチ四方たりともむだにすることがない。

スロットマシンは食料品店やコインランドリーも占拠している。彼らスロットマシンは空港に到着した観光客に一流の親しげな顔を見せ、ここを発つ観光客にも究極の親しげな顔を見せて最後の五セント硬貨に別れのキスをさせるのだ。どこまでも続く低木をながめるのが好きで、車でベガスへ来たというなら話は別だが。

「ジャスパーですか」不満そうな受付は「コンピュータには出てきません」と言いかけていた。

「スペルはJ・A・S・P・A・Rです」とテンプルは言った。

受付の眉があがった。「みつかりました。ええ、まだチェックアウトされていません。部屋にお電話をおかけになるなら、内線番号一五一七です。電話は――」彼は情報を提供するあいだいちども顔をあげなかった。テンプルは必要なことだけ聞いてもうそこを離れていた。

テンプルは両手で受話器を握りしめ、片方のハイヒールを壁に押しつけて、内線電話が一度、二度と鳴るのを聞いていた。なぜジャスパーが重要人物だと思うのか、なぜ直接話を聞かなければいけない予感がするのかは、神のみぞ知る。理由はともかく、そんな予感がするのだ。

五回目の呼び出し音で、ありふれた返事が聞こえてきた。「もしもし」

「ミスター・ジャスパー？　私はＡＢＡのテンプル・バーです。ミスター・ロイヤルのことをうかがいたいの。ロビーでお会いできません？」

ジャスパーはわかったと言い、ロビーへおりてきてくれることになった。簡単すぎて拍子抜けだ。テンプルは自分の特徴をくどくどと説明していたが、それでもずらりと並んだエレベーターの正面へ急いだ。これは最後のチャンスだ。殺人犯の鋼鉄張りに強力な動機を見つけ出す最後のチャンス。ＡＢＡは死の苦しみにある。チェスター・ロイヤルを殺した人間を暴くことなく、このまま消滅してしまうかもしれない。

そうなったらモリーナの経歴に汚点が残るだろう――でもモリーナのことなんかどうでもいい。あのパンティストッキングをはいたナチスに一度でも礼儀正しくされたことがあっただろうか？　テンプルは興奮気味に考えた。でも、そもそも自分が殺人犯をみつける必要など、ほんとうはなかったのだ。捕まえるのが誰であれ、とにかく犯人がみつかりさえすればいいのだから。それなのにどうして自分でみつけようなんて決心したのだろう？　正義感に燃えて、不正を正そうと思っているわけではない。チェスター・

ロイヤルにもたらされた死は、正義そのものという気がするくらいだ。だったらなぜ、徒労に終わるかもしれないのに見知らぬ年長者を呼び出したりするのか？　なぜなら、いまいましいことに、誰かが自分のコンベンションを台無しにしたからだ。自分にはすべてを滞りなく進める責任があった。それなのに殺人事件というこれ以上ないほどの障害に邪魔されたのだ。その原因はなんなのか、誰なのか、どうしても知りたい。

ジャスパーは予想以上に年配で、確実に七十歳は超えていた。貧相な体は弱々しく、こんな老人を呼び出したなんて自分はろくでなしだ、とテンプルは思った。この人がＡＢＡの会場に行かなかったとしても無理はない。くたびれきってしまっただろうから。

テンプルがあたりを見回して静かに話せる場所を探し始めると、ジャスパーが目を細めてラウンジのほうを見た。

「何か飲み物があるとありがたい。この気候で喉がからからでね。焼きすぎたクリスマスの朝のターキーみたいな気分だよ」

「わかりました」テンプルはジャスパーと並んで急ぎ足で進んだ。ジャスパーは腰が曲がっていたが、歩き方はきびきびしている。

ラウンジは静かとは言えなかったが、なんとかピザくらいの大きさのテーブルを確保してふたりだけで話すことができた。

「君はどなたとおっしゃったかな？」ジャスパーが最初に知りたがったのはこんなこと

だった。まさか、耳が遠いわけじゃありませんように。「テンプル・バーと申し――」

「名前は聞いた。ＡＢＡで何をしているのかね？」

「広報です」

「広報とチェスターの死がどう関係するのかね？」

「地元警察が事件の登場人物と配役を把握できるように、手伝っているんです」

ジャスパーの表情はうつろだ。

「会場にいて、なおかつチェスターを知っていた人たちということです」

「私は彼を知っていた。もう四十年以上になる」ジャスパーは、音声が誰にも届いていない壁の上のほうのテレビに向かってビールを掲げた。

テレビには大統領が映っていた。記者会見をしている。テンプルは、いったいどこでどんなことが起こったのかと思ったが、すぐにジャスパーに気持ちを戻した。

「彼の作家数人のエージェントをしていましたよね」

「いや、していない」

「なんですって？」

いまやふたりとも叫んでいた。口論しているようだが、ラスベガスでコミュニケーションを取るときは、これがごく普通の方法だ。

「私はただ、ときどき作家たちを相手にしていただけだ。契約書をにらんでな。チェスターが面倒をみて、ちょっとした仕事をまわしてくれていた。たいした仕事ではなかったが、払いは良かった」

ジャスパーもチェスター・ロイヤルのもうひとりのカモなのか？　信じられなかった。

「でも……なぜ？」

「私たちのつきあいは長い。私は何年も前のちょっとしたトラブルで彼を助けたんだ」

「ミネソタ州アルバート・リーで？」

ジャスパーは驚いたようだ。

「いかにも。私はアルバート・リーを拠点に働いていたが、チェスターが窮地に陥ったのはイリノイ州だった。なぜチェスターが州外の弁護士を雇ったか、不思議に思った人は大勢いたが、もちろん理由はある。第一に、私たちはミルウォーキーのカレッジへいっしょに通っていた――私のほうが年上だがね。大学へ行き始める前に第二次世界大戦が始まったからだ。第二に、私は優秀な弁護士だったし、彼もそれを認めていた。ミネソタ州にあるのは雪だけだと思われているがね」ジャスパーはにやりと笑った。「それはまるごと真実ではないが、ここほど暑くないことは確かだ」

「かかわりがあまりないなら、なぜＡＢＡへ来たんですか？」

「チェスターだ。彼が近くにいてほしいと言った。作家をなだめる必要があるかもしれないからと」ジャスパーは前屈みになって体を近づけ、ひと言ひと言はっきりと発音した。「作家連中は神経質だ。チェスターはそう説明した。不機嫌は芸術家の特徴だ。彼は作家をいい気分にしておくために、手のこんだ方法をあれこれ使った。出版のことはよくわからんが、私が君だったら、さっさと足を洗うね」

「私は出版ではなく広報、PRの人間です」

「PR？ミネソタ州にはプエルトリコ《PR》の人間はあまりいなかったな。ベトナム人は多かったが」

「あなたが手助けしたチェスターの事件について教えてください」

「イリノイ州の？」

「ええ！」

「あれは、一九五〇年代のことだった。悲しい状況で、まずい事態だった。当時は禁じられていたことだ。だがチェスターはどんなルールでも破った。究極のインディアン・ギバーだからな」

「どういう意味？」

「彼に何かしてもらったら、どこかにわなが仕掛けられているということだ。彼には奇妙なユーモアのセンスがあったし、表面上は情け深い男に見えた。だが実際のところ、すべてが彼にとって有利になるように仕組まれていたし、誰かを出し抜くことで彼個人の傷を癒してもいた。そしてインディアン・ギバーだが――これは見返りを期待して贈り物をする人という意味だ。誰かに何かを贈ったあとで、すぐに取り戻そうとする者をこう呼んだ。政府が先住民に約束した土地を横取りし続けたのが由来らしい。チェスターは片手で贈り物をしながら、もう一方の手で相手から奪い取っていたのだよ」

「チェスターは作家から魂の一部を盗んだのね」テンプルは憂鬱そうに言った。

「おそらくな。だが一回だけ、肉体を盗んだ。ある女性が亡くなったのだよ。それがチェスターの過失だと言われた」

「そうだったんですか？」

「ああ、そうとも！　あの手のことは、当時は違法だった。またすぐに法律で禁じられるかもしれないがな」

「中絶のこと？」テンプルは息をのんだ。モリーナに調べてくれとけしかけた、あの医療事故のことだろうか？

ジャスパーはうなずき、目の前の大きなジョッキからビールをぐいっと飲んだ。

「チェスターは医師免許を剥奪されたが、それでも運がよかった。検事は故殺にあたると考えていたのだからな。当時私はすばらしい切れ者だったが、それでも無罪にはできず、医療事故で終わらせるのがせいいっぱいだった。女性は中絶など望んでおらず、そんな手術を受けているはずがないと家族が主張したことも、多少助けになった。信じがたいことだがね」

「いつ？　正確には何年のことです？」

　ジャスパーの顔に決めかねるようにしわが寄った。「五〇年代前半だ」

「正確には？」

「『正確に』という言葉は、私の頭の辞書ではもはや正確にという意味ではないのだよ。たぶん……五二年だ」ジャスパーは頑固で無愛想な老人を装うつもりらしい。そこでテンプルは別の方法を試みた。

「では女性が中絶手術を望んでいなかったという一家の主張が信じられなかったのは、なぜですか？」

「そうだな――」ジャスパーはふかふかのひとり掛けソファにゆったりともたれた。この質問で詳しい話を、弁護士が耳にした時代遅れの噂話を聞けるだろう。「その女性にはすでに十人ほど子供がいた。夫はグレート・ノーザン鉄道の転轍手だった。あの山羊のマークの列車だ。わかるな」

　テンプルは知らなかったが、山羊のマークは重要ではないだろうと思い、ただうなずいた。

「ギル――ギル――ギルなんとかというアイルランドの名前だった。当然ローマ・カトリック教徒だったが、日曜日に教会へ行ってひざまずき『神父様お恵みを』と言うことと、腹をすかせた子供を十人近く抱えているのにまたひとり赤ん坊が増えることとは別問題だ」

「でも、家族は――夫は――彼女は中絶を望んでいなかったと主張したんですね？」

「メアリ……エレン、そうだ！　メアリ・エレン・ギルフーリーだ。いまではもうあんなに大勢子供を産む女性はいない。私は当時どうして女性たちがそんな苦労をわざわざ背負いこむのか知らなかった。現在はそんなことはない。社会が進歩しているからだ」

「メアリ・エレン・ギルフーリーは、チェスター・ロイヤル医師の手術台で、夫が言うには頼んでもいない中絶手術の最中に亡くなったということですか？」

「そのとおりだ。まあ、近しい人を失うと、その人がしそうもないことに駆り立てられたとは、誰も考えたがらないからな。だが、医者――あるいは弁護士以上に、顧客がほんとうに望んでいることを知っている者がいるか？　うん？

　そういう心理を、現在では心理学者が否認と呼んでいる。あのギルフーリー一家は、その否認に入った。メアリ・エレンの顔のそばかすから、彼女が必要とし望んだものまで、すっかり否認した。ほんとうだ。夫の名前は――そう、マイケルだ！　マイケルと、子供たちの名前はメアリ・クレア、イオイン、リーアム、ブリギッド、ショーン、そして――ええと――そうそう、キャスリーン、それからローリーだったか。一家はアイルランド出身だった。とにかく子供が大勢いたんだ。だからチェスターは善かれと思って手術をした。彼を責めることはできん。ただ、それが完全に違法だっただけだ。だから彼は医師免許を剝奪され、別の仕事を始めた。この件についてはもう何年も考えていなかったが、すっかり思い出したよ。今朝の朝食のメニューよりもはっきりと。ずいぶん金がかかったこともな」

アーネスト・ジャスパーの年老いてぼんやりとした目が、突然テンプルの目に焦点を結んだ。

「歳をとっても忘れてはいかん。私やチェスターのようにな。歳をとることを忘れているような者もいるが、忘れるためだけに年老いていく者もいる」

ジャスパーは重要な手がかりをほのめかしたつもりなのだろうか。困惑したテンプルは、今日会えたことは決して忘れないとジャスパーに請け合った。ジャスパーは、明日のチェスター・ロイヤルの追悼会がどこで開かれるかわかれば、自分も出席するつもりだと言った。だがテンプルは念のため自宅の住所と電話番号を聞き出した――万が一この会合が話題になった場合、モリーナに自分の調査を正当化するために。テンプルはお礼を言って別れのあいさつをし、それからまたロビーで立ち止まり、別の場所の戦況を調べるために電話をした。

「エレクトラ？　ローナ・フェニックという女性から電話はあった？　そう、よかった。いま何かしているの？　うるさくてよく聞こえないわ。リビングでサッカーの試合をしているみたいよ」テンプルは空いている耳を指でふさいだ。

「MTVを観てるだけ」エレクトラが答えた。「音を大きくして観るのが好きなの。それからね、いま携帯電話からあなたのリビングで話してるの。ミスター・マリーノがホームシックになって帰っちゃったから、マットがあなたの部屋のフレンチドアの取っ手を直せないか、見てくれてるのよ」

テンプルは脚の重心を移し替えた。暑いし、疲れているし、気分も落ちこんでいる——おまけにエレクトラは独断でマット・ディヴァインをテンプルのリビングに入れてしまったらしい。

「ねえ、ルーイに関係がありそうなものを見なかった？　ルーイよ！　あの黒猫。ええ、そう、いますぐ見てもらえないかしら、お願い。パティオとか、庭とか」

テンプルはつま先をこつこつと床に打ちつけて、すぐ後ろで公衆電話が空くのを待っている人を硬い表情でにらみつけた。スロットマシンにでも行けばいいのに。ベガスはそのための街なんだから。

「何も？　なんの痕跡もないのね？　わかったわ、じゃあ、道が混んでいなければすぐ帰るから。私も観るからMTVはつけておいてね」

いったいぜんたい、ミッドナイト・ルーイはどこにいるのだろう？　だが気がかりな猫はほかにもいる。テンプルはすっかりぼろぼろになったイエローページの切れ端をバッグから取り出し、エイトボール・オルークに電話をした。出ない。午後に何度もかけたときと同じ。エミリー・アドコックの五千ドルを握りしめてモルジブへ高飛びしたのかもしれない。

「まったく人を見る目があるわよね」テンプルは自戒した。

けれど、もしかしたらオルークはエミリー・アドコックのお金を失わないように、身代金を拾った人物をいまも追っているのかもしれない。いや、それとも誘拐犯にけがをさせられた――たたきのめされた――のだろうか。その可能性も充分ある。

チェスター・ロイヤルの死のことでも、そしてスコティッシュフォールドの誘拐のことでも、テンプルは混乱し始めていた。魔術師マックスが失踪したときのように。

真っ暗闇にひとりきりにされるのは、もういやなのに。

20 ミッドナイト・ルーイはお払い箱

この施設はものすごく暑い。ということは、まだ僕は死後の世界を見ていないということだ。バステトよ、ありがとう。
(バステトは、エジプトの王様ラムセスがナイル川沿いを二輪のチャリオットで暴走していた時代以来、ずっと猫の神様と考えられている。チャリオットというのは、改造車みたいなものだ)。

僕はいつもは超自然的なものを信じたりしない。とくに古代エジプト人は僕のご先祖様をミイラにしていたんだから――どんな生き物であれ、紳士をそんなふうに扱うなんて許せない。乾燥したパセリそっくりな姿で長生きするなんて、僕の矜持が許さないし、生きる歓び《ジョワ・ド・ヴィーヴル》だってあるはずがない。

だが僕の矜持は、ここ三十数時間のあいだにはなはだしい試練にさらされた。僕は独房にいるが、この小部屋は充分な広さがないから、水の入ったボウルに口をひたすには、おしりが汚物処理設備にぎゅーっと押しつけられてしまう。眠ろうと思ったら――

いや、死刑宣告されて誰が眠れると思う?——まだ子猫で分別がなかったとき以来やっていないような体勢で、手足をぎゅっと折りたたまなければいけない。いや、若者で分別もついていたとき以来か——まあ、とにかくそんな感じだ。

かつては僕のプライドであり喜びでもあった後ろ足は、確実に痛くなってきた。鉄格子に押しつけられて、市松模様までついてしまった。ああ、僕に鳥の翼があったなら——食べてやるのに。

鳥の羽なら、一日二回ボウルにちょっぴり出される灰色がかった茶色の残飯より、絶対おいしいだろう。この残飯ときたら、ハムスターのエサほどの量もなかったが、どっちにしても僕は手をつけないつもりだ。さっき通りがかりの看守に何もしていないのに責められたのは、不本意ながら胃が文句を言ったのを、僕がぐるぐるうなっていると誤解されたせいかもしれない。

僕はあらゆる機会を利用して、ここから逃げ出す戦略を思い描こうとした。昨日は、自称動物の里親もずいぶん歩いていた。だがこういう人たちはたいてい子猫を探している。人もうらやむ熟年である僕たちにも、ぶらぶら品定めに来る人がときおり興味を持ってはいたが、僕を引き取るのはリスクが高くて難しいと思われているようだった。

まず彼らは僕の年齢にけちをつけた。よけいなお世話だ。つぎに彼らは、僕の体の一部にさる不快な処置がなされていないことを残念がった。これを聞いて僕は身震いした。するとそれを見た見学者は、僕が何かいやな病気にかかっていると結論づけた。実際、僕が注目されたのは、看守が指さしてこう言ったときだ。「この猫はほんとうに大きいですよ。こんなに大きいの、見たことありますか？」「いいえ、たしかに、見たことありませんね」のんきな見学者が言った。「きっとたくさん食べるでしょうね」

たくさん食べられるのもいまのうちかもしれない。

ベイカーとテイラーは、好奇心の強い見学者の興味を引いた。ふたりは望ましい（と言う人もいる）外科手術の経歴はあったが、高齢でもある。おまけに耳だっておかしな形だ。だから僕は昼も夜もふたりから目を離さなかった。愉快な仕事ではなかったがね。

というのも、ふたりは聞いたことがないほどのすさまじいごたまぜ言葉で会話を交わしていたからだ。それに比べたら、知り合いのブルックリン生まれの賭の胴元、ノストラダムスの金切り声だって耳に心地よいと思えるほどだ（耳に心地よいというのは音楽的で、交響曲と関係があるものだと僕は思っている）。

「にゃあぁ、べーイカー」テイラーがぺちゃくちゃとアバディーン訛りで話しているのが聞こえる。「僕らには、あんまり時間が残されていなあよにゃあ。ここはちっぽけでＡＢＡで用意されてたすてきなお城より広くにゃあしにゃあ」

「そうにゃあねえ」歌うようにベイカーが答える。「まったくにゃあねえ。少なくとも私ら、最後までいっしょじゃないといやにゃあと文句は言わにゃあとねえ。私らの名前がついた会社がむだにお金を使うにゃあて、恥ずかしいことだしにゃあねえ」などなど。この会話を聞いて僕は旅の一座が演じる『ブリガドーン』というアイルランド民話のミュージカルを思い出した。地上での残りわずかな時間の気晴らしとしては、僕の好みではないが、それでも自分のわずかな時間をうまく使って、ハイランド出身の耳の折れた二匹のおんもしろいおはにゃしを聞き出した。彼らのお手柄ではないがね。それから僕ら全員で逃げる計画を立て始めた。

すると、太陽が最高出力のワット数で光をまき散らし、最後にうやうやしくお辞儀をして山の裏へ消えようとしたころ、どんよりしている僕らの部屋に侵入者がやってきた。そいつは僕が〝大耳〟と呼んでいた係員で、とくに容姿端麗ではないものの優しそうな顔のふっくらした女性といっしょだった。昔（昨日くらい）だったら、彼女のことを中年と呼んでいたかもしれないが、いまは僕もそういうレッテルには神経質になり始めている。

「信じられないわ」これが年齢不詳の女性が声を震わせて〝大耳〟に言った言葉だ。「ずっとお店に猫を二匹ほしいと思っていましたの——みなさんも仕事場にもっともっと猫を置けばいいのに。そうすればお客も喜ぶし、とげとげしい雰囲気もやわらぐし、路上で悪さをする生活から猫を救うことにもなるでしょう。でもまさに私がほしい種類がここにいるなんて――」

「これですよ」〝大耳〟がベイカーとテイラーの真ん前で立ち止まった。「もう大人だけど」

「あら、私の店では子猫は無理ですもの。このかわいらしい子なら完璧だわ！　純血種のスコティッシュフォールドを二匹も捨てる人がいるなんて、信じられない」

「たいていの人は歳をとりすぎていると思うんでしょう」〝大耳〟が言った。そういう彼も、僕の見立てでは少なくとも五十歳にはなっている。「ここにはたくさん年寄りの純血種がいますよ。もうかわいくありませんからね。さてと、そろそろ閉めないと。急いで決めてくれませんかね？」

「この二匹はここに来てどれくらいとおっしゃいました？」

〝大耳〟は意地悪そうに笑ったが、彼女は気づいていないようだ。

「六十時間ぐらいかな。もうすぐ注射を打たれるところでしたよ」

「誰が連れてきたか、ご存じ？」

〝大耳〟は肩をすくめた。彼は雄弁なタイプではない。

「名前はフロントの帳簿を見ればわかりますよ。ケージを開けますか、それともやめますか？」

「もちろん二匹ともいただいていくわ。信じられない。この子たち、ポスターで見たベイカーとテイラーにそっくりよ。もちろん純血種だから、みんなそっくりに見えても不思議ではないけれど。本物のベイカーとテイラーがほかの場所ならともかく、まさかここにいるはずありませんもの」

「さあ、閉めますよ。まだ仕事が残ってるんだ」

そのとき、誓って言うが、〝大耳〟が僕のほうを振り向いてほくそ笑んだのだ。僕の持ち時間は六十時間で、まだたっぷり三十時間は残っているというのに。僕だって計算くらいできる。彼が斜視で猫背だということにも気づいている。おまけにあごにネズミの糞ぐらいのイボがあり、しかもそこから黒くて長い毛が伸びていることにも。

「一匹運んでくださる?」

女性が頼んだ。彼女はさっきも言ったようにとても温かそうで魅力的な顔をしていて、ベイカーを同じく温かそうで魅力的な胸に抱きあげた。

〝大耳〟はテイラーを抱きあげ、脚をひきずるようにしてドアまで歩いた。

「ほんとうにうれしいわ」立ち去り際にベイカーの小さな耳をなでながら、女性があやすように言った。「私は街でミステリ書店を経営しているの。この子たちがどんなにお店にぴったりか、あなたにはおわかりにならないでしょうね。ABAから抜け出して来たかいがあったわ。あのベイカーとテイラーのぬいぐるみを見て、もっとたくさん猫がいないと生きられないって確信したんですもの」

こうして彼らはいなくなった。僕がこの苦境に留まる必要もなくなった。僕もミス・メイヴリーン・パール同様、信じられない気持ちだった。そう、あの人は絶対にスリルン・キル書店のドン、ミス・メイヴリーン・パールだ。彼女が死を呼ぶ皮下注射の針の先から、ベイカーとテイラーを間一髪で救い出したんだ。

ベイカーとテイラーの救済は、僕を待ち受けている自己犠牲に値すると思う人もいるかもしれない。だが僕はそうは思わない。この危機を脱出できるかどうかは、ミス・テンプル・バーの思考能力にかかっている。つまり、彼女がこの死と犬だらけの小部屋で僕を捜そうと思いつくかどうかだ。僕は他人の不幸について考えて、ほんのつかのま元気を取り戻した。

インテリぶったイングラムのことだ、ベイカーやテイラーといっしょに店の看板猫を務めるなんて、さぞかしご立腹だろう。

21　ついにひとり

午後五時半になったら魔法が解けると言われたシンデレラのように、コンベンションセンターの正面口からぞろぞろと流れ出てくるＡＢＡの来場者たちを横目に、テンプルはストームでＵＦＯ型の円形ドームを通り過ぎた。いつもＳＦ映画に出てくる全身銀色のロボット〝ゴート〟が現われないかと期待して見ているが、出てくるのは決まってありふれた地球人ばかり。テンプルはＡＢＡの来場者を称賛したい気分だった。きちんと秩序を守り、係員の指示にも従ってくれたのだから――たったひとつ、殺人という驚くべき例外はあったけれど。

裏手の関係者駐車場にも空きスペースができて市松模様になっていた。テンプルがストームを駐車場に乗り入れたとき、エアコンのファンがせいいっぱいの勢いで風を送り、短くカールした赤毛を汗ばんだ額から払っていた。

シアサッカーのスポーツコートを指にかけたバド・ダブスが、裏口から三十八度の猛暑の中へ勢いよく飛び出してきた。

「どこへ行っていたんだい？　テンプル。例のモリーナ警部補から何度も電話が来てたぞ」

「居場所のわからないベイカーとテイラーを捜していたのよ。エイトボール・オルークという人から連絡なかった？　ミッドナイト・ルーイは？　誰か見かけてない？」

バドははっとしたように立ち止まった。

「いや、僕は見ていないが。エ、イ、ト、ボール・オルークだって？　競馬でも始めたのかい？　そういえばヴァレリーがオルークからの電話を受けていたかもしれない。あの野良猫のことは忘れるんだな。とにかくデスクを確かめてみるといい。ああもう、なんて暑いんだ。じゃあまた明日」

バドはセリカのフロントシートに飛び乗り、エアコンのスイッチをたたいた。

展示フロアの裏手の廊下には、珍しく静けさが宿っていた。出展者の大半も五時半ちょうどに逃げ出したに違いない。テンプルは早足になった。閉館後、警備側はできるだけスタッフを減らそうとしている。もし六時までにさっさと出なければ、出口は一ヵ所だけになり、警報設備のかわりに警備員が配置されるはずだ。

バドの言ったとおり、テンプルのデスクは黄色いメモ用紙でまだら模様になっていた。どのメモにも「留守中に――」と書かれている。どうやらミッドナイト・ルーイを除く全員からの電話に出そこなったらしい。私立探偵オルーク、モリーナ警部補、エミリー・アドコック、ローナ・フェニック。

テンプルはまずオルークに電話をしたが、誰も出なかった。受話器を置いて、とり散らかったデスクをみつめた。書かれたばかりのメモの下から、ペニロイヤル出版の金属的な赤褐色のフォルダーが邪眼のようにウィンクする。

バドになんと言われようと、迷子の猫を忘れることはできなかった。ルーイが相変わらずみつからないなんて、もはやほうっておけない事態になっている。

テンプルはぶつぶつ言いながらデスクの下の引き出しから電話帳を引っ張り出し、公共施設のページを調べた。「動物収容センター」の一覧表がある。電話をしながら腕時計を見てあわてふためいた。もうすぐ六時だ。たぶん施設は閉まっているだろう。

呼び出し音が何度も何度も鳴る。きっと動物にエサをやりに行っていて、しばらく電話に出られないだけだ。テンプルは受話器を握ったまま待ったが、そこでルーイがみつかると本気で思っていたわけではないし、誰かが電話に出ることを本気で期待していたわけでもなかった。

「はい?」

「あ、あの、猫を捜しているんです」

「今日は終わりました。片付けをしているところだったんです」

片付け?　なんの?　毎日の死刑の後片付け?

「大事な話なの！　捜している猫は……とても有名な猫なの」

「それで？」まるで無関心な声だ。「いいですか、決められた手続きがありますから、明日の朝かけ直してください」

「それじゃ手遅れよ。彼はもう二十四時間以上行方不明なんだから」

「ここでは三日間預かりますよ。じゃあ、もう帰りますんで」

「待って！　たぶんあなたにもわかるわ。大きな黒猫で——とにかくものすごく大きくて、八キロもあるの」

「へえ、そうですか」

「そこにいるんでしょう！」

「いるかもしれませんが、私の仕事じゃないんで——」

「いつ引き取れるの？」

「明日だって言ったでしょう」

「でも、もしも——」

「ここにはたくさんの猫がいる。だからあんたの猫もいるかもしれない。まあ、一か八か来てみることだね」

テンプルは突然やけになった。「聞いてちょうだい、彼は重要な事件の目撃者なの。警察に相談すれば——」

「我々は警察組織ではありませんから。ここにはここのルールがあるんです。もう切りますよ」

「今晩……猫を殺す予定はないでしょうね？」

「お嬢さん、我々は時間切れになった動物を殺すんです。しかるべきときが来るまで殺さない。今晩の予定は何も聞いてませんよ。あんたのせいで猫じゃなくて私の時間がむだに過ぎている。いいですか、七時までいます。私が帰る前に来られるなら、ざっと見せてあげてもいい。それがせいいっぱいだからね」

電話は切れた。

テンプルは口をきっと結んだ。「ペット」の動物が施設の手違いで殺されたというニュースが心に浮かぶ。ルーイが無事だと確認しなければならないが、ラッシュアワーに街を横切る旅をする前に、せっぱつまった問題をなんとかしなければ。テンプルはメモの山をがさがさ崩してモリーナの電話番号を見つけ出した。ロイヤルの事件について、あの殺人課の刑事にちょっとした情報提供ができるかもしれない。でもまずはいわゆる動物「愛護」センターへパトカーを飛ばしてもらって、そこにミッドナイト・ルーイがいないことを、だから殺される心配もないことを確認したい……モリーナが協力してくれなければ、ひとりでやるまでだ。殺人事件なんかどうにでもなれだ！　だがモリーナの番号が書かれたメモの下には別の——タイプされている——メモが隠れていた。そちらはもっと逼迫していた。

「金は受け取った。猫を返してほしければ〈ベイカー&テイラー〉のブースへ今夜午後六時三十分に来い。ひとりのほうが身のためだ」

このメモはいつからあったのだろう？　みんなが帰ったあとで、誰かがデスクのメモの中にまぎれこませたのか？　そういえば、最初の脅迫状もどうやってデスクに置かれたのだろう？　ここの、ＡＢＡの誰かが置いていったのだ。それは間違いない。

テンプルの鼓動が激しくなった。ルーイはいない、あるいは無事だと確認するために、急いで収容センターに行かなければ。でも第一の義務は、仕事を全うすることだ。ＡＢＡが新聞でよけいな酷評をされないようにすることだ。ベイカーとテイラーの救出は、もはや優先事項の一部となっていた。なぜ誘拐犯はテンプルをまたしても連絡係に使おうとしているのだろう？　たぶん、テンプルを猫のことで手いっぱいにして、ロイヤルの事件から遠ざけるため。ミッドナイト・ルーイを助けられないようにするため。きっとそうだ。

テンプルはゆで卵タイマーを確認するときのように、疑ぐるように腕時計を見た。時間に追われてうれしかったことなどいちどもない。六時半まで、まだ四十分ある。テンプルは警備センターのオフィスに電話した。予想どおり誰も出ない。責任者のサイラス・ベントもみんなと同じように五時に帰宅したのだろう。たしかにパトロール中の警備員はいるが、そう多くはない。コンベンション主催者は地元の民間警備会社と契約し、展示会の治安を維持する。でも建物そのものは別問題だ。通りがかりの落書きアーティストを除けば誰もコンベンションセンターを散らかしたり汚したりはしないから。

そういうわけで、警備員はいるにはいるが、この広い建物のいったいどこにいるのだろう？　それにルーイをみつけるためにここから走り出たとしても、ベイカーとテイラーを取り戻す時間に間に合うように戻ってこられなかったら、どうなる？　誘拐犯は短気なものだ。それに閉館時間後に警備員にいったん外に出してもらったら、てきぱきと中へ入れてもらうことはできそうもない。どんなに説明しても、だめだと言われて……そんなことをしているうちにベイカーとテイラーを取り戻せなくなる。

でも、ルーイが！　テンプルはベイカーとテイラーよりもルーイのことが気がかりだった。誘拐犯が返してくれると言っているのだから、二匹は無事なのだ。誘拐現場で返すというのも道理にかなっている。犯人は展示エリアに詳しい人物なのだ。そうでなければ、そもそも二匹を誘拐することさえできなかっただろう。

腕時計を見る。六時半まで残り三十分。

電話が鳴った。

テンプルは一瞬電話をみつめた。閉館後のこんな時間に電話をかけてくるなんて、いったい誰？　誘拐犯？　モリーナ？

受話器を取ったが相手はしんとしている。仕方なくテンプルは言った。「もしもし？」

「ミス・バー？」

男性の声だが、誰だかわからない。「そうですが？」

「エイトボール・オルークだ。身代金を持ち去ったやつについて、ちょっとしたネタがつかめた」

「ずっとどこにいるのかと思ってたのよ」

「あんたのお友達の金を持ってったやつの正体を割り出そうとしていたのさ。思ったより時間がかかっちまった」

「そのぶんの費用は出すわ」テンプルは請け合った。アメリカン・エキスプレス・カードでいくら支払えるだろうか。

「何があったの？」

「身代金の紙包みはしばらくあそこにあった。するとぴりぴりした感じの連中が来た。そうしたら思ったとおり、ひとりが屈みこみ、ブツはなくなっていた。それから連中はラスベガスヒルトンへ歩いていった」

「お金を拾いあげた人を見たのね？　これで調査費の元が取れたわ！　誰だったの？」

「それが問題だ。ラスベガスヒルトンは、世界で三番目に大きなホテルだ。いくつものドアを駆け抜ける大勢の中からひとりの身元を確認するのは容易じゃない」

「でも見たんでしょう？」

「変装していた」

「どんな変装？」

「帽子にサングラス。服装だけでその人が誰か見破るのがどんなに大変かわかれば、あんたも驚くだろうよ」

「エレクトラなら服装だけでわかるのに」テンプルはつぶやいた。

「エレクトリックがどうしたって？」

「なんでもないわ。じゃあ、誰がお金を拾ったのか、正確にはわからないのね。持ち去られたということ以外は」

「そうだ。俺はヒルトンの壁にもたれてずっと観察していた。でも彼女らしき人物は現われなかった」

「彼女ですって？」

「そうだ、女だ。大きな帽子、大きな薄手のスカーフ、大きなドレス。あんたみたいな小柄な女じゃなくて、どちらかといえば……大柄だ。ぽっちゃりした中年女性」

「ラスベガスにぽっちゃりした中年女性がいったい何人いると思ってるの？」

テンプルは詰問しながらも、自分なりの中年女性のリストをつくってみた。ローナ・フェニック、メイヴィス・デイヴィス、ロウィーナ・ノヴァク。ついでに、エレクトラ・ラーク。

「じゃあ調査を続けるよ。あんたがやめてくれと言わないならな」

「ええ、言わないわ。猫もあと数時間調査してもらうことに同意すると思うわ」

「猫」という言葉で、テンプルは目下のジレンマを思い出した。

「ところで」

テンプルは、ベイカーとテイラーが六時半には戻ってくると話すつもりでこう切り出した。そうすればエイトボールにルーイのことを調べてもらい、そのあいだに自分はここでベイカー＆テイラー特急が到着するのを待てる！

だが電話はぶつっという音さえたてずに切れた。

テンプルは事態が飲みこめないまま受話器をみつめた。会話が終わったと早とちりしたエイトボールが電話を切っただけなのか、それとも誰かが……わざと……切ったのか？　テンプルは受話器受けのボタンを押し、また離した。しんとしている。電話のプラグはどうやって引き抜くのだろう？　配電盤はどこ？　誘拐犯はこの建物にどこまで詳しいの？

あなた以上ね、とテンプルは独り言を言った。コンベンションセンターで仕事をするのは今回が初めてだ。だから巨大な建物の大半は謎のベールに包まれている。テンプルは椅子に深々と腰掛けた。胃がからっぽなのにやけに重たい。いい兆候ではなかった。

六時二十五分、テンプルは椅子から立ちあがった。ベイカーとテイラーとの待ち合わせに、早めに行く勇気はなかった。二匹を取り戻すついでに誘拐犯を捕まえようとするのは危険すぎる。

テンプルはトートバッグを肩にかけ、勢いよくオフィスから出た。色とりどりのストラップがついた、しゃれたワイツマンのサンダルのハイヒールが、一歩ごとに硬い床で爆竹のような音をたてた。

こんなに急にデートだなんて、非常識にもほどがある。

蛍光灯が東展示ホールの高い天井で光っている。それでも展示フロアは暗かった。ブースや展示物は、巨大なクマがしゃがみこんでいるみたいだ——等間隔に並んでいるが、輪郭があいまいで、何が出てくるかまったくわからない。

ゼブラ柄の回転木馬が、暗闇からテンプルの横にぱっと姿を現わした。青白い光を受けてたてがみがきらきら光っている。

テンプルは叫び声こそあげなかったが、鼓動が靴音よりも早くなった。ブースに着いてもベイカーとテイラーがいなかったらどうしよう？　犯人が約束を守らなかったらどうしよう？

いや、そこに着いたときに誘拐犯がまだい、い、い、いたらどうする？　そして、誘拐犯が殺、人、犯だったら？　そうではないと言い切れる？　テンプルは彼——あるいは彼女——が殺人犯だという理由をひとつも考えられなかったが、ロイヤルは編み針で刺されたのだ——いかにも女性が使いそうな武器だ。そして身代金を持ち去ったのも女性だったのだ。

ベイカーとテイラーとクマ。ベイカーとテイラーとクマ。ベイカーとテイラーと——あっ！　テンプルはまたはっとした。そして等身大のメル・ギブソンのボードから後ずさりした。大丈夫、『マッドマックス』シリーズの小説の販促品で、むやみに大惨事を予言するただの厚紙の男だ。

〈ベイカー＆テイラー〉のブースは目の前だった。テンプルはいっそう慎重に、〈ベイカー＆テイラー〉の展示エリアの境界線となっているカーペットにさっと乗った。

静寂で頭がくらくらする。さっきまではハイヒールが硬い床を雨あられと打っていたのに、いまは頭上の鉄の梁からも反響ひとつ聞こえない。〈ベイカー＆テイラー〉のキャットハウスのプレキシガラスが光を反射している。その中になんだかわからない塊が見える——本物だろうか、それともエレクトラの手作り品？　テンプルはじりじりと近づいた。どうか本物のベイカーとテイラーでありますように。お願い。

ほの暗かったのでどちらとも言えなかった。テンプル自身の姿が映りこみ、彼女をばかにする。ピントの合わない自分の分身。テンプルは透明なアクリルに顔を近づけた。お願い、ベイカー、しっぽを振って！　ねえテイラー、なんでもいいから、何かしてちようだい。ひげをちょっと動かすとか、耳をくるんとなでるとか……。

だめだ。あれは二体のぬいぐるみだ。真っ暗なプレキシガラスにかすかな動きが映る。背後で何かが――。

突然めまいがした。何かがテンプルにぶつかり、激しくディスプレーケースへ押しやったのだ。別の場所だったら倒れこんでいただろう。胃が痛い。大きなトートバッグが途方もない力であばら骨に押しつけられたからかもしれない。息ができない。だがつぎの瞬間、一気に空気を吐き出した。

テンプルははいつくばってブースから離れた。人影は見えないが、誰かがぶつかって跳ね返ったのは確かだ。明らかに人間だった。猫ではない。

カーペットは半ダースもあるブースの端から端まで続いていた。テンプルはそれに沿ってじりじりと進み、別の展示品の陰に身を潜めた。闇と静寂と危険という予測不能な海に浮かぶフォーマイカ製の島。

テンプルはハイヒールを片方ずつ脱いでトートバッグに押しこんだ。トートバッグの側面に手が軽く触れた。ふと手を止める。なんだかおかしい。バッグの表側に穴が開いている。暗闇の中で穴をたどると、かぎ裂きになった硬い繊維が指先に当たった。銃弾にしては小さすぎる。虫食いにしては大きすぎる。でも編み針ならぴったり合う！

テンプルはバッグからサンダルを取り出し、つま先を握った。テンプルの淡い期待以上にヒールは硬く、いい武器になりそうだ。

それからゆっくりとディスプレーに体を押しつけて身を起こした。子供のころのかくれんぼを思い出す。隠れている場所の数センチ先を鬼が通ると、どきどきしたものだ。「私は見えません、消えました」とできるだけ早く何回もとなえると、ほんとうに姿が見えなくなると信じてもいた。

でも、いまは無理だ。

いまは逃げ道を探さなければ。いちばん安全な場所とそこへ行く最善のルートに、危険を承知で賭けなければ。

まず、展示フロアに電話はない。オフィスに逃げたら？ だめ、メモを残した人物も知っている。警備員は？ どこかにいる。でも、いまこの瞬間はどこにいるのか？

テンプルはずっと考え続けながら、ストッキングだけの足でじわじわと移動した。肩から下げたトートバッグは、さっきと同じように盾がわりに脇に押しつけている。サンダルのヒールは手の中で鋭くとがった感嘆符になっている。

どうやっても消せない衣擦れの音と、自分の耳障りな呼吸音しか聞こえない。きっとさっきの誰かは行ってしまったのだ。でも、どうして？ テンプルは相変わらず暗闇の中で、なすすべもなくひとり取り残されている。だがまるっきりひとりぼっちではなかった。ほんの四日前、チェスター・ロイヤルがひとりきりではなかったのと同じように。

チェスターには争った形跡がなかった。襲われるとは予想もしていなかったのだろう。テンプルはいまかいまかと身構えている。知識は力なり。でもこれは身がすくむ知識、恐怖を呼び覚ます知識だ。テンプルは不穏な闇の中へ、あえて進み続けた。

裏手のエリアは避けた。そこに逃げこめば相手の思うつぼだろう。コンベンションセンターの闇へどんどん深入りしながら、頭の中で出口の記憶を探る。円形ドームの受付エリアはどうだろう。いや、身を隠す場所はまったくない。

あまり遠くないところでポスターがはためいた。何者かが通り過ぎ、ひらつかせたのだ。彼にはこちらの姿が見えているのだろうか？　相手は男？　どちらでも関係ない。ぶつかってくるのを感じた人物は大柄に思えたが、自分から見ればみんな大柄だ。けれどあの一撃は強かった。トートバッグをぎゅっと握りしめ、指先で生地に開いたぼろぼろの穴を幾度もたどる。かさぶたをはがそうとしているみたいだ。細い鉄の編み針が自分の体に突き刺さり、心臓までぎりぎりと進んでいくさまが目に浮かんだ。

そのときテンプルは選択を迫られた。茫漠とした展示エリアにこのまま留まるか、それともちょうど真横に口を開けた廊下を選ぶか。これはわな？　それとも逃げ道？　時間がたてばわかるだろう。

テンプルは左肩を廊下の壁に押し当てたまま、すり足で歩いた。転んではいけない。

音をたててはいけない。慌ててはいけない。いや、前文削除。これ以上慌ててはいけない。いや、やっぱりイキに。もういやだ！

手で押さえた咳のような、静かでくぐもった音が背後で聞こえた。通路の左手に曲がり角がある。テンプルは曲がった。ここはどこ？　しまった！

振り返ったが、ぼんやりとした影しか見えない。するとヒップが何かにぶつかった。噴水式の水飲み器のなめらかなステンレスがひんやりと両手に当たった。喉がからからだ。舌が上口蓋にはりつき、唇は歯にくっついている。

水飲み器沿いに移動し、また壁に体を密着させた。振り向くと影が大きくなっている。走ろうとして前方を見ると――あった！　ずっと探し求めていた緊急手段、壁に取り付けられた箱が。

テンプルは走った。トートバッグが脇腹をうるさくたたく。ガラスの扉は思っていたより楽に開いた。大きな赤いレバーは――使用説明を見て正しく操作する時間がなかったので――きつく、思った以上に動かすのが難しかった。おまけに片手でサンダルを握りしめていたので、もう一方の手しか使えない。

追いついてきた影がテンプルを飲みこんだとき、レバーが大きな音とともに金属板に打ちつけられた。何かがテンプルの喉元をぐっと壁に押しつけた。耳の中で血がふくらみプディングのように濃くなっていく。押し殺したカンカンカンという恐ろしい音がそこらじゅうで炸裂する。ワイツマンのヒールが何者かの体へ振りおろされる。

絶え間ないカンカンカンという音のあいまに鋭い足音が聞こえる。床が震える。テンプルの背後の壁が震える。テンプルの頭と心臓が重苦しい四分の四拍子で震える。

そのときテンプルは、火災報知器のけたたましい音をひとりで聞いていた。くちばしのようなつばのあるキャップをかぶった人が、威勢よくののしり言葉を吐きながら通路を彼女のもとへ走ってくる。

テンプルはこんなにうれしい下品な言葉をこれまで聞いたことがなかった。

「すみません、ミス・バー。てっきりいたずらだと思ったんですよ」

テンプルはコンベンションセンターのオフィスの椅子に腰掛けていた。彼女の家系を何世代にもわたって、しかも小柄な体の特徴をじつに想像力あふれる言い回しで愚弄したさっきの警備員が、冷たい水がなみなみと注がれた発泡スチロールのカップを差し出してくれた。氷まで入っている。

「警備員はどこに隠れているんだろうと思ったわ」

テンプルはきりりと冷たい水をひと口飲んでからしょんぼりと言った。喉が弓鋸で手術されたみたいな音をたてる。

テンプルは裸足の足をぶらぶらさせた。どちらも床には届いていないが、それは椅子のせいではない。テンプルは足を振るのをやめた。C・R・モリーナ警部補が制服警官を引き連れて入ってきたから。

シャルル・ジョルダンもびっくりの美女。それがほんの少し前のモリーナだった。警備員がテンプルをみつけた数分後、警察が(消防隊といっしょに)到着したときの混乱のさなか、ちらりと見えたのだ。テンプルは首を絞められた直後の幻だと思った。死のブラック・ダリアか何かが自分をあの世へ連れていこうとしているのだと。しかし、それは生身のモリーナだった。足先まで届くぴったりとしたロングドレスは、漆黒のクレープ生地。胸元はハート形に深く開き、銅色のスパンコールが腰と肩の背中側に色あせた蘭を描いている。ビンテージのカクテルドレスだろうか? C・R・モリーナが? あのモリーナ警部補が? デートのために? 内心びっくりぎょうてんだったが、喉が相変わらずがさついていたので黙っていられた。テンプルはため息をついた。自分でもはっきりわかるほど、とてもいらいらした感じだった。

「ではあなたが火元なわけね。先に把握しておくべきだったわ」警部補はいままでどおりあけすけに非難がましく言った。

「どうやって……ここに来たの? どうしてこんなに早く?」喜劇役者ジョージ・バーンズが細巻きたばこを十五本吸ったあとで話すときも、こんな感じだったに違いない。

テンプルはモリーナの靴を盗み見ようとしたが、痛くて首を伸ばすことができなかった。

「教えましょうか」モリーナが言った。「あなたが警報器を鳴らしたとき、私はもう勤務時間外だったの」

「ああ……はい」

「どうやらあなたが火災報知器を鳴らしたらしいわね」

テンプルはうなずいた。

「どうやら誰かがあなたを襲ったらしいわね」

テンプルはうなずいた。

「状況を話して」

「でも警部補はどうして――?」

「そんなことは重要ではないわ。警報が消防署に届いたとき、コンベンションセンターのおもだった関係者に知らされて、すぐさまバド・ダブスがあなたが遅くに建物に戻るのを見たと報告した。それで警察の通信指令部が私を呼び出したのよ。コンベンションセンターでもっとまずいことが起こっているにおいがしたから」

「あの外の大騒ぎは、私を助けるためだったの?」テンプルはうれしくなった。警備員が引き留めるのも聞かずテンプルが外を盗み見ると、そこには五台のパトカーが集まり、頭上で轟音をたてる警察ヘリコプターの下でみんな金切り声をあげていた。それがほんの数分前の出来事なのだ。テンプルとモリーナがこうして話しているあいだも、コンベンションセンターとその周辺は徹底的に調べられている。

「私自身驚いているの」モリーナが相変わらず手入れされていない浅黒い眉の下からゆがんだ一瞥をよこしながら認めた。「どうやらあなたは本気で助けを必要としていたらしいわね」

「どうやらですって?」テンプルは甲高い声をあげたが、怒りのせいで聞きとれないほどのソプラノになった。

モリーナは隣り合ったデスクの上に目をやり、ようやくからのマニラ紙の封筒をみつけて取りあげた。それと、もうひとつ別のものも。

「ちょっと」テンプルが抗議した。「それはスチュアート・ワイツマンのいちばん高い夏物なのよ!」

「証拠品よ」モリーナはあからさまにうれしそうに言った。そしてジャーマン・シェパードの愛好家がヨークシャー・テリアをじろじろ見るみたいに華奢なサンダルを調べた。軽蔑に目を見張っている。「研究所でヒールについている血液と毛髪を調べる必要があるの。ちゃんと戻してもらえるわ。そのうちに」モリーナは靴を封筒に押しこんだ。

「両方は必要ないでしょう」

「ハイヒール片方だけでどうするつもり?」

「わかったわ。傷をつけないでよ」

「さてと」——モリーナはテンプルの隣のデスクに腰掛けた——「そろそろ真剣な事情聴取にとりかからなければ」

テンプルは女優のブレンダ・ヴァッカロも顔負けのどすのきいた声を出した。

「話すもんですか。ひと言も。動物収容センターへ行って、ミッドナイト・ルーイが無事だってことを確認するまでは」

「あの猫?」

「たぶん収容センターにいると思うの。だけど夜は閉まってる。係員は七時に帰るし、そうなったら手違いでルーイは殺されてしまうかもしれない。あり得ることだわ! そこへ行かせてくれないなら協力しないから」

「あなたを逮捕してダウンタウンへ連行することもできるのよ」

「なんのために? そんなことをしたって何も話さないわよ。収容センターへ連れていって」

「ばかばかしい」

「あれは私の猫——みたいなものなの。それに、彼は事件の目撃者なのよ」

「あなたのほうが重要な証人よ。あなたは話せるのだから。それに猫がそこにいると断言はできない」

「いないとも断言できないわ——わかるまで、社会保障番号だって言わないから」

モリーナの目が細くなり、ただのコバルトブルーの切れこみになった。

「警察に面倒をかけたら、社会保障番号を持つことすらできなくなるのよ」

「面倒って何よ？　そこへ行く途中で知っていることは全部話すわ」

「ダウンタウンでお願いしたいわね。記録がとれるから」

テンプルはほほえんだ。「じゃあ、短期間しか持続しない私の記憶がストレスで消え始める前に、動物収容センターへ急いだほうがいいわよ」

市民を安心させる輝くバッジ付きのキャップをかぶった警備員と警察官が、そろってモリーナを期待のまなざしで見守った。テンプルは勝利を確信し、モリーナの靴を確認するチャンスをものにした——黒いスエードのパンプス。ビンテージのドレスの品格を貶めるものではない。しかも六センチのハイヒール！　世の中には背が高いのにこういうずうずうしいことをする女性もいるのだ！

モリーナはかつてない高さでテンプルの上に覆い被さっている。洗練された姿なのに、いつものとおり口調は事務的——抑揚がなく、死者の心電図みたいだ。「この事件はあなたとあの憎らしい猫が主役になってコンベンションフロアの死体といっしょにパ・ド・ドゥを踊り始めたときから、喜劇になってしまったのね。それなら。いっそ途方もないやり方でけりをつけたほうがいいのかもしれないわ」

テンプルは裸足で立ちあがった。モリーナが天高くそびえ立つアメリカスギのように感じられる。テンプルは腕時計を確認して——まだ六時五十三分だなんて、信じられる?——モリーナの金属のような青い瞳に視線を合わせた。

「七時までに着きたいの、警部補」

「ローソン」観念したのか、モリーナが制服警官にうんざりしたように指示を出した。

「サイレンを鳴らして突っ走って」

22 勾留されたテンプル

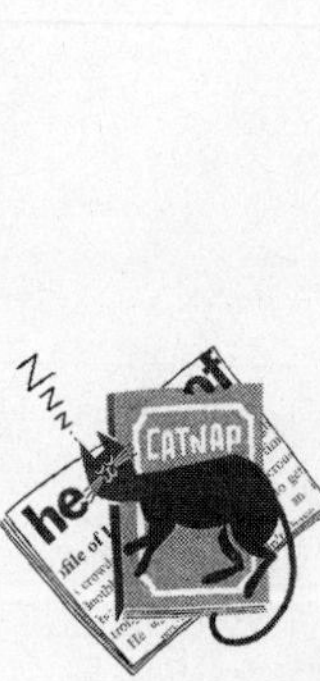

テンプルは、テーブルと椅子が数脚だけの小部屋にひとりで座っていた。一ヵ所しかないドアの上半分を占める窓は、大勢の人が鼻をこすりつけたかのように汚れている。ガラスを対角線方向に補強している亀甲金網が網タイツにそっくりだ。

このわびしい雰囲気に合わせるように、テンプルの気分も沈んでいた。動物収容センターにはにぎにぎしく迅速に到着したが、ミッドナイト・ルーイはいなかった。無愛想な係員は、大きな黒猫がたしかにそこにいたんだと誓ったが、指し示されたケージはからだった。それでテンプルは心の奥底で、ルーイは手違いでもう安楽死させられてしまったのだと確信した。今夜は「暗殺」はなかったと係員は言い張っていたが、理由はどうあれ、ルーイはいなかったのだ。

テンプルもモリーナも、とんでもなく間抜けに見えただろう。テンプルは落胆が激しかったのでそんなことはどうでもよかったのだが、モリーナはそうはいかないはずだ。

案の定、部屋に入ってきたモリーナは、例の印象的な眉がくっつきそうなほどのしかめつらだった。テンプルは、公衆の面前で警部補に恥をかかせたのは、取り調べの前置きとしてはまずかったと思い知らされた。

モリーナは警察署に到着したあと、ひと言も言わずに姿を消していた。いまはカーキのポプリンのスカートとブレザーに戻っている。取調室は暖かく、警部補はすぐにジャケットを脱ぎ、赤いポリエステルのVネックの半袖ブラウス一枚になった。キャンプシャツと呼ばれるものだ。

「弁護士を呼んだりしたほうがいいのかしら?」テンプルが緊張気味にたずねた。

「あなたは告発されたわけではないわ」モリーナが答えた。「愚かだというだけで人を罰する法令はないから」

「公僕はそんなに人の悪口を言うものなの?」

「ご不満なら私を訴えなさい」

・モリーナは傷だらけのフォーマイカのテーブルをはさんでテンプルの向かいに座った。キャンプで先輩女生徒に呼びつけられて説教される、ついていない十二歳に戻ったような気分。テンプルは神経質に足をぶらぶらさせた。

警察署へ来る途中、テンプルは〈サークル・リッツ〉に寄ってもらってローナがくれた重たいブックバッグを投げおろし、靴を一足つかみとっていた。少なくともこれはただの事情聴取であって、これまでのところ指紋を採られたり、刑務所用のだぶだぶパンツをはかされたりはしていない。

「なぜあんな遅い時間にコンベンションセンターにいたの？」モリーナがまずたずねた。

「留守中のメモに目を通しておく必要があったからよ」

「たとえばこんなメモ？」モリーナが猫誘拐犯からの二通目のメッセージを見せた。誰も直接触れないように、大きな紙の上に鎮座している。

「どうやって――？」

「部下があなたのデスクを調べたの。私たちが動物収容センターへ行っているあいだに。一市民が公共の建物の閉館後に何者かにつけられ、どうやら襲われたらしいとあれば、我々は捜査する――徹底的にね」

「『どうやら』襲われたらしいって、どういう意味？」

「警察特有の慎重な言い回し。警備員は誰かが走り去るのを見ていたけれど、警官は誰もみつけられなかった。あなたがこの事実の裏付けになることを話してくれると思っているわ。あなたのサンダルのヒールについている人間の細胞サンプルの分析結果も証拠になるし」

「もしかしたらこう思っているの――？」

「何？」

「実際は私が……誰かを傷つけたって」

「たとえそうでも、致命傷ではないわ」モリーナは少しもおもしろくなさそうに言った。「そもそも、なぜあなたが襲われるの？」

「エベレストみたいに――私がそこにいたから、とか」テンプルは試しに言ってみた。

「あなたがあそこにいたのは、このメモのためだったのね。説明してくれる？」

「ええ、するわ。でもちょっとやっかいな問題なのよ」

「猫がやっかい？」

「この二匹はただの猫じゃないの。会社のマスコット猫だから、慎重に扱わなくちゃいけないのよ」

「いま現在、二匹はあなたと同じく殺人事件の捜査の渦中にあるのよ。説明しなさい」

モリーナの言葉にはうまく乗せようという調子はかけらもなく、混じりっけなしの命令そのものだった。仕方なくテンプルは一部始終を話した。

モリーナはことさら話したい気分にさせられる聞き役ではなかったが、テーブルをはさんで、刑事というよりむしろ一個人としてこちらを見ながら耳を傾けていることや、非番のときの驚くような変身ぶりを踏まえると、C・R・モリーナが初めて人間らしく思えた。

モリーナのブルーブラックに近い豊かな髪は、耳が隠れる長さにそっけなく切られている。スタイルのよさより手入れのしやすさを重視したカットだ。生え際沿いに伸びる細い髪は、モリーナが顔から荒々しくはねあげてしまわなければ、表情をやわらげる効果があるかもしれない。モリーナのたくましい眉は手入れされていないが、なんと言ってもファッションモデルのあいだでは、いまはそれが流行だ。それでもモリーナが流行に気づいているかは疑わしい。それとわかるような化粧はしていないが、ワインカラーの口紅だけは例外。それで顔がぱっと華やいではいるものの、人の気をそそろうとしているわけではなさそうだ。

宝石のたぐいもほとんど身につけていない。右手中指の卒業記念リングだけ。それを見ると、リングを初めて手にしたときよりやせたことがわかる。座っていても、モリーナは手足が長く、有能な警官に見える。無骨ではないが、彼女の過酷な仕事を忘れさせるような感情表現や仕草は少しもない。今晩こんなことにならなければ、C・R・モリーナにはステディな恋人も猫もいないと決めつけるところだった。目の前に置かれた左手は、そろそろ四十歳に近づいているはずなのにいまのところ結婚していないことを示唆していた。

「えっ、いまなんて?」突然テンプルは、自分を厳しく取り調べる立場にある人物の人生を創作していたことに気づいた。

「私が聞いたのは」モリーナが抑揚のない調子で繰り返した。「あなたとそのアドコックとかいう女性が、猫の誘拐事件を自分たちだけでなんとかできると思ったのはなぜか、ということ」

「〈ベイカー&テイラー〉の関係者は、最初はこれがほんとうの誘拐事件だとは考えなかったの。猫たちは会場準備で混乱しているあいだに逃げて——騒音にびっくりして——それでどこかに隠れてしまっただけだと思っていた。隠れられそうな物陰はたくさんあるから」

「わかってるわ」モリーナが言った。「あなたも今晩以降はそうすべきね。それで、あなたは最初のメッセージを受け取り——あとでそれも見せてもらうけれど——それからこのオルークを雇って誰がお金を拾うか確認させたというわけね。彼は元気?」

じつはすっかり知っていることをくどくど繰り返すのがモリーナの尋問の戦法らしい。

「エイトボールを知ってるの?」

モリーナはうなずくと同時にわずかに肩をすくめた。「毒にも薬にもならない男よ」

自分が私立探偵として選んだ人物に対して言ってほしい言葉ではなかった。

「エイトボールは今夜電話をかけてきたの。身代金を拾った人物をラスベガスヒルトンまで尾行したけど、そこで彼女を見失ったと言っていたわ」

「彼女?」

「私も驚いたわ。たぶんおとりじゃないかしら？」

「そうだとしても、悪事に手を貸したことに変わりはないわ。あなたは猫が戻るという保証もないのにお金を出したの？」

「犯人が名刺を置いていってくれればそんなことしなかったわ。二通目のメッセージを受け取ったとき、犯人はずるいことはしないと思った。だから展示エリアへ行って、ベイカーとテイラーが戻るのを待ったの」

「ところが殺人犯が二度目の仕事のためにやってきた。あなたはこう考えているのね？」

「そういう言い方もできるわ、警部補。だって彼は私を編み針で突いたのよ」

モリーナのふさふさの眉が一ミリほどあがった。「その『彼』と『編み針』について説明して。暗闇なのにどうしてわかったの？」

テンプルは用意されていたダイエット・コーラを飲んだ。喉が傷ついているようだ。医者に診てもらうのを拒んだのは失敗だったかもしれない。

「いい質問ね。相手が『彼』だというのは本能で感じとったの――まったくの、無意識の本能で。相手は私より大きかった。まあ、女性でもたいていの人は私より大きいのだけれど。でも筋肉の塊と対決している感覚だったのよ」

モリーナの顔に予想外の笑顔がはじけた。

「男性の動きは違うから。暗闇でもわかるわね」

「それに編み針が――そう、バッグが刺されたとき、最初に頭に浮かんだ武器が編み針だった」

「バッグ？　見せて」

テンプルはトートバッグを床から持ちあげた。

「こんな穴を開けられるものが、ほかにある？」

照明の下で見ると、穴のぎざぎざの縁は完全な円形で、五号サイズの編み針に符合する大きさだった。テンプルはぞっとした。

「このバッグも証拠品として預かることになるわ」

「だめよ、だめ！　このバッグがなければ生きていけないの。親戚をこの中に入れているも同然なの」

モリーナはかぶりを振った。「中身を出しなさい。マチつき封筒を用意するから、それに入れて家へ持ち帰りなさい」

トートバッグの中身――事実上生活そのもの――を警部補の前にさらすのはいやだったが、「家」という言葉には温かな希望の響きがあった。

テンプルは、そろいもそろってチャボ並みに大きい化粧ポーチとスケジュール管理ファイル、それからデイリークイーンのしわしわのナプキン、車の鍵と財布、ミント・タブレット三種類、期限切れのドライクリーニングの割引券十五枚ほど、小さなスクリュードライバー、丸めたティッシュ、ダイエット・サラダドレッシングの小袋三パック、いちごのような形の裁縫セット、その他がらくたの寄せ集めを引っ張り出してトートバッグをからにした。

「ジャングル探検にでも行くつもりだったの?」モリーナは不思議そうだ。

「あのね、これのおかげで殺人犯が刺そうとして襲ってきたのに命拾いしたのよ」

「わかったわ。そうだった。殺人犯ね。でもチェスター・ロイヤルの殺人と、二匹の猫の誘拐と、どう関係しているの?」

「たぶん、殺人犯は毎晩コンベンションセンターをうろついて、誰でもいいから姿を現わした人を襲うつもりだったのよ——オペラ座の怪人のように——そこにたまたま誘拐犯や猫と密会しようとしていた私が来たんだわ」

「コンベンションセンターはそう公表したいでしょうね、バー。でも猫は現われなかった。これが何を意味するかわかる?」

「猫も殺人犯に襲われたの?」

「猫が戻ってきた形跡は何ひとつなかった。つまりあのメモはあなたを展示フロアにおびき出すためのわなだったのよ。たったひとり、暗闇の中に」

「そんなのばかげてる。いったい誰が……?」テンプルはまた思いつくままに言ってみた。「つまり殺人犯のねらいは……私？　どうして？」

　モリーナはため息をついた。「私は自分の直感を否定したくないけれど、どうも殺人犯は、あなたが知りすぎたと思っているような気がするわ」

「私が？　死体につまずいただけなのに？」

「ここ数日のあいだに、あなたの二十二・五センチの靴がそれ以上に大きな何かに偶然つまずいていたんだと思うわ。バド・ダブスに聞いたけど、ここのところいつにも増してばたばた落ち着かなく走り回っていたそうね。いくらあなたでも珍しいくらいに」

「つねに情報を把握しておくことが私の仕事だから」

「殺人について情報を把握しすぎている人物がいないか確認するのが殺人犯の仕事。今晩殺人犯が猫を使って展示フロアにあなたをおびき出したと聞いて、そもそも猫が連れ去られたのはそのためだったのだと思ったわ」

「殺人犯が猫を？　つまり……陽動作戦？」

「そう」

「そんなはずないわ。猫が行方不明なのは、〈ベイカー＆テイラー〉の関係者と私以外誰も知らなかったんだから。国家機密を陽動作戦に使ったって、うまくいくはずないじゃない？」

「誰も知らなかったのは、あなたとエミリー・アドコックがとてもうまく隠していたからにすぎないわ。だからこそ身代金も少額だった。誰もお金なんかほしくなかったからよ。犯人の望みは事件から注意を逸らすこと。それなのにあなたはそれを妨げたばかりかあちこち走り回り、誰かれ構わず殺人について長話をした」

「あなたは私が何か知ってると思ってるのね?」

「認めたくはないけれど、そのとおりよ。そしてたぶんあなた自身もそれに気づいていない。まったくもっていつもどおり。あなたはほんとうに捜査を台無しにするこつを心得てる」

「なぜ私を責めるの? 関係者と話をするのは実際私の義務だったし、警察のお偉いさんよりも内情がつかめる立場にあるのよ」

「それは私には関係ないわ」

「もうわかったわよ。ところで特定の容疑者を示す証拠は手に入ったの?」

「いいえ」モリーナはいつも以上に落ち着いていた。「犯罪の鍵は、動機。それを示すような証拠は――明確な証拠はほとんどない」

「チェスター・ロイヤルは悪党だったのよ。全員に動機があった――彼の出版社の売れっ子作家三人、前妻の編集者、元編集助手で現在の〈レノルズ/チャプター/デュース〉の広報責任者。それに旧友の弁護士だってあやしいと思うわ」テンプルは一気に並べ立てた。

「彼らのことは知っているわ」とモリーナは言った。「弁護士以外は」

「ロイヤルの医療事故についてわかったことを話してくれるなら、弁護士のことを教えてあげる」

「あなたから話してちょうだい」

「名前はアーネスト・ジャスパー。ミネソタ州出身の気のいい老人。リビエラ・ホテルに滞在中。チェスターはメイヴィス・デイヴィスみたいに自信のない作家に助けが必要なときのために、彼を身近に置いておいたの。それはそうと、ジャスパーは五〇年代にイリノイ州でロイヤルが医療事故を起こしたときに弁護人を務めたのよ。彼の違法な中絶手術で、手術台の上で女性が亡くなったの。彼女はそんな手術には同意していなかったと家族が断言したそうよ。でも事件について調べたのなら、もうわかっていることよね」

「詳しくは知らないわ。当時の新聞は中絶がらみのスキャンダルには慎重だったから。裁判記録のコピーを送ってもらうことになっているけれど、しばらくかかるでしょうね。我々はこの週末ずっとこの事件について調べているの。ほかの何よりも優先して」

テンプルは自分にとっての「ほかの何よりも」を想像し――行方不明の猫たちを思った。

「週末――これはそんな短い期間の出来事なの？」

突然全身の力が抜けるほどの疲労感を覚える。いまなら自分の名前を言うのもひと苦労かもしれない。

「あなたの沸騰気味の頭は、亡くなって久しいその女性の遺族が復讐を企てたと結論づけたのね」

「そこまで考えていたかどうか。ただ、被害者がかつて医療事故を起こしていたなんて、とても興味深いとは思うわ。そう思わない？」

「被害者の過去にはたいてい興味深い出来事があるものよ。でもあの医療事故は何十年も昔のこと。無理なこじつけだわ」

「殺人犯はその怒りの炎が燃えさかっているうちに復讐しなければならないなんて、どこに書いてあるの？　犯人は、医療の犯罪行為の被害者でそれを長年不満に思っていたのかもしれない。なぜそれではいけないの？」

モリーナはかぶりを振った。「むしろ、なぜいまなのかということが問題ね」

「つまり、なぜいままで待っていたかということ？」

「そのとおり。四十年も前のことよ。犯人もいまでは老人になっている」

テンプルは挫折した気分で長いあいだ考え、それから顔をあげた。

「編み針で説明がつくかもしれない」

モリーナはまたかぶりを振った。

「モーゼスおばあさん（七十歳を過ぎてから油絵を描き始めた米国の画家）みたいな殺人犯か。だいぶ混乱してきているようね。部下に家まで遅らせるわ」モリーナは歩いていってドアを開け、いくつか指示を出して戻ってくると、テンプルに覆い被さるように立った。「あなたの車はアパートへ戻しておいたから、明日もあやしげな用件にすぐに取りかかれるわ」

「ああ、ありがとう。助かったわ」

警察官がマチつき封筒の束を持って入ってきた。テンプルはトートバッグから取り出した中身を封筒に詰めこみ始めた。立ちあがると、脚がゴムのようで心許ない。ハイヒールが支えあげてくれるだけで、自分は大丈夫と自信が持てるのに。モリーナはテンプルを取調室のドア口で見送った。

「何か思いついたら教えてちょうだい——ただちに」

「わかったわ」テンプルは足下を見下ろして忍び笑いをした——扁平足《フラットフット》のおまわりさん《フラットフット》に協力すればいいわけね。

だがドアから出たとたん、テンプルは封筒を胸に押し当てて振り向いた。

「そうだ——あのサイン！」あてもなくさまよっていたテンプルの脳裏に、フラミンゴヒルトンのピンクのネオンサインのような閃光が走った。「チェスター・ロイヤルが編集がらみではなく医療がらみの理由で殺されたんだとしたら？　遺体の『ＳＴＥＴ』という文字が校正記号ではなく、聴診器（stethoscope）の『ＳＴＥＴ』のことだったら？」

23 脱獄したルーイ

暗くて寂しい通りでレディたちのためにソロでリフの演奏をしているミッドナイト・ルーイをしのぐものは、この世にたったひとつしかない。

それはパトカーのサイレンだ。パトカーが近づいてくるのが聞こえると、たいてい僕はさっさと逃げる。殺人施設——つまり動物収容センターから逃げ出したときもまさにそうだった。僕はサイレンとは正反対の方向へ一目散に走った。

僕が成し遂げたこの前代未聞の脱獄劇は、それだけでちょっとした物語だ。さあみんな、正直に認めようじゃないか。そういう施設で生き残る僕の仲間は、統計上まったくもってゼロなのだ、と。

バスケットや金魚鉢なんかに入った五匹の子猫のあまったるいグリーティングカードがどんなに多くの家のキッチンの壁に飾られていようと、猫族の命は厳しい現実にさらされている。かわいらしい五匹の子猫のうち四匹は、一歳の誕生日をお祝いできないのだから。

勝ち目がなくても闘ってきたからこそ、僕は熟年の域に達するまで生きられた。ラスベガスみたいな街ではその手のむちゃな行為に心が傾くものなのだ。そして今回も、ミス・テンプル・バーには僕のお肌の状態以上に気になることがたくさんあるから、状況はすこぶる悪かった。

ベイカーやテイラーと内緒話をして、ひとつのことが明らかになった。ミス・テンプル・バーは正しい。しわくちゃ耳の二匹を誘拐した犯人は、永遠の昔にさえ思えるほんの数日前、ABAの展示フロアで僕がけつまずいた老人を削除したやつだったのだ。僕は火打ち石銃の時代の英雄になったつもりで運命と闘い、僕が得た情報をより広い世界へ知らしめるために逃げ出そうと決意した。これは僕が九つの命を賭けた物語だ。こんなふうに必要以上のことを知ってしまうから、いつも誰かに狙われる。

最初に、不運にも出会ってしまった極悪非道な係員の品定めをした。ひとり、耳の大きなやつがいて、そいつは怠け者で仕事もぞんざいだった。それでふと、この弱点を利用しようと思い立った。計画では僕の二番目に評価の高い体の一部を危険にさらすことになるが、恐れを知らない魂がなければ、こんなに長生きしていなかっただろう。

〝大耳〟が夕ご飯の残飯を持ってきたとき、僕は、大きくて毛もふさふさの、まあ自分で言うのもなんだが、まさに偉大と呼ぶにふさわしいしっぽの先を独房のドア枠のすきまにさしこんだ。

その結果として起きた苦痛に対する激怒を表に出さないようにするには、かなりの自制心が必要だった。扉のことを「スラマー」と呼ぶのにはちゃんと意味があったのだ。しっぽのおかげで小部屋の扉はきちんと閉まらなかった、とだけ言っておこう。〝大耳〟がエサやりを続けに行ってしまうと、僕は独房のドアを半開きにして通路の床へ飛びおり、驚いた仲間からにゃあにゃあ野次《やじ》を受けた（彼らの小部屋の錠の締まり加減がきつすぎず、ついでに彼らのしっぽが骨張っていなくて閉まる扉の一撃をやわらげられたなら、いっしょに脱獄できたのだが）。

僕がこの不幸せな場所からはるかかなたを目指して歩き始めたとき、歩道は不快な自然の入浴儀式のせいでまだ湿っていた。僕みたいに放浪癖のある策略家には、守衛のいない門やうっかり鍵をかけ忘れた窓がいつでも用意されている。不注意に置かれた家具や箱が階段がわりになって、僕を出口へ連れていってくれる。いったん自由になれば、外で体をまるめて黄昏のベールを待つだけだ。

暖かくて暗い夜の中を、誰にも気づかれることもなく歩いていると、無敵の気分だった。ミス・テンプル・バーよりも早く〈サークル・リッツ〉に到着できそうだ。

歩きながら、さらなる問題について考えていた。まず、僕は犯人の正体を知っている。でも僕の背後には（しっぽ以外に）長く揺るぎない黙秘の歴史がある。同時に僕はあの可憐な娘を闇の中に置き去りにしたくない。「生兵法は大怪我のもと」と、牧師みたいな偉い人が昔言っていたはずだし、ミス・テンプル・バーは大きな問題に飛びこむには知識がなさすぎる。

それで僕の足は生暖かい歩道を飛ぶように走り、心は、僕の正体を明かさずにかわいいあの子に警告する方法をひねり出していた。未来についてじっくり考えながらも、温かくほのぼのとした気分にならずにはいられなかった。死の針山から首尾よく逃げられたのだから。魔法よりもすごいことだ。

とくに僕の別れのあいさつは見ものだった。ぴょんと飛び跳ねながら、小部屋のドアに一発お見舞いしてやったのだから。一回たたいただけで扉は素早く閉まった。これで僕は楽々と、「密室から猫が失踪！　ラスベガス動物収容センター・ミステリ」をこしらえたというわけだ。

係員は何日も何日も頭をひねるかもしれない（そう、絶対にそうなるだろう。あのみすぼらしい建物で働いている頼りない面々を考えると）。だが秘密を知る僕の唇は、厳重に封をして代金引き換え払いで送ってしまったから、真相は闇の中というわけだ。

結局、僕らには意思の疎通が欠けていたのだ（映画『暴力脱獄』中のせりふ）。

24　ゲームの名は……殺人

キッチンのピンク色のネオン時計が信じられない時間を告げている……午後十時。まだ十時。テンプルの心と体は、現実から十六光年離れた真夜中の暗闇を漂っていた。

テンプルはかさばるマニラ紙の封筒をキッチンのカウンターにどさどさと落とした。封筒が嘔吐したかのように中身が飛び散ったが気に留めず、すぐにキッチンの電話を手にしてペントハウスに電話をした。

「ええ、いま帰ったところ。あれこれ聞かれただけよ。話せばながーくなるわ。ああ、エレクトラ、ルーイがこのまま戻ってこなかったらどうしよう！　ええ。いっしょにいてくれる？」

お気に入りのヒョウ柄の部屋着に着替えたころ、ドアベルが鳴った――テンプルはこの部屋の本物のドアベルがとても気に入っている。長いブロンズのパイプからは美しいメロディが流れ出るが、いまはそれも葬送曲のようだ。

エレクトラが持っているハワイのムームーの大半はみずみずしいトロピカル模様だ

が、いまドアの外で揺れているのもまさにそれだった。だが女家主のカメレオンのような派手な色の髪は、まるで喪に服することがふさわしいと知っていたかのように、漆黒にスプレーされていた。

テンプルが髪をじっとみつめると、エレクトラはすぐにこう言ってテンプルを安心させた。

「髪は明日の追悼会用に染めただけよ、ローナ・フェニックの——じゃなくて、チェスター・ロイヤルのだったわね。心配しないで。いまだけだから」

「追悼会のこと、すっかり忘れてたわ」

「はい、どうぞ」エレクトラが握りしめていたスコッチのグラスを差し出した。

「ありがとう。でもそんな気分じゃないの。警察本部で取り調べを受けたあとなのにね。やり手刑事になったつもりだったけど、追い詰められたらお酒も喉を通らない体《てい》たらくよ」

「どれくらい追い詰められたの？」

「かなり。コンベンションセンターで尾行されて、モリーナ警部補に厳しく尋問されて、ミッドナイト・ルーイはどうやら——処分されたみたいだし」

「なんてひどい！」

「今夜しばらくのあいだは、この部屋には二度と戻れないんじゃないかと思ってたわ。

かわいそうなルーイもきっと同じことを感じたに違いないわ、あの人たちが——」

エレクトラのテンプルをみつめる目が上の空になった。いや、エレクトラはテンプルをまったく見ていなかった。テンプルが心の花火をつぎつぎと爆発させているというのに、奇妙だ。

「ねえ、あのコーヒーテーブルの上のあれは、なあに？」

テンプルはぼんやりと照明の灯った部屋を肩越しに見やった。部屋に差しこむ街灯の光線が、淡い水色と赤褐色の影に沈むさざ波状の天井を不気味に照らしている。家具は背を丸めて、どういうわけかふさぎこんでいるようだ。黒い小山の影が、いつもはすべすべのコーヒーテーブルのガラス面でぐらついている。

「ABAで知り合った女性がくれた小説よ。ほしくない？　私は医療スリラーを読みたい気分じゃないから」

「本じゃなくて。本の隣のあれ」

テンプルはもう一度コーヒーテーブルを見た。

「財布を放り投げたかもしれないわ。覚えてないけど。ひどい一日で——」

エレクトラがテンプルの横をさっと通り抜けた。エレクトラ自身には無理なことではない——彼女のたっぷりとしたムームーは必ずどこかに触れるのだが。エレクトラがリビングルームの照明スイッチをぱちんとつけたので、その場にいた全員が目をぱちぱちさせた。スフィンクスのごとくコーヒーテーブルでくつろいでいた黒猫も。突然天井の照明のスポットライトを浴びたルーイは、後ろ足を〈タイム・ライフ・ブックス〉のバッグにうまく隠し、前足は崩れた本の塔の上に広げていた。

「ルーイ！」テンプルが金切り声をあげた。

ルーイはあくびをして、前足をなめた。

「ルーイ！」

テンプルはコーヒーテーブルとラブソファのあいだに突進した。この猫を同じように追いかけていた瞬間を思い出しながら。

いまのミッドナイト・ルーイは捕まるとわかっているはずなのに従順だった。少なくともテンプルが頭をなでても、普段は赤ん坊のためにとってある文句なしの驚嘆のまなざしでみつめても、おとなしくしていた。

「どうやって入ったの？」テンプルは甘くささやいた。「どうやって逃げたの？　もしほんとうに収容センターにいたのなら――」

ルーイは沈黙を守って賢そうに見せる術をすっかり身につけていた。

「ずっと心配で心配でたまらなかったのに、いつからここでのんびりしていたのかしら？」テンプルは考えた。

「本に爪を立てるだけの時間はあったみたいよ」エレクトラはコーヒーテーブルにスコ

ッチのグラスをおろし、わざとらしく身震いした。「ぞっとするような表紙ばっかり。メスやら外科医のマスクやら、医者の道具は大っ嫌い」

「こうすると本が売れるのよ。こういうのに飛びつく人もいるんだもの。ほら、これは看護師が書いたのよ」テンプルはメイヴィス・デイヴィスの一冊を手渡した。エレクトラは不審そうにながめ回した。

「どこの看護師？　ドラキュラの故郷のトランシルバニア？　さてと、大事な子猫ちゃんも戻ってきたことだし、おいとましようかしら。あなたももう安心よ。マットがフレンチドアの鍵を修理してくれたから。ミッドナイト・ルーイもうそこからは出られないし、誰かが入ってくることもないわ」

「マットはどこ？」テンプルはほれぼれとながめていたミッドナイト・ルーイからさっと顔をあげた。もう夜も遅いし、ひどい格好だが、隣人の好意にお礼を言うくらいはいいだろう。

「お仕事よ」ルーイが体を伸ばし、ゆっくりとテーブルの上を歩いて積み重なったペーパーバックに近づいた。「大変！」エレクトラが叫んだ。「私のスコッチを飲もうとしてる」

エレクトラの言うとおり、背の低いグラスにルーイの鼻先がひげまで入りこんでいる。

「氷は気にならないのかしら？」エレクトラがいぶかった。

「暑いからよ」テンプルは上の空でルーイの堕落した行為の言い訳をした。ルーイは濡れたあごをグラスから出した。「それにルーイはつらい経験をしたんだから」

ルーイはコーヒーテーブルからキッチンへ移り、そこでカウンターに飛び乗って封筒やさっきまで中に入っていたもののあいだをかぎ回った。

「大変、今度はゴミの中よ」エレクトラが陽気に警告した。もう夜なのでコンタクトレンズをはずしているのだ。間違いない。「もう休んだほうがいいわ。明日の追悼会は十時ちょうどから。モーニングコールする？」

テンプルはうなずいてエレクトラを見送り、それからコーヒーテーブルへとってかえして被害を調べた。光沢のある表紙に穴が開いている。ルーイはほんとうに本をかみちぎったらしい。この手のスリラーに夢中になるのは人間だけではないようだ。おもな被害者はオーウェン・サープの『ジ・オリジン』(*The Origin*)。ヘビのとぐろを思わせる表紙の聴診器がひときわ目を引く。おそらくこの表紙をちらりと見ていたので、さっきモリーナに話した聴診器と「ＳＴＥＴ」の連想が無意識に生まれたのだろう。『ジ・オリジン』の内容にはまったくそそられなかった。悪魔のような医者が何も知らされていない患者から臓器移植用のクローン人間を大量につくるのだ。ルーイも厳しく批評したことは疑いようがなかった。大文字のタイトルはぼろぼろにかじられ、電球が切れた劇場の大看板のようになっている。かろうじて判読できるのは、THE ORIGINのうち、――E O――INだけだった。

ルーイがカウンターからどしんと飛びおりた。

「問題児ね」テンプルはうんざりしたように言った。「いつもどこにいるのかわからないし、見えるところにいると思ったら、今度は目についたものを手当たり次第にだめにしてしまうんだから。たまには家で静かな夜を過ごしてみたら？」

テンプルはルーイを従えて玄関ドアまで行った。そこで真鍮の真新しいチェーンロックに気づき、いちばん端の金具を溝にはめようと二分ほど奮闘したが、あきらめてよろよろとベッドルームへ向かった。

テンプルは子猫のように眠った。ときおり目が覚めると、暖かくて安全な場所でゆったりベッドに沈んでいることを確かめた。最初は足下で丸まっていたミッドナイト・ルーイがテンプルの脇に移動し、それからいなくなり、また戻ってきたのもわかった。

一度びくっと目が覚めた――ベッドルームに染み入る夜の明かりの中に男が立っているような気がしたのだ。鼓動が激しくなった。心がなんの関係もないふたつの出来事を無理に結びつけて並べようとする。殺人犯がしつこく追ってきたのかもしれない……もしかしたら、マックス・キンセラの幽霊かも。でも壁よりは明るいおぼろな窓が、幻を吸いこんだ。その後はもっと深い眠りについた。

つぎに目を覚ましたときは、まだ夜なのか、もう朝なのかもわからなかった。心を漂うさまざまな考えや残像が、金色の瞳の中で浮遊する色とりどりのちりになり、その正体を明かすと見せかけては素早く去っていく。本の表紙、言葉、活字、文字、音、映像。それらが頭の中でぐるぐる回転してABAの展示フロアになる。フロア全体を聴診器と編み針が刺し貫いている。脳の中を飛び回る蝶。そしてテントウムシ。『テントウ《レディ》ムシ《バグ》。テントウムシ。ご婦人《レディ》ひとり駆除《バグ》されて、ペニロイヤルがブドウをプレス《出版》……ハチのひざ《ビーズ・ニー》とカンカキー、五号の編み針《ニッティングニードル》にトゥイードルダムとトゥイードルディ。そっくりさんのふたり組、後ろの正面だーれだ』――テンプルは自分のまわりで渦巻く突拍子もない考えに網を振り立てて、蝶を数匹、また数匹と捕らえた。そしてまた数匹……そのとき、はっとした。

テンプルはベッドサイドの灯りをつけた。ルーイがベッドの足下から非難がましくみつめる。エメラルドグリーンの目が黒い縦長の瞳孔でまっぷたつになっている。テンプルは突然の明るさにまばたきしながら電話帳をめくり、番号をダイヤルし、電話に出た男性に望んでいることを伝えた。

長い時間がかかったが、C・R・モリーナがようやく電話口に出た。まるでケンタウルス座アルファ星から話しているように聞こえる。

「テンプル・バーです」

「何時だと思ってるの？　眠っていたのに」

「ええ、でもそんなこと問題じゃないの。何か思いついたら教えてと言ったでしょう――ただちに。ようやく自分が何を知っているか、わかったのよ」

「何を知っているか、わかった……」

「ルーイが教えてくれたの。彼は元気に戻ってきたわ。ええ、ぴんぴんしてる。明日午前十時に、ラバーズノット・ウェディングチャペルでチェスター・ロイヤルの追悼会があるから、来てほしいの。そのときに説明するわ」

「明日じゃなくて今日じゃないの、まったく」

「そうね、今日だわ、まったく。絶対来てね」

それからテンプルは殺人課の警部補に用意してきてほしいものを説明した。それには数人の警官も含まれていた。


エレクトラはいつも以上に発奮したようだ。

チャペルの結婚式で使う格子造りのアーチウェイは、くすんだ色をしたクレープ地でほぼ隠れていた。会衆席の後ろのほうを埋めるぬいぐるみたちは、趣味のいい喪服を着せられていた――男性は喪章を、女性はベールか帽子を身につけている。

グラジオラスをはじめとするふんわりとした花束はサム葬儀会社の好意によるもの

で、ゆうべの徹夜をものともせず生き生きとして、悲しげな香りをほのかに放っている。

テンプルは黒いリネンのスーツに、ひかえめなジェットのような風合いを持つビバリー・フェルドマンの黒革のスパイクヒールをはいていた。喉元にでき始めたあざは、オニキスのチョーカーで隠した。ヘヴィメタル・バンドの女性ボーカルになった気分だ。全身くたくただったけれど。

チャペルのドアの向こう側には、ローナ・フェニックが立っていた。茶色のドレスを着ているので、くすんだ肌の色がいっそうくすんで見える。テンプルが初めて会ったときに比べると、この女性広報のほおはこけ、緊張で張り詰めている。目だけがせわしなく動いて、会衆席に並ぶぬいぐるみの人形を神経質に観察していた。人形がこの場にそぐわないことをしでかすのではないかと疑っているようだ。だが〈レノルズ／チャプター／デュース〉の重役、レイモンド・アヴヌールが見知らぬ女性と腕をからめて入ってくると、ローナ自身に突然命が吹きこまれ、ふたりを痛々しいほどの低姿勢で最前列へ案内した。ふたりは永遠に沈黙している参列者に気づきもしなかった。いやいやながら座っている聴衆に慣れているのだろうか。

テンプルは自分だけが部外者のような感覚で会場のようすを観察した。メイヴィス・デイヴィスが到着した。パーマをかけた羊毛のような髪は貧相な黒いレースのマンティーラ（スペインなどの女性が使う大判のベール）で覆われ、不安げな瞳の下には暗い栗色のくまが半月形を描いている。教会の中をさっと一瞥し、さまざまな姿勢の口のきけない人形にも気づいたが、この無害ではあるものの少々滑稽な存在を、いつまでも視線を留めておくほどの発見とは思わなかったようだ。

ロウィーナ・ノヴァクがアーネスト・ジャスパー同伴でやってきた——この組み合わせは驚きだ。とはいえロウィーナはチェスター・ロイヤルの妻だったのだ。チェスターの別れたどの妻よりも長続きしている友人と知り合いだったとしても、不思議ではない。おそらくその長いつきあいは、ギルフーリー裁判の恥ずべき秘密に理由があるのだろう。罪悪感は不思議な仲間意識を強めるものだから。

十時十分前、マット・ディヴァインが〈サークル・リッツ〉へ続く渡り廊下から姿を現わした。どこかで調達したらしい黒いスーツを着て、神妙な面持ちでオルガン席に着いた。黒いスーツを着ると華やかに見える。

思いがけずやってきたマットをテンプルがまだじっとみつめているときに、ラニヤード・ハンターが到着した。姿が見えるより先に例の貴族のような声が聞こえたので、ローナが迎えに行った。

「ウェディングチャペルとは！　皮肉なものだね——チェスターが繰り返し追い出された近所のバーで彼の追悼会をやるようなものだ」

アーチウェイに足を踏み入れてローナの腕を取ったとき、額からなであげたハンターの銀髪がアーチから下がるクレープ地をかすめた。ローナはハンターを最前列へ案内した。

つぎに到着した人物にテンプルは驚いた。クローディア・エスターブルックだ。けばけばしい真っ赤なスーツを着て神経質に唇をなめ、いつもどおりのいらいらした表情を浮かべている。彼女は先に集まっていた人々に会釈して、むっつりと座った。しぶしぶ来たようだが、なぜだろう。

最後はオーウェン・サープだった。例によって気を遣うローナにさっと手を振って押しとどめ、テンプルに向かって会釈し――そんなことをしたのは彼だけだ――それから短い通路を半ばまで進んだ。サープは落ち着いたようすでエレクトラの物言わぬ会衆の席に腰掛けた。隣にはぴっちり詰め物をされた女性の人形。今日かぶっているつばの広い帽子には黒いサテンのバラと漆黒のベール、それにブライダル用の羽根飾りがついている。

テンプルは腕時計を見た。短針は十の上にあり、長針はじりじりと十二に近づいている。モリーナ警部補はどこ？　劇場……ではなくて教会の前列にいるエレクトラと目が合った。結局のところ、ここは舞台ではないし、テンプルももはやガスリー・シアターの広報ではない。だからといって、劇的効果を狙った演出が少しもできないということにはならない。それでテンプルはエレクトラをみつめ、腕時計を人差し指で軽くたたいた。

時間稼ぎをして、お願い。

エレクトラはすっかり心得ていた――これから起ころうとしていることはわからなくても、追悼会だけではすまない、何か陰鬱なにおいが漂っていることには気づいていたから。それにチェスターにかんするプレスリリースも聖書台の上にすでに積み重ねてある。チェスター・ロイヤルの生と死について、そして物質や精神の本質について、長々と騒々しく思いをめぐらす準備は整っている。

そのときまったく思いがけず、最後の最後にもうひとりのゲストが渡り廊下のドアからのんびりと入ってきた。ミッドナイト・ルーイだ。毛繕いしたての毛並みがお葬式にふさわしく黒くしっとりと輝き、白いひげは朝食べたエビのごちそうのおかげでぴしっと張っている。

それより、モリーナはどこ？

長針が十二をぴたりと指した。真実を明らかにし、そこから生まれる結論を見届ける瞬間を、これ以上引き延ばすことはできない。

エレクトラが重々しくマットに向かってうなずいた。マットはオルガンの不安定な喉をなだめすかすように、悲しげな音をつぎつぎと奏でていく。ルーイはオルガンのそばから離れ、テンプルの足下へやってきた。なんのメロディだろう。マイケル・ジャクソンの曲をとびきり遅いテンポで弾いているのかもしれない。でも重々しい和音のおかげでまろやかに聞こえる。

テンプルは笑みがこぼれそうになるのをぐっとこらえた。劇場――つまりは教会――の後ろに座る人形の人目を引く喪服が、ギャングのお葬式を思わせる。

教会にこれほど多くの命ある会衆が集まったことはなかった。ラスベガスのウェディングは、よけいなものがないことで有名だから――結婚許可証をもらってからの待機期間、血液検査、永遠に黙っていることなどできないお金のかかる付添人や立会人、どれも不要なのだ。天井のファンは我かんせずとねっとりと回っている。昼間に大勢の人が集まったために、会場はどんどん暑くなってきた。それとも自分がこれからしようとしていることを考えると気が気でないからだろうか。

もしかしたら、モリーナが相変わらず現われないせいかもしれない……あの人は「重要」という言葉の意味を知らないのか？

「我々は今日ここに集いました」エレクトラが語り始めた。「この浪費の街で、ひとりの紳士の生涯を讃えるために。しかし彼の命は終わりきっておらず、まだ別の存在へ移行する飛行機に乗るには至っていないのです」

この気楽すぎる祈りを聞いて、参列者は互いに顔を見合わせた。チェスター・ロイヤルがどんな形であれ別の存在に生まれかわると考えたがっている人は、この場にはひとりもいなかった。とくに、この世のものではない飛行機によってチェスターの不快な個性がひとかけらでも地上に戻され、彼の一部が生き延びたりよみがえったりするなんて、冗談じゃない。

「彼は完全に行ってしまったのではありません」エレクトラは熱弁をふるった。「彼は……別の次元へと消えたのです」

テンプルはマットを見た。彼はいつのまにかオルガンから手をおろし、お行儀よく驚嘆のまなざしでエレクトラをみつめている。たしかにエレクトラは的を射ていた。誰かがチェスター・ロイヤルを「消した」のは間違いないのだから。

「嘆き悲しんではなりません」エレクトラは力をこめた。「いまこの瞬間も、チェスター・ロイヤルは私たちの漠然とした思考のエーテルの中を漂っているのかもしれないのです。心休まる場所を探す、不変の存在に姿を変えて。彼のことを思うとき、彼はみなさんとともにあるでしょう。彼は記憶に留めておくべき人だったのですから」

〝嫌悪感とともに〟。テンプルは集まった「嘆き悲しむ人々」の口には出せない感情を心の中で代弁した。

「それに……惜しみなく愛情を注ぐ人でした」

〝別れた妻が五人もいるんだもの〟。

「芸術でもビジネスでも、才能豊かな挑戦者でした」

〝センスの悪い芸術とえげつないビジネスを抱き合わせて、二流の商品をつくっただけよ〟。

「彼はつねに友人のことを考えていました」

〝どうやって友人の自尊心をマッチ棒くらいにまで細らせるかについても〟。

「夢にも思わなかった成功を多くの人が手にしたのは、彼のおかげです」

〝夢にも思わなかったことの中には、彼を殺すことも入っていたんだわ〟。

「自分のためには何も求めない人でした」

〝でも他人には徹底的な服従を求めた〟。

「そんな彼を失い、私たちは深い悲しみを覚えずにはいられません」

〝同時に自由も謳歌するでしょうけれど〟。

「彼のことを私たちは決して忘れはしないでしょう」

〝このホットプレートみたいな街を出て故郷でいつもの生活に戻ってしまえば、どうかしら……〟。

エレクトラは言葉を切り、参列者がどれほどしらけているか見定めた。エレクトラに視線を向けられたテンプルは、腕時計と出入り口のドアを見て、かぶりを振った。エレクトラはまたゆっくりと続けた。

「それでは紳士淑女のみなさま、悲しみにくれる方々にクリスタルがどれほど癒しの力を発揮するか、お話ししましょう」

低いうめき声が会衆席のどこかから聞こえた。それが秘密の合図だったかのように、教会の出入り口のドアがさっと開いた。響き渡るトランペットの音色のごとく光があふれかえり、モリーナと三人の制服警官が教会の後ろに入ってきた。

テンプルは警部補に駆け寄った。「わかった？」

モリーナは、わしづかみにしているしわしわのファックス用紙の束を振って見せた。テンプルは手を伸ばしてつかもうとしたが、モリーナがそうはさせじと抵抗した。

「なぜ状況を教えなかったの？」甘い口調だが、砂糖の下には岩塩が隠れている。

「だって、もし私の勘違いだったら、今度ばかりは警部補もとんでもない間抜けに見えるだけじゃすまないでしょう？」

つるつるした紙が、ふたりの手のあいだで引っ張られる。とうとうモリーナが手を放し、テンプルがファックス用紙を独り占めした。大急ぎで目を通す。ああ！　やっぱり思ったとおりだ！

みんなの顔がこちらを向いて、新たにやってきた人物を確認していた。それでテンプルは法の番人たちに脇に引っこんでいるよう合図をした。

「事件の関係者全員がここにいるわ」テンプルはモリーナに聞こえよがしにささやい

た。そしてミッドナイト・ルーイにうなずいて見せた。ルーイは会衆席に飛び乗って、シルクハットをかぶったぬいぐるみの紳士の隣に座っている。「私の行方不明だった、そう、相棒もいるわ。最初に遺体を発見したのは彼なのよ」

「猫の誘拐犯以外全員いるのね」モリーナが言った。

「猫の誘拐犯もいるわ」

「よろしい。そんな重大事件の容疑者はひとりも漏らさず記録したいわ」警部補は辛辣だった。「始めてくれる？　私は疲れているし、早く本部に戻って書類整理をしたいの」

テンプルはエレクトラに向かってうなずいた。エレクトラは、この世に生き続ける故人の性質、霊界とのチャネリング、隣人を愛すること、そして玄米がどんなに体にいいか、美辞麗句を並べて話を終えた。

テンプルが前列へ歩いていくと、白いタイルの床に足音が不吉に響いた。会衆席の命ある参列者にささやきが広がった。この善良な人々の中に、ゆうべテンプルを串刺しにしたあげく窒息させようとした人物がいるのだ。モリーナと警官がついてきた。残るふたりの警官は教会の二ヵ所の出口に立った。

テンプルが最前列に到着すると、エレクトラは彼女の体格と個性で可能な限り控えめに、脇に身を潜めた。テンプルは振り向いて言った。

「チェスター・ロイヤルについて、最後にお話ししたいことがあります」テンプルは続けた。「ここにいるみなさんも、殺人事件が未解決のままラスベガスを去りたくはないはずです」

この言葉には、予想どおり、なんの反応も起きなかった。

「遺体には、四文字の記号が残されていました。殺人犯と警察、そして第一発見者である私以外、それを知る人はいません」

テンプルはエレクトラの聖書台から証拠物件Aを取り出し、高くかかげた。今朝用意したプラカードだ。

「みなさんはこの『STET』という言葉の意味をご存じですね。ミスター・ジャスパーはご存じないかもしれませんが」ジャスパーは感謝するようにうなずいた。「イキ、つまり原稿のいったん訂正した箇所を元に戻すという意味です」テンプルは言葉を切った。「でもチェスター・ロイヤルに生きていてほしくなかった人物がいた。その人物が彼を削除しました。編集者は書かれた文字を消すときにこう言うんですよね。『削除』する、と。そして原稿は用済みになる。さらにみなさんが知らないことがもうひとつあります。殺人に使われた武器は、古めかしい鉄の編み針だったのです」

テンプルは聖書台からサンプルを持ちあげた。それを見て今度はみんな息をのんだ。

「これは、体のどこへ、どう刺せばいいか熟知している人物によって使われました。医療の知識があった人物です。みなさんの大半にそういう知識との接点があったはずです。少なくともチェスター・ロイヤルとのかかわりを通して」

「待ってくれ」レイモンド・アヴヌールだった。「これが容疑者をかき集めて有罪を宣告する集会なら、私は謹んでおいとまさせてもらう。私は医学のことはまったく知らないし、個人的にもチェスター・ロイヤルのことはほとんど知らない。出版社を代表してここに来たのであって、素人探偵のメロドラマにつきあうためではないのだよ」

「たしかに私は素人です」テンプルは認めた。「でも必要とあらば本物の刑事が対応してくれます。それにみなさんにお見せしたい本物の証拠もあるんです」

「遺体の記号と安物ばかりの雑貨店であなたが買った編み針の、実物大模型のことかしら？」クローディア・エスターブルックが冷ややかに言った。「目を覚ましなさい」

「この編み針は借りてきました」テンプルが答えた。「尊敬すべき……エレクトラ牧師から。それにこれがチェスター・ロイヤルを殺した編み針かどうかは問題じゃないんです。いずれにしてもこれは象徴的な武器だったんですから」

「象徴的？」今度はモリーナがうんざりしたように言った。

テンプルはうなずいた。「女性差別的ですが、編み針を使ったということは、犯人は女性じゃないかと思いました。ただし、誰でも警備の目をすりぬけて展示フロアにこっそり編み針を持ちこむことはできます。さらに、編み針は正確に肋骨の下から生死にかかわる臓器へと至っているので、すみやかな死を招いています。そのため出血は体内に留まりほとんど見られませんでした。このとっぴな武器の選択が警察を困惑させたのです」

モリーナが何か言いかけたが、テンプルは話し続けた。

「ご存じない方もいらっしゃるでしょうが、チェスター・ロイヤルはずっと昔、医者でした。その後ノンフィクション作家となり、パッケージャー、編集者、インプリントの発行人となりました」

驚くにふさわしい人々が明らかに驚いた顔をした。ローナ・フェニック、クローディア・エスターブルック、メイヴィス・デイヴィス——事件にかかわった女性すべてが。例外はロウィーナ・ノヴァクだった。まるで御影石の墓石のようにじっと座っている。彼女は知っている、ずっと知っていたのだ。

「あなたはどうして気づいたの、ミスター・ハンター？　知っていたんでしょう？」

「ラニヤードと呼んでくれ」彼は脂ぎった上品さと恩着せがましいほほえみを見せながら訂正した。「長年のにせ医者の経験からね。チェスターは医療分野ファン以上の知識を垣間見せた。医者はにおいでわかるんだよ。私はカクテル・パーティーで彼らの専門を言い当てて楽しんでいるくらいだ」

「ではチェスター・ロイヤルは、あなたのすばらしい才能にどんな反応を示しましたか？」

「おもしろがりはしなかった」ハンターは優しいと言ってもいいまなざしでローナ・フェニックをみつめた。彼女はいつのまにか彼の隣に座っていた。「当時ローナは彼の編集助手だった。そしてあるとき、引き出しにしまってあった医学博士号の証書を偶然みつけてしまった。チェスターは烈火のごとく怒ったそうだよ」

テンプルはふと思いついてローナのほうを向いた。

「それでチェスターはあなたをくびにしたのね。あなたが知りすぎたから」

ローナはしぶしぶうなずいた。

「どっちみち出て行くつもりだったのよ。彼のごまかしにはもううんざりだったから。彼も私を嫌っていたわ。私が親会社に残ろうとしていたからだけではなく、そこでまあまあの地位に就くことになっていたから」

テンプルはまたひらめいた。「じゃあ、ロイヤルの泣き所をハンターに漏らしたのは、あなただったのね！」

「情報を『漏らした』わけではないのよ、テンプル。ラニヤードにチェスターの不当なやり方をあらいざらい訴えただけ。私たちは当時つきあっていたけれど、チェスターは気づいていなかった。ラニヤードはチェスターに、にせ医者の自伝の出版をもちかけたばかりだった。チェスターはそれを買いたいと言ったけれど、そうこうしているうちにフィクションを書かないかとラニヤードを説得し始めたの」

ハンターはうなずいた。「医学博士号の証書を発見されて彼が激怒したとローナから聞いたとき、何か隠していると思ったんだよ」

「あなたが売れっ子作家になったのは、そのせいだったのね——彼を恐喝していたのね」

「そんな露骨なことはしなかったよ。チェスターは私が気づいていると知り、もっと控えめに振る舞うようになったというだけだ。私は何も知らなかったんだ。彼が過去の何かを恐れていたということ以外はね。それだけでも私は充分優位に立てた。作家が共食いし合う世界に身を置く者なら必ずそうするだろうが、私も彼の弱みを利用したまでだ」

通路の反対側で、オーウェン・サープがばかにするように鼻を鳴らした。

「君は傑作を書いてキャリアを築こうと素直に考えたことはないのかね?」

「なんのために?」ハンターがやり返した。「ロイヤルにとって本の中身などさほど問題ではなかったさ。そうでなければ、君の本だってこんなにたくさん世に出さなかっただろうよ」

テンプルは、ゴーストライターが書いたばかりのハンター/サープという合作が、いままさに目の前で燃えあがり、荒々しく渦巻く煙になるのをみつめた。

「ペニロイヤル出版で起こっていたことが、私には信じられません」メイヴィス・デイヴィスが言った。「みんな自分の身の安全を図って、女性を利用していました。自分の本があの恐ろしいインプリントから出ることはもうないのだと思うと、うれしいわ」

「ほかの誰の本も出ませんよ」アヴヌールが突然大声をあげた。「情報が漏れていたら否定していただろうが、じつは〈レノルズ／チャプター／デュース〉はこのインプリントとは手を切ろうとしている。だからミスター・ハンターとミスター・サープには新しい出版社をみつけるよう助言するつもりだった」

「私の本は売れているのに、手を切ると言うのか！」ハンターが口を滑らせた。答えはなかった。

「ずっと我慢して聞いているけれど」モリーナ警部補が足を踏み換えながら言った。テンプルは手のひらをあげて反論を抑えた。

「重要なことがまだあります」テンプルは参列者に向き直った。「たしかにチェスター・ロイヤルがペニロイヤル出版を通じて育んだ反感は比類ないものでした――でも彼が殺されたのは、発行人の権威や編集にまつわるエゴとも、ビジネス上の搾取とも、出版界とも、あまり関係がありません。だからこそＡＢＡで事件が起こったのです。そこでは誰もが――警察さえも――事件は出版界や彼の仕事と関係があると思うでしょうから」

「じゃあさっき言っていた遺体の『ＳＴＥＴ』はどうなるんだ？」オーウェン・サープ

がたずねた。

「その『ＳＴＥＴ』には二通りの意味があります。出版と関係があると強調するためのおとりでしたが、自信過剰な犯人は、同時に語呂合わせもしていたのです。それはもっとも医者らしい道具の略語でもありました。聴診器（stethoscope）です」

ローナ・フェニックが顔をしかめた。

「テンプル、あなたの想像は独創的すぎるんじゃないかしら。たとえそれが聴診器を指すとしても、だからなんなの？　チェスター・ロイヤルが医療スリラーを出版していたことはみんな知っていた。するとまた出版問題に戻ってしまう」

「必ずしも……そうではないの。この殺人者はメッセージを送っていたのよ。長い長いあいだに腐敗してしまったメッセージを。編み針には、事件に関係する多くの女性に、たとえばメイヴィス・デイヴィスやロウィーナ・ノヴァク、そしてローナ、あなたにも、疑いの目を向けさせようという幼稚な試み以上の意味があった。なぜなら犯人はチェスターが女性嫌いだと知っていたから。編み針は『ＳＴＥＴ』と同じようにあることがらの象徴だったの。編み針は、チェスターが犯した罪に見合う凶器だったのよ。彼が自らの命でつぐなった罪に」

25 殺人犯、退場

「ばかばかしい！」

モリーナ警部補が腰に握り拳を当てていた。黒髪の頭を怒り狂った雄牛のように低く構えている。モリーナはテンプルの芝居に幕をおろすつもりらしい。

「あと一分！　約束するから、一分だけ聞いて」テンプルは編み針をつかみあげた。「これはただの編み針じゃないの。過去の時代には別なことにも使われていた。とても恐ろしいことに」

「ああ、なんてこと……」その声は低く震えていた。ロウィーナ・ノヴァクが両手で顔を覆っている。ようやく顔をあげると、モリーナ警部補をみつめた。

「彼女は正しいわ。私は考えもしなかったけれど、そうだったんだわ！　チェスターが医者だった過去を隠したのは、医療事故で訴えられたからよ。彼は何十年も前、女性に違法な中絶手術をしていたの。五〇年代初めのことよ。当時は望まない妊娠をした場合、薄汚れた路地裏の中絶医にまかせる以外に安全な選択肢はなかった。さもなければコートハンガーや編み針のような、手製の道具を使うしかなかった」

モリーナの顔が険しくなった。「あなた、私が話を聞いたときには、別れた夫の昔の仕事については何も言わなかったわね——訴訟のことも」

「もう四十年近く前のことですもの。結婚したときにはチェスターが医者をやめてから何十年もたっていた。だから忘れていたの、それだけのことよ。編み針を見ただけでは思い出しもしなかった」

「編み針はひとりの殺人者からもうひとりの殺人者へのメッセージだったの」テンプルが言った。「チェスターの死は、処刑だったのよ」

「なぜ我々はここにいなければならないのだ？」アヴヌールがたずねた。「出版とは無関係だというのに」

テンプルはなんとか平静を保った。

「殺人は出版とは無関係です。でも殺人者は関係があるんです」

「では犯人はこの中にいると、まだ言い張るつもりなのね」クローディア・エスターブルックが腹立たしげに言った。

テンプルは全員を見渡した。「ええ。犯人はこの中にいます」

「そして君はそれが誰なのか知っているんだね」ラニヤード・ハンターの銀色の頭部が、風のにおいを追う猟犬のように上を向いていた。

「犯人が誰なのか、わかっています」

沈黙がその場を支配する。誰かが咳払いをした。

テンプルは観客――傍観しているエレクトラやオルガンの鍵盤から手をおろしたマットも含めて――の全員の注目を一身に浴びた。ミッドナイト・ルーイまで、真っ黒な後ろ足をショットガンのように肩に乗せたまま、毛繕いを中断している。

「もうやめて！　誰なのか教えて！」メイヴィス・デイヴィスが不安そうに叫んだ。

「みなさんに――そして警察にお教えします。ミスター・ジャスパー、あなたはペニロイヤルの作家以外、ここにいる方たちをご存じないですね？」

年老いた弁護士はうなずいた。

「でもあなたはチェスターを学生時代から知っていた。あなたは彼を誰よりもよく知っていましたね？」

「ああ、もっと昔からだ」ジャスパーは弁護士然と答えた。

「では、ギルフーリー事件について教えてください」

ジャスパーは硬い会衆席で姿勢を正し、身を乗り出した。瞳はうるんで、物思いにふけっているようだ。

「私はその裁判で負けた。負けたときの事件は覚えているものだ。もちろん、五〇年代に違法な中絶手術を含め医療事故で訴えられた産婦人科医を弁護することなど、しょせん無理だったのだ。私はアルバート・リーで弁護士をしていて、チェスターのことも知っていた。だから弁護を引き受けた。まったくもって愚かな理由で、おそらくは金だと思うが、チェスターはメアリ・エレン・ギルフーリーという女性の中絶手術をしたのだ。彼女は、よく覚えていないが、八人目か九人目の子供を身ごもっていた。もうすでに大家族だったわけだ。まあとにかく、彼女は大量に出血した。出血は止められず、彼女は亡くなった。結局私はチェスターを無罪にできなかったのだよ。それで彼は違法な中絶をしたかどで医師免許を剝奪され医者の仕事ができなくなった。彼は私を責めたりはしなかった。だが溝はできた」

「チェスターはお金のためだけに手術をしたんですか？　ミスター・ジャスパー。ここにいる女性たちが言うには、チェスターは病的なほど女性に敵意を持っていたそうです。それなのになぜ自分の医師免許を賭けてまで女性を助けようとしたの――それとも、それが原因で冷酷になったの？」

「チェスターはつねに誰かを、何かを敵視していた。それは彼の一生変わらない本質だったのだよ。なぜ手術をしたのか、私には決して言わなかった。だが、覚えておいでだろうが、彼は古い時代の医者だったのだ。誰もが――とくに医者自身が――医者がいちばんよくわかっていると本気で思っていた時代の。言わせてもらえば、彼は傲慢という病を患っていたのだよ」

「あなたの話では、ギルフーリー一家は、母親のメアリ・エレンが中絶を求めることなど絶対にあり得ないと述べたのではありませんでしたか？　それは彼女の信仰にも、意向にも、意思にも反するからと言って」

「ああ、だがああいうことが起こると親族はヒステリックになるものだ。事実は、彼女が手術台に乗り、そして亡くなったということなのだよ。だから責任は法を犯して手術をした医者、チェスター・ロイヤルにあると、当時は誰もが疑わなかった」

「待って！」ローナ・フェニックが身を乗り出した。「テンプルが何を言おうとしているか、わかったわ。私のように事件のかなりあとでチェスターと知り合った人なら、そして彼の女性嫌いを目の当たりにして――それに耐えた人なら……医者が女性をだましたんじゃないかと思うんじゃない？」ローナは考えを整理するように前髪を払いのけた。「チェスターがその女性をうまく言いくるめて手術台に乗せ、そして〝彼自身が為さなければならない〟と感じていたことをしたんだと、誰もが思うんじゃない？　彼女がその赤ん坊を望んでいたかどうかも、何人目の子供なのかも問題じゃなかった。ドクター・チェスター・ロイヤルが、彼女には子供が多すぎると判断したのよ。だから中絶手術をして、流産を装う計画を立てたのよ。大量出血がなければ、不妊手術もしようとしていたんじゃないかしら。当時の医者はそういうことをしていたものなのよ。まさに彼のように！　あの男はそれほど……女性に対してゆがんでいたんだわ！」

アヴヌールも顔をしかめていた。

「夫はどうなったんだ？　その亡くなった女性の夫は」

「夫もとっくに亡くなってるんじゃない」アヴヌールといっしょに来た正体不明の女性が反論した。

「じゃあ、ほかの子供たちは？」ラニヤード・ハンターがたずねた。難しい顔をして、すっかり考えこんでいる。「いくつになっているんだろう？」

みんなテンプルを見た。テンプルはもどかしそうな顔のモリーナをちらっと見てから、ファックス用紙を取りあげた。

「モリーナ警部補が今朝受け取った事件の切り抜きによると、父親はマイケル・ザヴィエル・ギルフーリー。子供たちの年齢はよちよち歩きのメアリ・クレアから、十代半ばまでちらばっていました。ミスター・ジャスパーは数人の名前を覚えていました。この場で何人思い出せるか、切り抜きに挑戦してみますか？」

「そうだ、メアリ・クレア」ジャスパーが新聞記事を裏付けするように繰り返した。

「悲劇だ——あんな幼い女の子が母親を失うなんて。彼らはみんなアイルランド風の名前だった。古くさい、アイルランド独特の名前だ。スペルを書けとか正しく発音しろとは言わないでほしい。リーアム、ショーン、それにイオインもいた——」

「イオイン？　変わった名前だわ」

「スペルどおりに発音するのだ。そういう名前は忘れない。子供たちの名前は裁判でも述べられたが、もちろん法廷には来なかった。いま言ったイオイン、ブリギッド、それにキャスリーン。これで何人だ?」

「六人よ」

「まだいたはずだ。おかしいな、七人のこびとの名前のようだ。全員思い出せたためしがない。メアリ・クレア、ブリギッド、キャスリーン、イオイン、ショーン、リーアム、そして――メイヴだ! そう、これも変わった名前だ。ローリーもいた。これで八人か」

「最後がケヴィン」テンプルがしめくくった。「九人のギルフーリー一家の子供たち。末っ子のメアリ・クレアでも、いまは四十一歳になっている。いちばん上は五十過ぎでしょう」

全員がお互いをそわそわと見やり、何歳くらいか見積もった。

モリーナ警部補が初めてほほえんだ。

「ではABAの会場で隠密行動をしていたのは、どのギルフーリー? 末っ子のメアリ・クレアが円形ドームで受付をしていたの? ショーンが設備管理をしていたの? これは探偵ゲームじゃないのよ」モリーナはやや厳しく警告した。「告発するなら、裏付けがなければ」

テンプルはモリーナに向き直った。

「あなたは言いましたよね、この事件を解く鍵は動機だって。だから妥当と思われる動機を示したのよ。四十年近くも待って復讐のために殺人を犯すなんて、筋がとおらないとも言いましたよね。だからゆうべ、裁判以降のギルフーリー一家にまつわる記事をひとつ残らず確認してと頼んだのよ。あなたはそれを持ってきてくれた」

テンプルは張り詰めた沈黙の中、一枚のファックスを取りあげた。そして眼鏡を頭からおろして鼻にかけた。

「これがそうよ。今年の五月十五日付けのシカゴ・デイリーニュースの死亡記事。マイケル・ザヴィエル・ギルフーリー、七十三歳にて逝去。メアリ・エレンの夫も、ついに亡くなったのよ。今後何が起ころうと、彼は自分の子供が殺人を犯すのを見なくてすむ。殺人犯もそこまでは予想していなかったでしょうけれど。チェスター・ロイヤルの死は長い時間をかけて練られ、絶対に失敗しない計画にする必要があった。マイケル・ギルフーリーがABA直前に亡くなったことで、殺人犯のケーキに粉砂糖がまぶされたのよ。二万四千人も来場するコンベンション会場以外に、動機を隠す安全な場所がどこにあるかしら?」

「なんという物語だ!」ラニヤード・ハンターの目が燃えあがった。「僕はもともと書きたいと思っていたノンフィクションをようやく書き始めるつもりなんだ。第一作の題材はこの事件になりそうだよ。ざまあみろ、アヴヌール。大手出版社はどこもこういう犯罪がらみの実話には飛びつくだろうよ。ペニロイヤル出版も〈レノルズ／チャプター／デュース〉もいるもんか」

「非常にためになった」オーウェン・サープが言った。「それから、ラニヤード、君より先に私がこの本を出版させてもらうよ。君は私のその本で頭をがつんとなぐられなければ、アイデアひとつ浮かばないだろうからな」

「手を引かないでね、ラニヤード。すばらしいアイデアですもの！」クローディア・エスターブルックの言葉は野次と同じだった。「もっとも、あなたがギルフーリーでなければだけど。あなた、自分の名前がペンネームなのか本名なのか、言ったことなかったわよね」

「君には関係ないだろう！」ラニヤードがぴしゃりと言った。

「誰がギルフーリーなのか、それが問題じゃないかしら？」テンプルはもうぐったりしていた。ずっと強く握りしめていたので、ファックスが手の中でくしゃくしゃになっている。「母親の不当な死をずっと忘れなかった子供は誰なのか？　母親が自分の良心に反する行動をしたという証拠はあるのに、信じられなかったのは誰なのか？　メアリ・エレンの死によって、若い一家から母親が奪われた——そしてさらに悪いことに、家族の自尊心も奪われた。というのも、社会的に恥ずべき行為とみなされる状況で母親が亡くなったからよ」

「あなたは殺人者を擁護する弁護士のようね」モリーナが指摘した。

「殺人者は心の中で何年も何年も苦しみ、計画を練りあげるうちに、この犯罪は正当だと思うようになったんだわ」テンプルは深々と息を吸った。「犯人は正体を明かして、私たちの顔をじっとみつめていた。さっきお見せした『STET』と書かれたプラカードのように、こちらに顔を向けていた。私たちはそれをどう解釈すればいいかわからなかっただけ」

「『私たち』ですって?」モリーナ警部補が言った。「一人称で話して」

「わかったわ。ギルフーリー家の子供について考え直してみましょう。彼らの名前で、思い当たる点はありませんか?」長い間をとりながら、テンプルは別の資料を取り出した。名前のリストだ。「ミスター・ジャスパーが初めて子供たちに言及したとき、何かが引っかかったんです。でもそれが何かがわからなかった。ようやく気がついたの」

テンプルはジャスパーにたずねた。

「このアイルランド特有の名前は、あなたが言ったように古めかしいけれど、若い裕福なカップルがショーンのような名前を逆に新しいと感じることはないかしら?　それにわかりきったことだけれど、『ショーン』の発音の実際のスペルはS-E-A-N、『シーアン』とも発音できそうじゃありません?」

ジャスパーがうなずいた。「ああ、私にもわかる。当時もそう思っていた。だがたいてい、アイルランドのスペルは人を混乱させるのだ」

「わかります。ガスリー・シアターで働いていたとき、アイルランドの女優シヴォーン・マッケンナが出演していました。彼女のファーストネームは衝撃的で、シアターのプログラムに印刷された名前でもっとも醜いと思いました——その発音を聞くまでは。スペルはS-I-O-B-H-A-N、でも発音は『シヴォーン』。すてきな名前だわ」

困惑した顔を向けたのはジャスパーだけではなかったが、テンプルはそのまま先を続けた。

「それからシネイド・オコナー。一流のポップシンガーです。大半の人はS-I-N-É-A-Dというスペルを見て、ひどい発音をします——『シニーアド』と。でも実際は『シネイド』です。こちらのほうが美しくありません?」

「まあそうかもしれないが」ジャスパーはぼやいた。「こういう現代風の名前は、私にはひどくばかげているように思える。女の子の名前がメレディスだのタイラーだの、それから——」

「テンプルとか?」テンプルが助け船を出すと、ジャスパーは黙った。「メイヴのことも思い出したわ。スペルはM-A-E-V-Eで、昔なら『メイーヴ』と言っていたでしょうけれど、いまはちゃんとわかってる。『メイヴ』だとね」

「何を言おうとしているの？」ローナがたずねた。「ここにギルフーリーの娘が名前を変えてまぎれこんでいると言いたいの？」

「名前自体が変わることがあるのよ。多くのケルトの名前が、イングランドやスコットランドでは別の呼び方をされるということを、みなさんご存じですか？　ごくありふれた名前として、イングランドの『ジョン』を例にとりましょう。スコットランドではジョンは『イアン』、アイルランドでは『イオイン』です。これはE－O－I－Nと綴り、イー・オー・アイ・エンとすべての文字を発音します――が、とても短く発音するので、ミスター・ジャスパーがさきほど言ったように、すべての文字が際立つことはありません。母音を暗唱しているみたいに『イーオーアイエン』とは言わないのです。素早く、『イオイン』。それに対してウェールズのジョンは、私たちみんなが発音の仕方を知っているスペルになります。O－W－E－N、オーウェンです」

会衆席の人々は突然石になり、ひとりの男をみつめた。

沈黙が続いた。オーウェン・サープがあきらめたように両手を広げるまで。

「ばれるとは思わなかったよ」彼は堰を切ったように話し始めた。「ましてや名前に足を引っ張られるとはな。だが犯行の前に父さんが亡くなってうれしいよ」

オーウェンが話しているあいだに、警官が彼に近づいていった。オーウェンはいっさい抵抗せず、その場で手錠をかけられた。すぐに警官が黙秘権云々のミランダ警告を儀礼的につぶやいた。ラバーズノット・ウェディングチャペルには不似合いな、ぞっとする儀式だ。

「チェスターの追悼会も最後はずいぶんにぎやかだったこと。すべて見届けさせてもらったわ」クローディア・エスターブルックが立ちあがり、真っ赤なスカートのしわを伸ばした。「もう帰っていいわよね?」

モリーナがうなずいた。テンプルは立ちあがる人々をみつめた。当惑し、どこか恥じ入っているようにも見える。だがクローディアは違った。彼女はふんぞりかえって通路を歩き、そのあとをアヴヌール、いまだに名前のわからない女友達、アーネスト・ジャスパーが続いた。それ以外は誰も立ちあがらなかった。そして誰もオーウェン・サープと視線を合わせなかった。テンプル以外は。

「あなたは私を殺そうとしたけれど、それでも……あなたを警察に引き渡すことになってしまって、悲しいわ」

サープは苦々しげにかぶりを振った。

「ロイヤルのあとで、もう人を殺す気力は残っていなかったよ。あれは反射的にやったことだった。殺人犯は自分自身の命と自由を大事にすると思われているが、どうやら私はそうではないようだ」彼はラニヤード・ハンターへ向き直った。「だが私は自分の作品は大事にする。私のこの物語に無能な指一本でもかけてみろ、原作者は私だとすぐさま訴えてやるからな!」

「あなたには書く時間がたっぷりあるはずよ」ロウィーナ・ノヴァクがいたわるようにサープに言った。「いつかあなたの作品の担当編集者になったら、喜んでインタビューを受けるわ」

「これで解決なのね?」ローナ・フェニックが畏怖するようにテンプルにたずねた。

「彼のペンネームが鍵だと考えたのね?」

「創作活動をする人はみんな、自分の作品を何か独特な方法で世に知らしめたいと思うのよ」テンプルは言った。「『田舎者《ギルフーリー》』は本の表紙にふさわしい作者名ではなかった――オーウェン・ギルフーリーでは長すぎて洗練されていないし、芸人みたいだし、堅苦しい感じもする。だから彼はマイケルを選んだ。彼の父親はマイケルだったでしょう?そして自分の洗礼名のイオインをもっとわかりやすいウェールズ風のオーウェンに変えてラストネームに使い、その後それをファーストネームにしたの。それからサープ(Tharp)には『ハープ』(harp)という言葉が入っている――これはアイルランドの物語を語る吟遊詩人の隠喩なの。何年ものあいだ、彼は自分のペンネームで言葉遊びをしていた。それが結果的に彼の過去に結びついたのよ」

テンプルはラニヤード・ハンターへ向き直った。

「ディナーをごいっしょしたときに、あなたはこう言いましたよね。最高の嘘とは、誰も本気にしない真実だ、と。それで語り手がわなにかかることもないし、聞いた人はみんな欺かれるから。サープが選んだペンネームは過去を覆い隠すと同時に記念碑にもしたのよ。けれどチェスター・ロイヤルは気づかなかった。

オーウェンはさまざまなジャンルのフィクションを手がけ、そのあいだに多くの人物になりきった。でもありのままの人格は、何年も何十年も変わらなかった。母親を理不尽な理由で奪われた若者のままだったの。それがチェスター・ロイヤルを殺した人物だったのよ」

「もういいだろう」

テンプルの分析に、サープが顔を背けて言った。彼は自分自身の行動の謎を、執着心の歴史を明かすつもりはなさそうだ。おそらくこれから書く本のために――そして本が映画化されるときのために、心にしまっておくのだろう。

「猫の誘拐犯はどうなっているの?」

モリーナ警部補は腕組みをして、さして感動しているようすもなく、まだその場に残っていた。

「警部補が指摘したように、ベイカーとテイラーの誘拐は陽動作戦だった。サープはABAやメディアの目をロイヤルの死から逸らそうと画策したの。でもエミリー・アドコックと私以外は、その手に乗らなかった。私たちが猫の誘拐を公表しなかったからよ。

それで彼は私のデスクに身代金要求の手紙を残し、これで公表せざるを得ないはずだと考えた。でもエミリーがアメリカン・エキスプレスのゴールドカードを颯爽と取り出し、身代金を払ったために、ますます目論見がはずれた。それで猫を返すと約束して私を展示フロアにおびき出し、気乗りのしない暴力行為に出たのよ。彼は私を殺そうとしたというより、状況を混乱させるためにあんなことをしてしまったのだと思いたいわ。間違っているかもしれないけれど」

サープは何も言わなかった。

「身代金を持ち去った女性は？」モリーナがしつこくたずねた。「軽い罪だけれど、彼女はいまだにどこかに身を潜めている。彼女は何者で、お金はどこなの？」

テンプルは不安そうに肩をすくめた。

「私だって何もかもお見通しではないのよ、警部補。その筋の専門家におまかせしなければならないこともあるわ。彼女はお金で雇われただけなんじゃないかしら。私がミスター・オルークを雇ったように。彼女がみつかるように、幸運を祈ってるわ、警部補。サープが口を割らなければね」

モリーナはまだ何か言いかけたが、テンプルは素早くオーウェン・サープのほうを向いた。

「でもこれだけはどうしても教えてもらうわよ、ミスター・サープ。あの猫たちはなんの罪もない事件の被害者よ。彼らはどこにいるの?」

オーウェン・サープは初めて心から恥じ入った表情を見せた。猫たちは……収容センターにいる」

「いつから?」

「金曜日からだ」サープがつぶやいた。

「なんですって! もう手遅れだわ」

テンプルは喉にこみあげるものを感じながら、ミッドナイト・ルーイを見やった。ルーイはオルガンのベンチにのぼり、マットの隣で寝そべっている。

「ああ、かわいそうなエミリー!」ローナ・フェニックがやってきて同情した。

「サープのことには感謝するわ」モリーナがぶっきらぼうに言い、部下たちとともにオーウェンを連れ出した。

ローナがテンプルの肩を抱きしめた。

「あんなひねくれ者の言うこと気にしちゃだめよ。この謎解きは大傑作だったわ、テンプル。『ジェシカおばさんの事件簿』よりずっと。あなたの功績が認められるといいわね」

「ええ、とてもどきどきしたし、危険だったけれど、ＡＢＡが未解決の殺人事件を背負いこまなくてよかったわ。パズルを解くのは癖になりそうだけど、これでひとりの男性が何年ものあいだ刑務所に入ることになってしまったのね。私はオーウェン・サープが嫌いじゃなかったわ。大事なトートバッグをループ編みにされそうになったけれど。それに彼には彼なりの理由があったのよ——とてつもなく大きな理由が。それから——かわいそうなエミリー！ ベイカーとテイラーが施設で殺されたなんて、悲しすぎる。ほんとうに悔しいわ。見て——ルーイが私の足をなでてなぐさめてくれてる。そうよね、ルーイ？ エミリーに猫たちのことを伝えなくちゃいけないなんて、耐えられないわ」

「言わなくちゃ」ローナが警戒したように言った。「ほら、エミリーが来たわ」

エミリーは二枚の両開きのドアに体当たりするようにやってきた。一方の肩にはハンドバッグを、もう一方には大きなショッピングバッグをかけている。おまけに両手にキャットキャリーをぶらさげていたので、ドアにはさまってなすすべなく動けなくなった。「テンプル——よかった、会えて。これから空港へ向かうんだけど、でも見て——」

テンプルとローナは駆け寄ってエミリーを救出した。

「あなたが用意してくれた、かわいらしいベイカーとテイラーのぬいぐるみは、ショッピングバッグに、入ってるわ」エミリーは息を切らしながら言った。「もうぬいぐるみは必要ないの」エミリーはキャットキャリーを持ち上げた。「見て！ 右がベイカーで左がテイラーよ。あなたにはぜひ会ってもらわなくちゃと思ったの」

「戻ってきたのね！　ああ、エミリー、どうやって？」

「街でミステリ書店を経営している女性がこの子たちを収容センターから連れ出してくれたの。想像できる？　昨日のことよ。彼女はこんなかわいらしい『そっくりさん』をお店に置けると大喜びだった。そしてポスターの二匹と見比べて、どういうわけかまぎれもない本物を手に入れたんだと気づいたの。それで、私たちがちょうど片付けをしているときに、コンベンションセンターのブースに来てくれたの。悪いけど、あなたのキャットキャリーをベイカー用にお借りしたわ。メイヴリーン、というのがその書店のオーナーなんだけど、彼女が自分のキャリーをひとつくれたから。そういうわけで私たち三人でマッカラン空港へ向かうリムジンでここへ寄ったの。これから飛行機で——ああ、行き先は聞かないで。極秘なのよ。もう行かなくちゃ。またつぎのベガスのABAで会いましょうね！」

エミリーは後ずさりして、ローナとテンプルが開け支えたドアにぶつかりながら外へ出た。

「キャリーのことは気にしないで」

道路脇の白いリムジンへ走るエミリーの背中に向かって、テンプルが叫んだ。会社のマスコット猫は、なんて優雅に旅をするのだろう。テンプルはさっきまでキャリーの格子窓越しにベイカーとテイラーに鼻をこすりつけていたミッドナイト・ルーイに目をやった。「もういらないから」テンプルは声を落とした。「でもあなたの五千ドルはどうしたらいいの！」

ベイカーとテイラーのキャリーがリムジンの後部座席から伸びてきた手に渡され消えた。エミリー・アドコックがあとから乗りこんだが、一瞬動きを止めてテンプルにうっとりとほほえんで見せた。

「心配しないで！　会社が弁償してくれるから――そうじゃなければ図書館の司書たちが募金してくれるわ。でもかまわないの。この子たちが戻ってきてくれただけで充分幸せなんだもの。じゃあね」

残っていた元容疑者たちは、チャペルのドアからまぶしい真昼の熱気の中へ数人ずつ出て行った。

ラニヤード・ハンターは暗い色のサングラスをかけ、ローナ・フェニックの腕を取って引き寄せた。

「なんとも波瀾万丈でおもしろいABAだったよ。ある程度は君のおかげかな、テンプル。君に一冊献呈しなければいけないね」

「いっしょにお仕事できて楽しかったわ」ローナが別れの握手をしながら言った。「なんていうか、寂しいわ。私も街を離れなくてはならないの」

ふたりはゆっくりと去っていった。昔の気持ちをよみがえらせながら。いや、それ以上かもしれない。最後にメイヴィス・デイヴィスがやってきた。サングラスをかけていないので、太陽の光にまぶしそうに目を細めている。実際より十歳くらい老けて見えた。

「私――」

彼女は黙りこみ、つらそうにストリップ大通りをみつめた。熱気が生み出すもやと揺らめくかげろうの中へ、人々が消えかけている。

「名前をメイヴィスに変えたのは、いつ?」テンプルが静かにたずねた。

不安げな視線が虚空をさまよい、テンプルの顔に落ち着いた。

「なぜ……それも知っているの?」

テンプルはほほえんだ。

「メイヴ・ギルフーリーは、本のカバーには載せられない名前だった。あなたのように出版界に来たての人でもそれはわかった。それに、あなたは過去から逃れたかったのでしょう。私の想像だけど、あなたは里親一家の名字で長い間生きてきたから、『ほんとうの』名前がもう自分のものとは感じられなくなっていたんじゃないかしら。だったら別の名前を使ってもいいじゃない? そう考えたあなたは〈レノルズ/チャプター/デュース〉にペンネームについてたずねられたとき、使わないと答えたのよ。メイヴィス・デイヴィスがもうペンネームだったから。それにメイヴィスはケルトの名前でもあるわよね。古いスコットランド民謡でも『メイヴィスが歌うのが聞こえる』と歌われている。お兄さんのように、あなたもギルフーリー家本来の性質《ツグミ》をどこかに持ち続けていたのよ。あなたの家族には、作家の血が流れているのかもしれないわね」

「私は母の死の真相については知らなかったし、父親がいることさえも知らなかった——それに兄弟や姉妹がいたことも。信じられる？」メイヴィスはほほえんだが、その目に突然涙があふれた。「スキャンダルが一家をこなごなにしたの。そもそもとても貧しい家庭だった。だからほかの兄たちと同じようにイオインは家を出てお金を稼ぎ、私たち弟や妹はこっそりとほかの家庭へ里子に出された。当時はそんなことをしてもお役所にとやかく言われることはなかったから。イオインが教えてくれたのは、母さんが死んでから、父さんはすっかり人が変わってしまったということよ。その日暮らしになって、お酒に溺れたって。イオインは送れるお金は全部父に送ったそうよ。イオインは手術のことを決して忘れなかったし、決して許さなかったのね。私は幼かったから、もちろん裁判や面倒なことについては覚えていないのだけれど」

「イオインがすべて話したのね？　いつ？」

メイヴィスは腕を伸ばして黒いマンティーラを取った。

「イオインが来たのはほんの二日前よ。まるで私たちが書いているスリラーみたいで、にわかには信じられなかったわ——長いあいだ延び延びになっていた再会、過去の罪、復讐、だなんて。彼がペニロイヤル出版で働いていたのも計画的で、チャンスが訪れるのを待っていたらしいわ。私の消息も、何年も追い続けていた。兄弟姉妹全員のよ。でも誰とも接触はしなかった」

「それが彼の正体がばれた一因よ」

テンプルが口をはさんだ。

メイヴィスは顔をしかめた。「兄弟姉妹の消息を知っていたことが？」

「彼がモリーナ警部補に、あなたがカンカキー出身だって言っているのを小耳にはさんだのよ。でもどうやって知ったの？　それがあとでぴんときたの。その情報はプレスリースのあなたの経歴には書かれていなかったから。そのときにあなたとオーウェン・サープのあいだには隠れたつながりがあるに違いないという結論に達したの」

「かわいそうなイオイン。彼は殺人者ではあるけれど、私たちの関係をすぐには明かさなかった。自分が捕まっても、残りの兄弟姉妹を自分の犯罪で苦しませたくなかったからだわ。きっと捕まらないと思っていたようだけれど。そして彼は新たな怒りを燃えあがらせた……ミスター・ロイヤルが妹をどんなふうに扱っていたか知ったから。彼からすべてを聞いて、私が自分の人生すべてに嘘をつかれていたと気づいたとき——母親の思い出を否定し、父親や家族のことも知らされず、自分自身を信じることさえ邪魔されて——チェスター・ロイヤルが私の人生を二度も破滅させようとしていたと気づいたとき……そうよ、私も怒りを覚えたの。だから私はイオインが望んだことをしたの。彼は私の兄だから」

「でもあなたの役割は、知らん顔して身代金を拾うだけだったんでしょう？」

メイヴィスはうなずいた。「お金はエミリー・アドコックに送るわ」

テンプルはにっこり笑った。「匿名でお願いね」

「どういうこと――？」

「誰も知る必要はないからよ。なぜ私が警部補の前で黙っていたと思う？　あなたは間違ったことは何もしなかった。猫の誘拐で兄の手助けをしたことを除けばね。それは第一級殺人とは別のものだわ。あなたはやっとチェスター・ロイヤルから自由になれたのよ。きっとあなたは自分が犯すかもしれない過ちの報いをあらかじめ受けていたんだわ。何年も恐ろしい人食い鬼と仕事をしたことで。だからこのまま家へ帰って、大作を書いてね」

「イオインを見捨てることはできないわ。もう彼をみつけてしまったんですもの。私たちの母親の死は兄や姉に傷を残した。だから彼らを責めることはできないわ。ミス・バー、無知は至上の幸福なのね。いままでチェスター・ロイヤルの正体を知らなくてよかった。知っていたら、イオインがしたことを私がしていたかもしれないもの」

「それはどうかしら」テンプルは屈んでミッドナイト・ルーイを抱きあげた。「もう、なんてまるまるとしているの」

メイヴィスはマンティーラのレースの端を目に押し当てた。

「どうもありがとう。さようなら、ほんとうにありがとう」

テンプルはメイヴィス・デイヴィスがストリップ大通りの人混みにまぎれるのを見守った。あんなに背筋をすっと伸ばしたメイヴィスを見るのは初めてだ。今日ここに集った人々の大半はホテルへ急いで戻り、空港へ向かうリムジンに乗りこむ。ラスベガスのＡＢＡのことはすぐに忘れてしまうだろう。では反対に、ここにずっと残るのは誰？

テンプルはくるりと向きを変えてルーイを中へ連れていった。

エレクトラが布製の人形のあいだを飛び回って、喪服を脱がせていた。

「ウェディングよりもずっとどきどきしたわ」エレクトラは言った。「警部補は絶対来ないと思ったけど。言わせてもらえば、あんまり感じのいい人じゃないわね。それにあの出版関係の連中ときたら！　あんなに変わり者だらけだとは思わなかった。もちろん、近ごろの本でどんなことが起こっているか考えたら不思議じゃないけど……あなたもこのＡＢＡの仕事が終わってさぞうれしいでしょうね。いつもの仕事に戻れるんだもの。泥レスリング協会の宣伝とかに」

「部屋に戻るわね、エレクトラ。もう倒れそうだし、ルーイもランチをほしがっているから」

「どうぞどうぞ」どっしりと威厳のある女性の人形から、ベールとかつらがさっと取り払われた。

テンプルは疲れ切っていたので、渡り廊下をゆっくりと歩いた。猫もすぐあとからついてきた。しんとした廊下に人影はない。温かなゼリーの中を移動しているみたいだ。沖へ向かって遠くへ泳ぎ、どんどん現実の岸辺から離れていく夢に似ている。

エレベーターがテンプルの部屋のフロアで止まると、ルーイがドアの真ん前で立ち止まった。これからどうしようか、考えているらしい。

「入る？　出て行く？　あなたが決めるのよ」

ルーイはついに、もったいなくも建物の廊下の弧に沿って歩いていくことをお決めになられた。部屋のドアに通じる長くほの暗い通路に着いたとき、テンプルは立ち止まった。

普段着に着替えたマット・ディヴァインが、壁にもたれていた。両手にきりりと冷えたマルガリータらしきグラスを持っている。

「ショーのあとでお酒がいるだろうなと思ったんだ。かなりつらい体験だっただろうから」

テンプルは急に元気になった。「すばらしいアイデアだわ、ありがとう。ねえ、追悼会の始まりに演奏したあのスローな葬送マーチは、なんていう曲？」

マットはにやりと笑った。「好奇心で身を滅ぼすことになるかもしれないよ。どうしてモーツァルトじゃないとわかった？」

「だって違ったもの」

マットはため息をつき、グラスの中をじっくりながめた。「プロコル・ハルムの『青い影』だよ」

「大好きな曲だわ！　ほんとうなの？」

マットはうなずき、それからテンプルが表札プレートに押しこんでいた名刺を指さした。

「君の部屋のチェーンロックを取り付けていたときに、これに気づいたんだ。間違っていると思うよ」

テンプルは自分の名刺をみつめた。マットは手が冷たくなるほど冷えたグラスをテンプルに手渡した。

「どこが間違いかわからないわ」

マットのグラスが彼女のグラスに当たってカチッと音がした。

「『私立探偵テンプル・バー』にしなくちゃ」

テンプルはその肩書きとお世辞が、なによりも、そう言ってくれた人が気に入った。でも謙遜してこう答えた。

「いいえ、まさか。もう二度とやらないわ。心から誓います」実際テンプルは探偵稼業よりもっと個人的な問題についてじっくり考えているところだった。

ふたりの足下ですっかり無視されているミッドナイト・ルーイは、テンプルの言葉をまったく信じていなかった。ルーイはドアノブへ向かって前足をのろのろと伸ばし、威厳たっぷりにぴしゃりとたたいた。

26　最後に、ルーイからひと鳴き

ＡＢＡの事件が解決して、不肖ミッドナイト・ルーイ以上に幸せな者はいない。第一に、殺人罪で捕まる心配がなくなった。僕もずいぶんこの指先についた何本もの飛び出しナイフをおもちゃにしてきたが、いくらこの街でも編み針と飛び出しナイフを間違えるやつはあまりいない。

ミス・テンプル・バーにも、家の中の設備に満足のいくアレンジをしてもらった。彼女はいまゲスト用のバスルームの窓を開け放している。だから僕は夜になると尻を振り振りそこから出入りしている。

最初はベイカーとテイラーが収容センターで危うくあの世行きになりかけたことで、僕の、まあ、恋愛活動と言うか、自由な行動を制限しようとやっきになるのではないかと心配だった。でも彼女は楽に構えることにしたようだ。悪人も捕まったし――それにミスター・マット・ディヴァインが一度ならず親しいおつきあいを提案してきたし――それで楽々と僕寄りの考え方に感化することができた。

そういうわけで僕は自由に外出している。ここ数日はストリップ大通りを歩いてクリスタル・フェニックスにも行って、とても大事にされている。かわいいミッドナイト・ルーイがどれほど遠出しているか、気づいたからだろう。

僕は元気にやっているが、友達のイングラムのことはわからない。いつか彼の鼻先がシェードランプをひっくりかえすんじゃないだろうか。ベイカーとテイラーの危機一髪の救出劇が彼の心を悩ませているらしい。彼は縄張りを共有するタイプじゃないのでね。飼い主のミス・メイヴリーン・パールは、彼女の趣味やセンスのよさに対するイングラムの信頼を著しく傷つけた。だから自己啓発本として知られている不快な本の上で丸まっているイングラムの姿が、何度も目撃されている。たとえば『ペットを愛する人、快適な生活を愛するペット』とか『駄犬に幸運が訪れるとき』とか。

「田舎くさい話し方なんだ、ルーイ」僕が玄関先で立ち話でもしようと寄ったとき、イングラムはこうののしった。「言っちゃ悪いが、耳だって普通じゃない。おまけに僕のことを『お若いの』って呼んだんだ。ここは僕の縄張りなのに!」

彼は白目をむいていた。

ミス・テンプル・バーが、いつものようにそつなくベイカーとテイラー――の、そっくりさん――をミス・メイヴリーン・パールに進呈したことも、イングラムの救いにはならなかった。女店主が気分次第でそのやわらかな猫たちをスリルン・キル書店のいたるところに置くものだから、イングラムはつぎに彼らがどこに現われるかまったくわからず、戦々恐々としている。もしかしたら彼のベッドにだって来るかもしれないのでね。

こういうグチを何度も何度も聞かされてうんざりした僕は、やめておけ、と彼に言った。彼にこんなことを言ってもむだだが、投獄されて生身のベイカーとテイラーに会えたおかげで、誘拐犯の性別をはっきり聞き出すことができ——スコットランドの名前イアン、そのゲール語版のイオイン、ウェールズのオーウェンについても——僕はＡＢＡの殺人犯の正体を見破ることができたのだから。

驚く人もいるだろう。僕のいつものほれぼれするような手際のいい方法なら、解決の鍵として言葉そのものを、つまり長いあいだ忘れられていた犯人の洗礼名をずばりと指摘するはずなのに、と。

エレクトラ・ラークのような人なら、僕がこんな謎めいた行動をするのは、前世の命のためだとか（言わせてもらえば、充分現実的な理論だ）、ファラオの時代から僕の仲間がずっと持ち続けている神秘的かつ霊的なパワーのためだとか、明らかな猫の直感のおかげだとか考えるだろう。

じつを言うと、本の題名全部をかみちぎってオーウェン・サープの名前だけを残すつもりだったのだが、限られた時間しかなくてできなかった、というのが真相だ。それに僕ら猫族が人間と意思の疎通をはかろうと努力しても、こんなにあちこちめちゃめちゃにして、と勘違いされて終わることがあまりにも多い。だから今回の作戦は潜在意識の言葉遊びと呼んでほしい。よけいな文字を全部ちぎって、一見奇妙な残骸だけにしたのだから。「──E　O──I　N」と。僕はミス・テンプル・バーに忘れがたいイメージを植えつけ、学者なら殺人犯の別称の異音同意語と呼びそうなもの、あるいは別称もどきをつくりあげたんだ（この紙を破るまどろっこしい同意語作戦は、セクシーな口説き文句を言いたい男にとっては、役に立つコミュニケーション手段とは言えない。でもオーウェンもイオインも、発音は違うのにジョンと同じだとは、おもしろい）。こういう事件解決の方法は、犯人の狂気やＡＢＡの混乱やなんかにまさにふさわしかった。

ミス・テンプル・バーのお気に入りのやり方をまねして、僕も要点をまとめてみた。「ふーむ、うまくいったじゃないか」というところかな？　僕のいつもの英雄的な行動と知的な洞察力に感謝だ。

洞察力といえば、モリーナ警部補はようやく最後に役に立ったわけだが、動物収容センターの犠牲者リストを確認して、悲しくなるほど待遇の悪い施設にベイカーとテイラーを預けた人物のサインを見つけ出した。ギル・フーリーだったそうだ。オーウェン・サープは最後まで言葉遊びをしていたんだ。こうして最後の証拠の釘が棺桶に打ちつけられた。僕のお手柄じゃなかったことが残念でたまらないがね。

緊急事態もうまく切り抜けられたし、世界も平和だし、おかげで僕はいつものやり方で楽しく過ごしている。たとえばクリスタル・フェニックスの裏にある池で鯉を探したり。これは大きな肉切り包丁を持ってうろうろするホテルのシェフから逃げながらの、とても楽しい一大事業だ（シェフのソンさんは僕と同じ鯉マニアだが、いろいろあって仲違いした）。大勢いる女友達は、いつだって洗練された男に親切にされたいと思っている。だから僕の偉業にさぞ感心してくれるだろうと期待していた。だがロイヤル殺人事件を解決したのは僕なのに、過去の歴史にたがわず、それにふさわしい賛辞は得られなかった（僕たち探偵はいつもこうだ。シャーロック・ホームズの時代からずっと）。

孤独で、危険で、賛美もされない（ただ働きは、言わずもがな）。だから僕は自分の記憶を書き留めておくという対策を講じている。少々長いこと事件の毒牙の中にいたが、控えめにしようなんてつもりはさらさらない。ミス・テンプル・バーの留守中に、引退して悠々自適な生活を送ることを近ごろひんぱんに考えるようになっているのは事実だがね。そうそう、彼女はマット・ディヴァインと街へでかけている。ゴライアス・ホテルの悪名高い「恋人たちのゴンドラ《ラブ・モート》」というカップル向けのアトラクションで、希望に目をきらきらさせているのかもしれない。頭上では、ときおりミス・エレクトラ・ラークのペントハウスからどしんという鈍い音が聞こえてくる。ミス・テンプル・バーの留守中によくあることだ――我らが親愛なる女家主はポルターガイスト現象を起こしているか、はたまた運動好きな紳士の訪問者をもてなしているんだろう。

そうそう、近ごろは僕も自分が求愛した恋人たちや、爪を立てて（いわば）抹殺してやったライバル、それにありがたいことに僕の存在を知らないままあちこちで過ごしているたくさんの子供たちを思い出して、長く幸せな時間を過ごしている。

それで僕はサッサフラスから聞いた噂を思い出した。ようやくサッサフラスに会えたのだが、最近はきっぱり昔なじみというつきあいだ。街の噂では、女優の卵だったサヴァンナ・アシュリーが『サーファー・サムライ』以来すっかり落ちぶれて、こそこそベガスへ舞い戻ってきたそうだ。これからストリッパーのしみったれた映画をつくって、ダウンタウンの〈レースン・ラスト〉でその手のものがお好きな連中にお披露目するつもりらしい。ミス・サヴァンナ・アシュリーの女優としてのキャリアにも、一糸まとわぬ姿にも、僕はあまり興味がない。どちらも見込みがあるようには思えないから。ふさふさの毛がはえていない皮膚は僕の好みじゃないのでね。でも以前ベガスにやってきたとき、ミス・サヴァンナ・アシュリーはクリスタル・フェニックスに滞在して、僕がずっと待ち望んでいたようなかわいらしいプラチナ色の美人をつれていた。その名もディヴァイン・イヴェット。小柄で、シルバーのチンチラみたいな毛皮からマスカラに至るまで、名前のとおり女神様《ディヴァイン》みたいな女の子だった。だから今回も絶対に大股で歩いて行って、彼女の大きな青緑色の目や、ちっちゃなピンクの鼻、それに彼女の体の奥ゆかしい部分は言うに及ばず、しっかり拝ませてもらうつもりだ。都合がついたらすぐに〈レースン・ラスト〉をのぞいてみなければいけない。

こんなふうに記憶をたどっているときに、僕はうっかりもぞもぞ動いてテレビのリモコンの電源ボタンを押してしまった。それで僕の耳には、昼間のメロドラマ『我らが人生の光』——もしかしたらタイトルを聞き間違えたのかもしれないが——の、ものすごくにぎやかなせりふがあふれかえった。

僕の耳もだいぶ遠くなってきた。それでも相変わらずこう言われる。僕には生まれつきスラム街のたくましい精神力がある、とね。

訳者あとがき

突然ですが、ちょっと想像してみてください。失敗が許されない大きな仕事や、ずっと楽しみにしていた温泉旅行が、自分にはなんの落ち度もないのに「殺人事件」で大混乱に陥ったら……。そこへ真っ黒なスーツを小粋に決めた、頭脳明晰で博識で、悪事を見て見ぬふりなどできない心優しい「名探偵」がさっそうと登場したとしたら……。こんなすてきな男性がその緑の瞳で犯人を見抜き、傾きかけていた仕事や旅行を元通りに立て直してくれたなら、本書の主人公テンプルでなくても夢中になってしまいそうです。

しかし、彼には「名探偵」につきものの秘密があるのです。じつは、スーツに隠された体はちょっぴり……いや、かなり太め、見た目は若いが熟年に近い年齢です。そして何より、彼は人間ではありません。そう、この「名探偵」は真っ黒なオス猫、ミッドナイト・ルーイなのです。

この重量級の猫の探偵を生み出したキャロル・ネルソン・ダグラスは、作家として活躍し始める前にテレビ・レポーターをしていたころ、一匹の黒い子猫に出会いました。場所は「アニマル・シェルター」。元の飼い主や新たな里親がみつかるまで、捨てられたり迷子になったりした動物を預かる動物保護施設です。その子猫が本書のルーイのモデルとなった〝ミッドナイト・ルーイ〟本人でした。「猫に九生あり」と言われるほど、猫はなかなか死なないたくましい動物と思われていますが、たとえ命が九つあってもいつかは尽きてしまいます。悲しいことですが、モデルになった子猫のルーイも施設で亡くなったのだそうです。動物収容センターで一歳の誕生日を祝えるのは五匹の猫のうち一匹だけという厳しい現実や、劣悪な環境について本文中でルーイが語っているのは、野良犬や野良猫の過酷な運命を知る著者のやるせない気持ちや怒りの表われなのかもしれません。

でもうれしいことにミッドナイト・ルーイは探偵となり、新たな命を与えられました。数々の女性（メス猫）と浮き名を流し（なにしろルーイは「不快な外科手術」を施されていないのですから）、外歩きで街の情報収集を怠らず（イングラムという堕落した家猫の力も借りて）、偶然事件に巻きこまれれば、自分の魅力に惹きつけられたテンプルに（とルーイは言っていますが、ルーイこそテンプルに一目惚れしたのでしょう）

事件解決の糸口を与える、ちょっとハードボイルドを気取っているルーイ。たかが猫、されど猫、なかなか侮れません。

そんなルーイを取り巻く人々も、ルーイに負けず劣らず個性派ぞろいです。まずは、小柄で幼く見えることがコンプレックスで、文字通り背伸びするようにハイヒールを愛用している主人公テンプル。仕事上であれ私生活であれ、必要以上にがんばってしまう方も多いと思いますが、テンプルもまさにそんなタイプでしょう。素直に自分の弱さを認めてしまえば楽になれるとわかっていても、意固地に肩肘張ってしまうテンプル。理由のひとつは、なんの前触れもなく失踪した元恋人、魔術師マックスにあるのかもしれません。そんな危険な香りぷんぷんどころか、わかりやすく「危険人物」と書かれた札を首から下げているようなマックスとは対照的なのが、隣人のマットです。外見はギリシャ神話の神そのもの、人当たりが良くて親切で、「電話身の上相談室のカウンセラー」という社会のためになる仕事をしているマット。理想的な男性にも思えますが、彼もなんだかいわくありげで信用しきっていいものか迷います。不思議なオーラを放つ女家主のエレクトラはもちろん、できればかかわりたくないモリーナ警部補さえも、姿が見えないと寂しいような、なんだか不思議な存在です。

ところで、本書の初版が本国アメリカで出たのは一九九二年、まだ携帯電話が普及していない時代でした。お気づきになった方も多いと思いますが、テンプルのデスクにてんこ盛りになった留守中の「電話メモ」や、公衆電話からの連絡などは、携帯電話が必需品ともなっている現代社会ではすでに過去の遺物でしょう。もうひとつ、現在は当たり前のように誰もが使っていますが当時はまだまだ一般的ではなかった道具、それがパソコンです。テンプルが携帯電話とパソコンを持っていれば、誰かと連絡がつかないもどかしさを味わうこともなかったし、モリーナ警部補に頭を下げなくても自分でささっと調べ物もできたはず。でもこういう時代がかった不自由さを古くさいと切り捨ててしまわず、楽しんだり懐かしんだりしていただければ、本書の魅力が倍増すること請け合いです（余談ですが、個人的にはテンプルが「いちごのような形の裁縫セット」を持ち歩いていることに、ある種の感動を覚えました。昔は手鏡にブラシか櫛、それに裁縫セットを持ち歩くのが当たり前でしたから。もちろんいまでは「女の子なんだから身だしなみには気をつけて」などと言うと「女性差別的」と怒られてしまうでしょうね）。

この「ミッドナイト・ルーイ・ミステリ」シリーズは、一年に一冊ペースで出版されていて、現在二十冊を超えています。日本でも二〇一〇年春には第二巻が出版される予定です。今度のテンプルは「ストリッパーのコンテスト」の広報という、なんとも刺激的な仕事を引き受けるのですが、またしても殺人事件が起こります。ルーイはどんな活躍を見せるのか、テンプルとマットの仲はどうなるのか、そして魔術師マックスがふたたびテンプルの目の前に現われる日は来るのか（ついでに、テンプルとモリーナ警部補が理解し合って歩み寄る奇跡のときは訪れるのか)、どうぞご期待ください。

最後に、ランダムハウス講談社編集部の相原結城さんには「八キロのメタボ猫でも動けるらしい!」という貴重な情報やアドバイスを頂戴しました。この場を借りて心からお礼を申しあげます。

二〇〇九年秋　甲斐理恵子

黒猫《くろねこ》ルーイ、名探偵《めいたんてい》になる

2009年10月10日　第1刷発行

訳者略歴

1964年札幌市生まれ。北海道大学文学部卒業。主な訳書に，『山羊の島の幽霊』ラフトス（ランダムハウス講談社），『闇の迷宮』ソーントン（講談社），『ずっとあなたが』ウィッグス（原書房），ほか。

著者　キャロル・ネルソン・ダグラス
訳者　甲斐理恵子（かいりえこ）
発行人　武田雄二
発行所　株式会社 ランダムハウス講談社
〒162-0814 東京都新宿区新小川町9-25
電話03-5225-1610（代表）
http://www.randomhouse-kodansha.co.jp
印刷・製本　豊国印刷株式会社

ISBN978-4-270-10322-7